焦虑
飘然面对

养阳 著

经济日报出版社

图书在版编目（CIP）数据

焦虑：飘然面对 / 养阳著. -- 北京：经济日报出
版社, 2021.8
ISBN 978-7-5196-0908-5

Ⅰ.①焦… Ⅱ.①养… Ⅲ.①散文集–中国–当代
Ⅳ.①I267

中国版本图书馆 CIP 数据核字（2021）第 160480 号

焦虑：飘然面对

作 者	养 阳
责任编辑	王 含
责任校对	蒋 佳
出版发行	经济日报出版社
地 址	北京市西城区白纸坊东街 2 号（邮政编码：100054）
电 话	010-63567684（总编室）
	010-63584556 63567691（财经编辑部）
	010-63567687（企业与企业家史编辑部）
	010-63567683（经济与管理学术编辑部）
	010-63538621 63567692（发行部）
网 址	www.edpbook.com.cn
E – mail	edpbook@126.com
经 销	全国新华书店
印 刷	成都兴怡包装装潢有限公司
开 本	889mm×1194mm 1/16
印 张	16.75
字 数	255 千字
版 次	2021 年 11 月第一版
印 次	2021 年 11 月第一次印刷
书 号	ISBN 978-7-5196-0908-5
定 价	48.00 元

一个人的最高境界就一个字

人生总要有一些不如意的事情，关键在于"放"。

柏拉图说："如果不幸福、不快乐，那就放手吧。人生最遗憾的莫过于轻易地放弃不该放弃的，固执地坚持了不该坚持的。"

要知道，放下永远比执著更加身心愉悦。

学会放下，是我们一生之中最重要的必修课。

你若懂得放下，纵然一生云水漂泊，亦可淡若清风，自在安宁。

有一种智慧叫放下

有一种心态叫放宽

有一种善待叫放手

有一种表达叫放声

有一种处世叫放弃

有一种轻松叫放逐

有一种自在叫放心

佛语说：一个人活得越平和，就会放下得越多，笃定，泰然，从容，万事不扰。最好的放下，就是不必重来，只有放过曾经的自己，才能享受眼前的快乐。愿你天黑有灯，下雨有伞，幸福不会离你太远。

自　序

人人都会生病，个个都害怕生病，生病与人的精神面貌、家庭幸福指数、社会价值认同乃至与死亡紧密联系在一起，因此，每个人都十分在意，甚至在意得有点过头。

随着现代社会科学和文明的不断发展，现代人的物质生活不断丰富，可是人们的健康状况却不容乐观。

健康虽不是一切，但没有健康就没有一切。因此，所有人都固化着"健康是1，其他都是1后面的0"的观念，这种观念对有健康问题的人，尤其是年纪渐长的人越来越强化，并以此来促使人们更注重和寻求如何运用最好的方法来预防、缓解甚至试图解决亚健康及慢性病的问题。

关注和重视健康问题是一件必要的事，也是一种好事，现在已经提升到国富民强的一件大事。习近平同志在党的十九大报告中提出了"实施健康中国战略"，报告认为，"人民健康是民族昌盛和国家富强的主要标志"。

健康问题又是一个很广泛、很复杂、很专业、很个性的事，只有相似的，没有相同的。有些疾病指向和诊疗办法比较明确，比如癌症、高血压、糖尿病等等；但是许多亚健康的问题却难以看得明白，说得清楚，患者知道哪里不舒服，但因为不懂病理和心理因素作怪又不一定描述准确。因而，非专科医生的诊断要么含糊，要么大概甚至是误判。

自己说不清，医生看不准，患者痛苦、恐慌，病急乱投医，随便乱吃药，本该是身体的问题，时间长了，连同心理也有了很大问题，踏入了一种身心并患的怪圈。

身心并患，往往容易使人陷入无知的境地，有些亚健康初始状态根本就不称其为病，因为过度关注，无限放大，挫伤的心理把自己推向了"不知是什么"、"不知为什么"、"不知道怎么了"的无知无助和无奈的深渊，心力憔悴，郁郁寡欢。

据了解，到医院排长队就医者有相当一部分都属于是"不知怎么了"的"无知"者；有相当一部分经医生看了，是属于"无解"的痛因。这种状况周而复始，屡见不鲜。

我就是这样一个"无知"者，一个在正常人和"病人"两种不同角色中交替着、挣扎着的无知者。这种无知侵蚀了我的大半生，现在才渐渐明白过来。其实，大多情况下是"病"在身上，根却在心上，这种悟觉实在是来得太迟缓了，代价也确实太沉重了。

两年前的今天，我才被清楚的诊断为"焦虑症"（应该属于神经症的范畴，以前听都没有听说过）。

在过去近40年的生活中，神经症的种种典型症状，在我的身体中几乎都有过很强烈的反应，因为无知（也包括医生的无解），劳命伤财，劳心费神，使得生活质量在低位徘徊。

有这种情况的人很多，但往往都找不到原因。关于神经症方面的书很多，都是医学或心理方面的，复杂而专业。广泛寻猎，却没有一部普通患者自己写的书。由此，我有了一种把自己的经历记录下来的冲动。

我"似病非病"的躯体反应基本上已是过去时，但好多像我或正在可能像我的人却正处在进行时。我通过比较痛苦的经历，也就了解了一些相关的基本常识，有了一些初步的感性认识，但估计好多类似经历的人还在云里雾里，迷茫着，痛苦着，挣扎着。

围绕这些方面，回忆我的经历，讲讲我的故事，把自己的切身体会写出来，就是为了让一些像我一样亚健康的人，早一点了解，早一点清醒，早一点摆脱。

愿减少一些像我这样的无知者，多增加一些充满活力、生活幸福的健康者。

养　阳

2018 年 9 月 18 日于南山一品

序一

用文学语言描述自身亚健康的独特之作

蔡永祥

养阳先生又出书了。他总是带给我们惊喜，我惊喜，是因为他是一个有个性的作家。而他的个性，在他写作过程中，有着明显展现。翻阅他的新书《焦虑：飘然面对》，我觉得有三个特征值得一说。

真诚、真实、真情，是这本书的第一个特征。

写作者的真，翻开书，看几行字，就知道了。养阳的真，体现在叙述的真，不掺假，有一说一，事情的起因、过程、结果，如实道来。这样真诚的文字，毫无疑问，是会打动人的。

比如，他在开篇的《夜不成眠》中，坦言自己在20岁下半年，因为生活、学习、工作的多重压力，特别是父亲驾鹤西去，使得他"心乱了，烦了，原先静谧、喜人的夜变长了……"这时，失眠就不期而至了。很真实的记录，相信每个人都会遇到这样的情况，每个人都会有失眠的时候，看到这里，你会和作者一起有共鸣。

在《飘然"退休年"》中，他的"三学""三会""三书"，既总结得好，也写得真诚，在"三会"也就是"会亲、会友、会己"中，他写到一位邻队的爷爷，在临终垂危之夜，家中的老黄狗，面对一轮孤月，悲鸣长嚎。他生发感慨，人鬼都不能比，他自己却去追寻这样的真诚：真情实感，始终如一，从不伪装，喜怒哀乐，情不自禁，自然流露。在《销书、写书、退书》

中，他真实描写一次到县里的一个机关送书的遭遇。那一次，他信心满满去，落荒而逃回。人情冷暖、世态炎凉自在他的笔下纤毫毕现，看得我自然也是心生一番感慨。他这样写道：销书，意外地读了一本"天书"：读出了世故，读到了冷暖，读清了虚伪，读懂了真实，读会了买卖。社会、人情、真假，是一本永远读不完也读不透的书。

说这本书有真情，是因为养阳时刻都在想着，我应该更多地告诉读者，那些似病非病的病，会折磨人，当你早点知道的话，就可以正确面对。因而，他在文章的后面，弄个小贴士，来进行一番知识解读，既是对他写的病症是一个佐证，更是他对读者的善意提醒。这样的写法，是他独创的。这样的独创，有着危险，会削弱书中的文学性，变成一种解说词式的知识解答。好在，他的小贴士不长，有时还有不少幽默的表达，加上前面他的故事精彩，倒是不显得突兀，反倒有点像吃了一顿大餐后，喝上的一杯清茶。

意趣横生，是这本书的第二个特征。

评价一本书如何，一个重要的感性标准，就是看它的品味如何？在这里，品味的品，是花色品种的品，无分高下；味是口味，也就是趣味、爱好，口味因人而异，酸甜苦辣各有所爱。书之味，无非两种：一为意味，通常是指内容而言的，所谓意味深长、回味绵长自然是最好的了，但这是可遇而不可求的；二为趣味，风趣、幽默、富于机智，生动、形象、如临其境，或令人会心一笑，或令人破涕为笑，或耐人咀嚼、口留余香、余味无穷，这些都是趣味的范畴。有人把趣味仅当作主菜的佐料或丰盛宴席的味碟，有人则把趣味当作主菜或主食，意味和趣味可以合二为一，此所谓意趣盎然。一本意趣盎然的书，应当是最值得品味，或者是有品味的书，这当为每一个作家追求。

这本书的意趣在哪？我觉得还是他所经历的那些或妙趣横生、或令人忍俊不禁的故事。

如《头晕目眩》这一篇，他说，"25岁后，头晕就像我身体的一部分，经常伴随着我的生活和工作，反应五花八门，伺机而动，搅得我寝食难安。第一次头晕，发生在我结婚后的几天……"特别是他在1991年一次理发时的头晕，吓得他匆匆离开理发店，心中祈祷：祖上积德，千万保佑，我好日子才刚刚开头，亲戚看好我，儿时的同伴看着我，单位领导看重我……越想心里越沉重，晚上睡觉头又晕起来了。

这是一般人都会有的想法。是啊，好日子才开头，就得个大毛病，那可怎么办？他的这段心理描写，又是带着意趣的。

《心慌意乱》里，他写到因为紧张，因为太想讲好，因为想得太多，在一次培训报告前，他坐立不安，虚汗阵阵，而心慌不已。那个过程，写得真实有趣。

《因噎废食》中，他常常因为吃得快，而有噎膈。后来是因为空腹喝酒，发生噎膈。以后就是经常发生噎膈，以为自己得了食道癌。其实，都是自己的心理毛病。

《脑灌糨糊》这篇，开头用优美的辞藻描绘了一幅农村让人赏心悦目的四季图景，写着写着，写到了他授课出洋相，还写他讲话讲得好好的，思路断了，弄得大家都面面相觑。都写得生动，有趣。让人看了，会心一笑。

勇于敞开自己，是这本书的第三个特征。

看了这本书，我真的佩服养阳的才情和勇气。

扁鹊见蔡桓公的故事，几乎家喻户晓，这就是讳疾忌医这个成语的出处。而在我们身边，许多人因为种种原因，都是讳疾忌医的。

而养阳先生，对自己的病从不隐瞒，一一道来。其实，他所写的病，有的并不是真病，而是心理的疾病，是一种疑神疑鬼，是杯弓蛇影，是心理暗示，是神经官能症的种种表现。

我们身边，患神经官能症的人为数不少，而不少人至今还深陷其中，找不到好的办法。

养阳在前言就为什么写这本书，说道：把自己的切身体会写出来，就是为了让一些像我一样亚健康的人，早一点懂得，早一点清醒，早一点摆脱。

这样的创作欲望和写作的冲动，是由内而外的，是一种自省，是一种解剖，是通过他自身的遭遇，他曾经遭受过的痛苦，他在求医的过程中徘徊、焦虑，通过他的所思所想，来给人以提醒，以引导，以救赎。

上帝造人的时候，给我们一双眼睛看外部的世界，审视内心的智慧之眼则是通过敞开自己、解剖自己、忏悔自己。说真话，写真事，是一个好作家应该做到的。写到这里，我想到了两个人，一个是卢梭，一个是巴金。

卢梭作为法国第一个最勇敢的平民思想家，他触及了哲学的本质问题，他首先用自己为解剖标本，对人性做了一次深刻的探讨。他在《忏悔录》里，写了他的吝啬，他的偷盗习惯，他对朋友的背叛，他说的谎和行的骗。用他的坦诚和忏悔，在文学内容、风格和情调上开辟了一个新的时代。曾有一位法国批评家说：我们十九世纪的人，就是从卢梭这本书里走出来的。

追求真诚，把心掏给读者，是巴金晚年创作的准则。他曾经说过："艺术的最高境界是真实，是自然，是无技巧。"他的《随想录》，就是一部直抒胸臆之作，就是一部真诚之作，他甚至将《随想录》中的一集名之为《真话集》。在人们对说假话已经习以为常之际，要恢复"说真话"的简单道德原则又谈何容易，巴金以他的作品身体力行着这一准则。正因为如此，才更有打动读者的直接效果。

养阳先生真诚地写作，全文没有令人费解的象征、隐晦的比喻，没有任何矫饰，有的只是从内心流淌出来的自然的话语，形成"我手写我心"的风格，相信这本书，会给人们以启迪和欣喜。

（作者为中国作家协会会员、镇江市作家协会主席、镇江市政协文化文史委主任）

序二

一本精神卫生的科普读物

李国海

人的生命活动包含生理活动和心理活动两个方面，所以，健康包括生理和心理两个方面，以及社会功能的完好。生理活动和心理活动相互影响，躯体疾病会影响我们的情绪及大脑功能，心理活动异常会影响生理活动或导致躯体不适、躯体疾病。所以，从全面健康的角度讲，躯体健康和心理健康两者不可偏废。

既然有生命活动，那就在所难免会出现生理活动或心理活动的"故障"。尽管现在医疗卫生知识已经比较普及，但大家对精神卫生（心理卫生）知识的了解还比较欠缺，而精神卫生问题又是相当常见，造成精神痛苦，严重影响人的身心健康、生活质量和社会功能。长期的精神卫生工作经历让我深切地体会到，对精神卫生知识了解的欠缺，以及对精神疾病认知上的偏差，又会影响到大家的就医行为，结果是相当多的精神疾病得不到正确的诊断与适当的治疗，进而损害身心健康。

养阳先生是一位老师，后来从事教育管理工作，曾经因为紧张、焦虑、失眠、躯体不适而倍觉精神痛苦。前两年，曾找我咨询，我诊断是比较典型的由心理问题而引起的精神疾病，也就是本书中所说的"神经症"（是精神病疾病的一种）。他经过治疗后症状缓解，痛苦解除，身心恢复了常态。

精神疾病不等于是精神病，严重的精神疾病才是精神病；精神疾病包含的范围很广，如抑郁症、神经症（包括焦虑症、强迫症、疑病症、躯体形式障碍等）、失眠症、厌食症、注意缺陷与多动障碍（多动症），等等。

诚如作者在自序中所说，不少精神疾病患者对自己的病情"自己说不清，医生看不准"，不能得到正确的诊断和治疗，以致精神痛苦不能缓解。我们在临床工作中发现这种现象很普遍，不少精神疾病患者尽管非常苦恼，但不知道这是一种疾病。或者，尽管自己觉得应该看医生，但却不知道应该看精神科医生。养阳先生在患病三四十年后才找精神科医生看病，痛苦才得以解决，走了很长的弯路，也花了很多的冤枉钱。人的一生能有几个三四十年啊！

出于这样的感叹，养阳先生就想把他自己的"神经症"体验用文学的形式写作《焦虑：飘然面对》，希望能帮助更多的人，问我有没有价值。我作为一位老精神科医生非常肯定地讲"很有意义"！其意义至少有两方面：一是普及精神卫生知识。虽然现在有不少精神卫生科普读物，但都是医务人员写的，专业人员写的读物当然很好，但因为病患不在自己身上，作为旁观者描述病情总是"隔了一层"，而养阳先生记录的是自己的切身体会，可以说更加真切、更加生动、更有借鉴意义。二是有助于消除大家对精神疾病的病耻感。虽然社会进步了，大家的精神卫生知识水平也普遍提高了，但不少人对精神疾病仍有较强的病耻感，讳疾忌医，结果耽误了病情。精神痛苦得不到解除，影响生活、工作，有的还会导致更加严重的后果。养阳先生作为一位老师和教育管理工作者，能够袒露其所患的"神经症"相关的心迹，对大家树立关于精神疾病的正确认知和改善很有启迪作用。

本书作者是老师不是医师，所以，从专业的角度讲，在用词方面有些地方可能会有"不规范"的地方，但瑕不掩瑜，其价值是值得充分肯定的。本书书稿我也请我院一些医生看过，他们觉得"很受益"。我想，大家读了该书以后，也会有所收益，会有助于帮助大家促进身心健康。

"仁者爱人"，我认为养阳先生写下的这些体验，是爱人、助人的一种很好的方式，是做了一件非常有意义的事，我非常愿意向大家推荐这本书。

祝大家身心健康！

2020 年 4 月

（作者为医学博士，镇江市精神卫生中心院长，江苏大学兼职教授）

目 录
CONTENTS

上篇　病魔缠绵

　　时常感到心慌、气短、胸闷、憋气、尿急；有时觉得特别饿，有时又觉得饭菜没有什么味口；有时会腹痛、腹泻；经常觉得腰酸背痛、疲惫乏力；总是会发呆、生闷气、注意力不集中，做什么事好像都兴趣不浓，缺少精神；睡觉往往不踏实；很容易紧张、恐惧……

　　这些情况时而发生、交叉发生。

　　常看医生，查不出什么毛病。

　　花钱，吃药，基本上没有什么作用。

　　"痛"着，熬着，像恶魔，缠绵了大半生。

　　莫名其妙，无可奈何。

　　这是怎么了……

夜不成眠

呼呼大睡，一觉睡到大天亮，只怕睡不够，经常想赖床。

睡觉是一件令人向往、十分惬意的事，年轻人、健康人有着深切的体会。

睡不着觉，只是大人或病人的事。

我年轻时却开始了这样的经历。

1976 年，我 19 岁。

想得简单：高中一毕业就做上了代课教师，这份职业在当时的农村，算是比较光鲜的了，一心只是想把工作做好，做得十分的卖力甚至是卖命。早晨 6 点起床，一直工作到深夜，没有人要求更没有人强迫，完全靠自觉。吃得粗糙：早晨喝的是稀饭咸菜，中晚饭的菜总是全素，扁豆、番瓜、萝卜、青菜……总是这一些菜在轮回，基本没有荤腥，偶尔吃块肉要遇到节日。营养匮乏，精力却很旺盛，从来没有想到或觉得身体有什么不适，蹦蹦跳跳，开开心心，无忧无虑，有责任，无压力，吮吸着野外清新的草香，能窥视到乌云里的灿烂阳光。

20 岁下半年，生活、学习、工作的多重压力仿佛如炎炎夏日的雷暴天气一般，狂风大雨，倾盆如注，窒息得我几近喘不过气来。白天全身心教书，语文、化学两门课要接受辅导区的抽测；晚上复习高考，漫无边际，绞尽脑汁。一天顶多睡三四个小时，时而还在梦中教书、复习、做题。身患多年哮喘的父亲又突然发病住院，作为独子不得不分心尽孝，侍奉病榻。

教学质量抽测虽排在前列，但老父驾鹤西去，大学没有考上，过年前，从未管过家的老母亲告诉我家里的一大笔欠账，把管家的担子又压到了我的肩上。20 岁，哪里经历这么个阵仗，哪里承受过如此的压力！心里到了冰点，像贴上了冰块，凉透了。

1978年春，阳光总是躲在乌云后面，树枝上喜鹊的叫声如同麻雀喳喳烦人，和风下摇曳的麦浪看上去一片混沌，盛开的鲜花飘着一股刺鼻的药味。景还是这些景，境却迥异，心乱了、烦了。

原先静谧、喜人、充实的夜变得长了、厌了。和衣而睡，辗转反侧，夜不见五指，没了一丝光亮，眼却睁着，怎么也合不上，屋外的树枝呼呼作响，屋内的老鼠嗖嗖串忙，心烦意乱。不知过了多长时间，外面似乎停息了声响，心里却狂波不止。脑子在放电影：父亲睡在水泥棺材里，闷得很，在骂我不孝之子；邮差送来了大学录取通知书，我到南京了，上大学了，变成了城里人；在一个乌云滚滚狂风暴雨的下午，我放的牛突然发狂了，冲向了我，触角顶得我血肉模糊……两大腿间黏糊糊，淌了一大片，不知是什么。我迷迷糊糊睡了，睡得是那么的清醒。

起床后，脑子里像灌了铅，一点不清醒，双腿也注入了铅，迈得十分的沉重，哈欠连天，视线混浊，双眼耷拉无神，疲惫不堪。

可能是晚上没有睡好觉的原因，我想。继续一天的工作，不知怎么了，总是提不起精神，上课没了往日的激情，备课难以注意力集中，很简单的一个字却总是想不起来怎么写，别人讲什么总也听不太明白。没了往日的笑声，没有往日伶俐的表达，没有往日的美妙心情。

几天是这样。整天懵懵懂懂，浑浑噩噩。

几个月还是这样。从来不敢请假休息。

不知道是什么原因，没有这方面的认知，上学时也从未接受过健康教育。没有去看过医生，还扛得住。没有吃过任何药。

当时，不知道自己为什么会睡觉不踏实，对"失眠"的概念也一无所知。

磨到下半年，无奈重新投入到紧张的第二次高考复习。不知不觉，失眠渐渐远去，精气神又渐渐提了上来。

◇ 小贴士

失眠是由于情志、饮食内伤，程度不同，先轻后重，或病后及年迈，禀赋不足，心虚胆怯等病因，引起心神不安或心神失常，从而导致经常不能获得正常睡眠为特征的一类病症，其诊断现在有了标准，即《中国成人失眠障碍和治疗指南》。

主要表现为：入睡困难，睡眠时间减少；早醒、醒后无法入睡；频频从噩梦中惊醒，自感整夜都在做噩梦；睡过之后精力没有恢复；发病时间可长可短，短者数天好转，长者持续数月难以恢复；容易被惊醒，有的对声音敏感，有的对灯光敏感；很多失眠的人喜欢胡思乱想；长时间失眠会导致神经衰弱和抑郁症，而神经衰弱患者的病症又会加重失眠。

失眠会引起人的疲劳感、不安、全身不适、无精打采、反应迟缓、头痛、注意力不集中，它的最大影响是精神方面的，严重一点会导致精神分裂和抑郁症、焦虑症、植物神经紊乱等功能性疾病，以及各个系统疾病，如心血管系统、消化系统等。

神经衰弱的失眠应对的体会主要是：对生活中偶尔遇到失眠，相信自己的身体会自然调节；起居要有规律，保持适度运动；睡前听听音乐注意放松心情；一般不需要吃安眠药物；遛狗；少喝酒，不要通过喝酒改善睡眠；看无聊的书或电视节目；寻找面对复杂生活的智慧（针对当下发生的某一件事找到解决的方法并努力去做）。

头晕目眩

25 岁以后，头晕就像是我身体的一部分，经常伴随着我的生活和工作，反应五花八门，伺机而动，搅得我寝食难安。

第一次头晕发生在我结婚后的几天，晚上似乎很精神，白天总是萎靡不振，头一阵阵的眩晕，耳内里有时像蚊子一样嗡嗡地叫，双脚疲软得发飘，走路像是踩在棉花上。按理说，结婚是喜事，人们说"人逢喜事精神爽"。我结婚才几天，喜气还未散尽，身体状况却很消沉，不知何故。

一天，同事与我开玩笑说："新婚大喜，是不是每天都盼着太阳快点落山好上床，一天做两三次吧，要当心啊，不要太猛，过多会耗阳伤身的，身体吃不消，我是过来人，提醒你，多珍重，细水长流……"

听君一席话，恍然大悟。之所以头晕，是因为房事太频的缘故。以后节制起来，头晕自然消失，又恢复到精力十足。除了这次找到了头晕的病根，以后多次反复的头晕却一次也没有找对什么原因。

记得有一次，大概是 1991 年春季，中午坐到理发店里想剪头，那时我已是农村人变成了城里人，在一个单位做小头头，渐渐懂得修边幅、要形象了，经常要把头发打弄得时髦点，因此，理发时间自然就要长一点。刚坐下与理发师神侃，当理发师开起吹风机，呼呼的热风声令我觉得特别刺耳心烦。一会儿，头一阵阵地晕起来，坐不住，小便急，赶快起身，推托说有急事，头发还没有吹好就匆匆离开了理发店。纠结了一个下午，头虽然不晕了，但心里很慌——是不是得了什么病？

心中祈祷：祖上积德，千万保佑，我好日子才刚刚开头，亲戚看好我，儿时同伴看着我，单位领导看重我，父亲在世时热切期盼我出人头地……越想心理越沉重。晚上睡觉头又晕了起来。

第二天，迫不及待到县医院诊治。要好的专家医生说，最好去镇江康复医院用多普勒B超查查脑供血。查了以后，没问题，医生给我开了点治疗什么前庭功能紊乱的药（已忘记药名了）。

以后发的次数不多不长不重，基本上是一过性，也就淡化了。

事隔两年多，大概是1994年下半年，那时我35岁。头晕发作得十分厉害。

一天下午，我总感觉到人提不起精神，昏昏欲睡，看书注意力一点也集中不起来，以前已有过多次，也就不太在意。下班前，想打打篮球，锻炼锻炼，放松一下，篮球场上以往生龙活虎的劲头却荡然无存，有时球都投不到篮筐上，跑了几分钟，头有点发晕，坚持不下去，赶紧休息。

往家骑自行车，头晕得有点打转，车骑得左右摇摆，像喝醉了酒，好在家离单位很近，勉强坚持骑到家，晚饭也不想吃，觉得躺在床上休息一会儿应该没什么大碍。哪知躺到床上一会儿反而有天旋地转的感觉，眼睛闭着也没用。

夫人叫我起来吃晚饭，我想，是不是肚子饿的问题，吃饭以后就会好起来，勉强起床却站立不稳，扶着床沿蹒跚到客厅，一点食欲也没有。闻着夫人给我倒好的酒不但闻不到往日的香味，却有点作呕感，摆摆手赶紧让夫人把酒倒掉，想吃点饭再睡。往日吃饭狼吞虎咽，今日却显得异常艰难，慢吞吞吃了几口，腹中翻江倒海，跑到厕所呕吐得干干净净，心里害怕，头更加的晕起来，夫人搀扶着我才能倒在床上。

时好时坏，反反复复，一夜折腾，一夜无眠。

早晨起来，想去上班。下楼去，脚发飘，头时不时晕一下，夫人见状，赶紧叫三轮车送我到医院看医生。

先看消化科，说看不出什么；再看普内科，血压、心脏都比较正常，也看不出什么。让我去看骨科，骨科让我做X线检查后，明确诊断为"颈椎病"，说是骨质增生压迫血管，需做理疗康复。

向单位请了假，专心做治疗。牵引、针灸、推拿，半个月，感到并没有什么好转。怕牵引和推拿，觉得绳子吊着、躺在床上医生按着，头反而晕得厉害，但又不好意思对医生说。

同事介绍我到一民间医生那里去诊治：用一把铁锁在颈椎处敲几下，用双手向左右各扳几下，响一下 10 元钱，响了三下，10 分钟不到，说好了。当时确实觉得头脑清醒了不少，但头晕的问题仍然没有解决。

越晕越紧张，越紧张越晕。

我大姐、丈母娘很着急，到附近庙里烧香求神，她们做了什么说了什么我也听不懂，说过几天就会全好……

早晨起来，我随晨练的人们跟着比划太极拳。

折腾了一个多月后，上午上班，下午休息，不知不觉，可以吃饭了，可以喝酒了，头也不晕了，精气神慢慢地又升腾起来。

究竟是怎么好的，一直没有弄明白。

头晕，折磨身体，扰乱心智，影响价值趋向，以致上级想提拔，我却心灰意冷，欲望尽失。虽然，根据考察的情况和工作实绩还是兼副校长的同时，提拔做了书记。

以后的生活中，头晕就像是水中的葫芦，时而按下去时而又冒出来。

走路好好的会一阵头晕；

看书好好的会一阵头晕；

高声讲话时会一阵头晕；

激动时会一阵头晕；

坐车时会一阵头晕；

……

头晕，成了家常便饭。发生多了，也就不以为然，反正不致命，不影响工作，不影响思维，不影响生活，随它去吧。

最厉害的头晕发作是 2016 年秋季，这年我 59 岁。

有段时间，大概一个来月，时隐时现，觉得比过去的头晕有点不一样，比较严重。身体好好坏坏，医院进进出出，住院检查却什么也没有查得出来。

有一次，头晕伴随着浑身的战栗、抽搐、瘫软乃至有死亡来临的感觉。

感觉到生命快要终结……这是后话，暂且不表。

◇ 小贴士

头晕是一种症状，是许多疾病的临床表现之一。

引起头晕的原因很多，常见的有耳部疾病、内科疾病、颈椎病等 10 多种情况。自己把握不住规律，医生也很难说得清楚，即使通过仪器检查也相当容易混淆。

　　生活中，不少因为头晕的人经常看医生，到处看病，做许多检查，又都比较正常。听医生的话，服多种药，往往又没有明显效果。

　　如果这样，病不在身上，而是在心上。身体并没有什么器质性病变，应该可能属于植物神经紊乱一类的情况。这类情况的头晕往往是比较短暂的，有时只有几秒钟，有时可能会几天。大多数可以通过改变环境、寻找乐趣等自我调节的方式，慢慢就会改变乃至完全消失，大可不必过于紧张。

　　当然，有时可能需要借助于药物的辅助治疗。

心慌意乱

说起心慌，估计每个人一生中都会遇到过这样不舒服的症状。有的人感到心脏砰砰跳得很快，有的人感觉心脏咚咚跳得很强，有的人感觉心脏跳得不齐、乱得很。一般遇到这种情况都会感到很不舒服、很害怕。

这种感觉在我身上出现已经有了 30 多年，时隐时现，不知道是怎么回事，也没有当回事，一阵一阵的，一会儿又什么都没有了。当初，一点也没有什么"心慌（也叫心悸）"的概念，是后来渐渐听医生说多了，才有点这方面的认知。

心慌的原因和表现太复杂，我始终也没有弄清楚真正的原因。

有一年，大概 30 来岁，教育局要求我给新上岗的中小学校长做培训报告，主要是说说自己做校长的经验体会。培训前我做了大量的准备，应该说准备得还是比较充分，加上平时工作的实践积累，做好这场报告自感信心满满。

我 20 岁多一点就做大队干部，给几十人上百人做报告已是家常便饭，不足为怪，再加上做教师本身就是吃的开口饭，这是一份职业。

谁知做报告的当天早晨醒来，感觉好像没有睡醒一样，显得有点疲惫，心脏部位有点板结、很不轻松，有时还会突然感到好像针刺了一样，随之会心里一紧。吃罢早饭，骑车赶往报告现场，一看表，还有 20 多分钟，心想，还是到休息室先温习一下报告的内容。坐下来，却怎么也静不下来，没了以往报告前的冷静和清醒，心跳开始异常起来：一会儿突然好像被什么撞击了一下，很痛；一会儿感到从空中往下突然坠落，刹不住车；一会儿感到突然停歇，闷得很。有说不出的难受，坐立不安，开始烦躁起来，有一种想马上离开现场的欲望。

可能生了大病，可能会在讲座时晕倒，可能会出洋相、丢脸了……那样就辜负领导的希望了。但是，我为今天的报告准备得很辛苦，以校长身份在全市中小学校长面前谈管理道德、管理经验还是第一次，这是一次宣传自我的好机会，是一次宣传学校的好机会，是一次在领导面前、在公开场合展示正能量的好机会，机不可失，时不再来，千万不能临阵脱逃。

讲？不讲？两种思想和矛盾在心里激烈的碰撞，心里就更加的慌乱，以至双脚都在微微的颤抖，身体有种虚脱的感觉。

"养校长，上场了。"主持人一句提醒，打断了我的胡思乱想，引着我坐上了讲座席。

"养校长是一位年轻的老校长……"主持人讲的什么开场白，我一点也没听清楚。

"下面，欢迎……"

"啪，啪，啪……"台下掌声雷动，我身上虚汗阵阵，骑虎难下，根本顾不上心里是什么感觉了。

"校长不是族长，校长不是家长，校长也不是组长，是一校之长。长，管理者；长，不短也。是长更应是长且重在长，这里的长关键是管理道德之长。司马迁对人有过四句话的评价标准：德才兼备是圣人，德大于才是君子，无德无才是庸人，才大于德是小人。德在人的成长中极为重要，德在校长的管理上就更重要了。今天……"

不看稿子，已经烂熟于心的开场白似乎语惊四座。台下一片肃然，我心里也一下子安静下来，放松了。接下来，一个多小时的报告，基本不用稿子，讲得比较放开。

报告好评如潮，我有点沾沾自喜，有种从未有过的开心，心里不适的感觉早已抛至九霄云外。

然而，有了这一次不舒服的感觉，心脏总像是贴上了一张膏药，有了一种疑神疑鬼、甩也甩不掉的心病，总是在意着这一个部位，总会跟以前这个部位的表现相比较。

上中学时我是校篮球队员，有时打一下午球，心跳虽然会在激烈运动状态下跳得很快很快，但是运动一停下来十几分钟，心脏就会安静下来；在农村，经常做些重得连大人都难以承受的农活，挑稻，挑河，有时甚至要整整忙一天一夜，心脏承受力也安好如初；有时在漆黑的夜晚，突然碰到像"鬼"一样的人，心脏会猛的收缩，过去了，看清了，心脏极速的咚咚声也马上会迅速消除……现在不知怎么了，一遇到激烈的、突然的或是紧张的事，心跳的快速总是久久难以平复，尤其在很不经意的情况下，心脏也会感到突然不舒服，很纠结。

相比别人很少谈到这样的感觉，或是有真正身体不好、能清楚被诊断为心脏病的人，我更会觉得惶恐不安。

我一直起得早，从来没有睡懒觉的习惯。起床洗漱后喜欢锻炼，有时骑自行车锻炼，骑出去很远，来回一般有 10 多公里。

大概 40 岁出头一个夏天的早晨，我骑车到比较远的农贸市场去买菜。骑在车上，呼吸着清新空气，沐浴着习习凉风，耳听着吱吱喳喳欢快的鸟语，公路旁的青枝绿叶向我身后一排排掠过，我嘴里哼着快乐的小调，神清气爽，着实惬意。

不料，骑出去大概五六里路，心脏突然感到一阵刺痛，有时又像突然刹车一般戛然而止，有时会"砰砰砰"像逃脱追赶的兔子一样乱蹦乱跳，再往前骑一段，频率越来越高，头也有点晕晕乎乎。

不行，不要在路上倒下。曾听人说起过，晨练有人心梗甚至猝死，赶快掉头往回骑。

往回骑，风还是那个风，景还是那个景，路还是那个路，但这一切与刚骑车出来的感觉却浑然不同。鸟语花香变得多余起来，变得陌生起来，变得丑陋起来，原先凉爽的风吹得令人沉闷，刺激得我心里无比的烦躁。

不知不觉到了家里，不知不觉心脏又安静下来，但终究忐忑，无比堪忧。

寡淡无味、勉勉强强喝了一碗稀饭准备去上班，牛奶、鸡蛋对我已经没有往日的胃口。

坐在办公室，无心想工作，搭搭自己的脉，"嗒、嗒、嗒……"跳得轻松自然，并无异样。同事见我神色不定，不时搭脉紧张的样子，问我是不是身体不舒服了，我无精打采地把晨练的"遭遇"向他诉说了一遍。

"哎呀，不得了，这种情况可不得大意。前几天，也是早晨锻炼的时候，我隔壁的一个邻居，年龄大约与你相仿，身体很壮实，从未有过什么病。晨练，他一直坚持得很好，平时身体健康，时而还会向别人炫耀，自信得很。哪知，这一次慢跑锻炼结束，难得想回家躺在床上小憩，结果，再也没有起得来。听与他一起的练友说，晨练时他偶尔会感到心脏不舒服……你赶紧去医院查一查，千万不要误了事。更何况，你还正在要被提拔的档口……"同事听了我的情况，郑重其事地喋喋不休说了一大通。开始的时候我听得很清楚，一会儿，只知道他的嘴在蠕动，却不知道他在说些什么了。

这时，心跳又开始乱跳起来，晨练时的一幕又开始出现了，心里更加慌乱。

赶紧上医院检查。

做了心电图，医生看着单子，问我："你现在哪里不舒服？"

"早晨心跳很乱，现在好点了。"平时能说会道，这时我竟然碍口识羞，语塞得不知如何向医生表达。

"现在看不出什么问题，先配点'心得安'吃吃吧，不舒服，再来检查……"

离开医院，一天比较平静，药袋里的几粒药也没有吃，丢进了垃圾箱。

几天，几个月，仍然没有什么异常。

不知哪一天，又发现不舒服了，这一次是心跳速度很快，快得连心脏自己都吃力得难以承受，气变得短起来。不过，十几分钟终于停了下来。

快速跳，停跳，乱跳；撞击感，坠落感，板结感；刺痛，隐痛，闷痛……时不时就会冒出来。一刹那，几秒钟，几分钟，几十分钟，几小时，时间不等，一般不会太长，又会平息下来。就是心里紧张，但对工作和生活并不会有影响。

开会时、运动时，忙碌时、安静时，白天、晚上，平静时、紧张时，看书时、吃饭时……心区不适的情况，不分场合时段，什么时候都有发生过。

我根本就把握不住规律。

十个医生会说出几十种的"可能"。

边有边忍，边忍边治，一直也不知道究竟是个什么东西在骚扰。

……

◇ 小贴士

所谓心慌，也就是医生通常说的"心悸"，是由于人们主观感觉上对心脏跳动的一种不适感觉。心跳一旦失去固有的规律，人就会不舒服，就是人们通常说的"心慌"。

心慌可以由于心脏活动的频率、节律或收缩强度的改变而导致，也可以在心脏跳动完全正常的情况下产生，后者系因人们对自己心脏活动特别敏感而致。

　　很多人在突然面对某种令人担忧但对身体没有任何损害的体验——例如第一次意外的心悸时，会因为恐惧患上所谓的神经衰弱。不过即便是一颗健康的心脏，它在贫血、疲劳、消化不良或压力大等多种情况下也会有心悸的症状。对于一个容易紧张的人来说，因为有了第一次的心悸症状而产生恐惧，怀疑得了什么大病，从而进入一种心悸紧张——更加心悸——更加紧张的恶性循环……

　　其实，因为身体，尤其是心脏突然感觉不适而惊慌是一件很正常的事情，所以，如果心电图检查正常，心内科医生排除心脏疾病，就不需要太在意，更不必太紧张。

　　当然，并不能因此而大意心脏或躯体本身器质性的疾患。

胸口闷痛

在以往，胸闷胸痛只是听父亲或是别人呻吟过。

我记得一次，父亲说胸闷得很厉害。他一会儿弯腰坐在躺椅上，躺下来就觉得气叹不上来；一会儿躬腰站着，不停的踱着步；一会儿干咳不止，晚上喘得根本就睡不下来，脸憋得通红。我知道，父亲长年患有哮喘病，且对香烟有嗜好，一天起码两包，因为穷，又只能抽5分钱或是一毛多钱的勇士、劳动牌，这肯定就是引起胸闷的原因。

母亲在60多岁的时候，经常说胸口痛。如果用现在稍微有点的知识去判断，可能是因为她劳动出汗脱衣服受了风寒，抑或是在农村日子过得苦，早晨常吃腌菜、山芋引起胃里泛酸的原因。

听到别人讲胸闷、胸痛，大多是因为通过检查看医生，诊断为心脏上的毛病。

30岁以前，我从来也没有过类似的感觉；30岁以后倒是因为打篮球，经常被撞出得胸口痛，不过忍几天就没事了。

真正困扰我的胸闷胸痛是40岁以后，有时偶尔会感到胸口闷痛，或左或右或中，有时波及前胸后背，位置不固定。一阵一阵的，一刹一刹的，有时候白天，有时候晚上，时间不固定；隐隐的，难得有猛烈的，气不短也不喘，并不觉得十分难过，只是有时胸口有一种糊上烂泥干了以后的板结感，缠得人心里慌慌的，具体情形不固定。

这种情况如影随形，很难摆脱，也没有去看过什么医生。自认为可能是像父亲一样抽烟，或是认为像母亲一样喜欢吃腌制品（特别喜欢吃农村腌的"臭豇豆"），或是受冷感冒的原因，并不去太放在心上。

有一年春节假刚过，胸闷胸痛得比较厉害，心口堵得像塞了一团棉花，有点气喘不上来的感觉，晚上睡觉一点也不踏实，睡下来就感到胸口压着一块石头一样沉重，心里就害怕起来。

　　正月初八第一天上班，相互拜年时，同事觉得我气色不怎么好，听我诉说后，对此病比较了解的领导说："你又抽烟又喝酒，性格又豪爽，肯定春节在家里走亲戚大鱼大肉吃得太好太多，根据你说的症状很像是冠心病。"

　　"怎么可能？我才40多岁，平时身体虽然有这里那里不适的情况，但一直还是感到比较棒的。"我自信地安慰，无力地辩驳。

　　"还是去查查为好，小心不为过。"同事关心地劝说。

　　按惯例，上班第二天是各处室主要领导述职，我是办公室主任，何况，述职是向领导、机关同事、基层校长一年一次的汇报，也是一种能力水平的展示，怎么好缺席，心里很矛盾。

　　下午，胸闷胸痛的反应阵阵侵扰，心乱得很，烦躁得根本就静不下心来。述职稿写写撕撕，撕撕丢丢，废纸一篓子，稿子还是几行，脑子一片混沌，一点灵感也没有。

　　不行，身体要紧，还是请假去查查。

　　到了康复医院心内科，一位老乡主任医师很热情、很细心，详细听了我乱七八糟的症状反应后，量血压、听心脏、测心率，结果都正常。然后说，一时还很难判断，需要住院观察。没办法，为了健康，只好听医生的话，惶恐不安地拿着住院单子，生平第一次很不情愿地住进了医院。

　　第二天做全面检查，血液等与心脏相关的检查说明没有一点问题。医生很负责任，决定做血管造影检查，说这是最能准确判断一下是否有心脏病的好办法。

　　在医院再一次接受手术前的检查后，很紧张、很忐忑地躺进了手术室。医生打了麻醉后，从大腿根部开了一个口子，用一根细细的长长的管子残忍的延着血管一直伸向心脏区域，我从监视屏上清晰地看到殷红心脏有力地搏动，尽管我看不懂，但也能觉得图像显现血管的通畅。一会儿，依稀听见医生说："很好！没有什么问题……"半个小时不到，护士将我推回了病房。

　　唉，多余的紧张，白白拉了一刀，耽搁了上班，影响了工作，花了许多冤枉钱，害得家人一起跟着担惊受怕受累。躺在病床上的我身子暂时不能翻动，眼睛盯着白白的墙顶，心里却泛滥着后悔住院手术的余波。

对一个个踏进病房、亲切关心的同志、领导、朋友和亲戚，我对自己的小题大做甚至是庸人自扰而深深的自责。当然，也为能终于判断出心脏健康而觉得了以自慰。

更重要的是，有了这次经历以后，为了健康，遵照医生的告诫，香烟抽得少了，喝酒也有所节制。几天与医生护士的接触，对心脏有了一些初步的认知，以后再有胸口闷痛的情况也就不像以前那样紧张得疑神疑鬼了……

但是，为什么我时常会胸口闷痛，依旧不知道原因何在。

◇ 小贴士

胸口闷痛很多人都有可能出现。有的可能是肺部原因，有的可能是呼吸道的问题，有的可能是胃部的问题（比如吃的辣的或是很凉的东西后），有的可能是心脏问题。导致的原因有很多很多，有的通过检查却查不出什么原因，或一般并没有器质性病症，那就要考虑可能是心脏神经官能症的情况。

心脏神经官能症的表现千奇百态，胸口闷痛是其常见的症状之一。

尿频尿急

尿频尿急是一件很烦人、很尴尬、有时候甚至是很丢人的事。

上世纪90年代初，我做一个厂的厂长，因为工作的原因，需要经常到外地出差。每次出差，坐火车、挤公交、打面的，常常喝水补充水分、防暑解渴是再正常不过的事情。

记得第一次到上海出差谈桩生意，一大早坐上了火车，哐当哐当，与两位陪同的副厂长谈笑风生，商量着谈生意的细节和方法，憧憬着生意谈成后企业的飞速发展和利润分配以及工厂规模的扩展……

下了火车，先找个地方小了一次便，轻装上阵。进入上海市区，公交车难等拥挤，开开停停，一站一站，慢慢腾腾。不知何故，人山人海、高楼大厦、五光十色的景象、琳琅满目的商品我却没有丝毫的新奇，一心只盼着早一点到达某公司的目的地，倒不是想急着去谈生意，是因为小腹部胀得鼓鼓的，急需要小便。不是刚下火车小过便吗？怎么才过了半小时不到又要想小便呢？心里焦急，甚至有一种想拨开公交车门跳下车找厕所方便的冲动。但是左顾右盼，却不见"公共厕所"的字样，内急得厉害，越想越急，越急越想，难以控制，手不知往哪里放，眼睛飘忽不定，双脚在公交车上摇晃踱步，一会儿蹲下来，一会儿站起来，心神恍惚。

"养厂长，你怎么了？"我的徒弟、随同我的副厂长大概看到我神色慌张，不知发生了什么事。

"没事，可能急着谈生意，想得多，有点不定心。"我撒了一个谎，不愿意也不好意思告诉他内急的尴尬。

实在忍不住了，公交车终于停到了一个站台，我急乎乎地下了车，一位年长的副厂长掰住公交车门框大声喊："哎，养厂长，还有两站路才到公司呢！"

"下不下车，快点，车要开了！"远远就听到身后公交司机的呵斥声，我已窜到了岔路口的小胡同，想赶快找到公共厕所。越急越忙，越忙越急，急得眼睛模糊得似乎都看不清路名，看不清字，就是找不到方便的地方，等不及了，只好不顾羞耻地在一个旮旯处小便了一场，很短、很少，不像以往小便很多、很长。小过了，轻松了，叹了口气，转过身来看到的是一个个来往行人鄙视的眼神。

"乡下人，一点不懂规矩，不讲文明。"一个操着上海口音的中年妇女小声地骂道。

两个紧跟着的副厂长面面相觑，气喘吁吁。

"不能随地大小便。"这个再简单不过的道理，作为一个教坛多年、传承文明、教育别人的人岂能不懂，实在是忍不住了，也只好在世界闻名的大都市做了一件极不文明的事，确实很丢人。

上海之行，生意虽然谈成了，但没有丝毫的欢喜，"极不文明"的余波让我难以释怀，深深自责。

回到单位，回到熟悉的环境，该吃吃，该喝喝，该放放，一切自然如初，没有丝毫的变化，也从未有过内急乱找厕的慌乱。

上海"丢人事件"随着时间的流逝而消失殆尽。我想，这只不过是一次上海之行的小插曲、一个偶发事件而已。

以后一段时间，这种事件并未发生过。

事情过去了一年多，我被派到浙江杭州参加一个中小学校长短期培训。

第一天下午住进宾馆，对方接待很盛情，同是一起的校长们很开心，晚上一桌人轰轰烈烈地喝了几箱啤酒，我一人也喝了几瓶。平时喝半斤白酒都是小菜一碟，几瓶啤酒当然不在话下，顶多就是比平时多几次小便而已。

上海内急的教训早已抛到天霄云外。

第二天早晨，培训班的成员集中坐大巴，驱车 50 公里外的郊区去参观考察杭州的几所学校。

上班时段，杭州人多车多，车子开开停停，慢得很。车上的人兴致勃勃，谈论着杭州的教育，交流着自己教育的感想，畅想着教育发展的话题。我却心思重重，嫌车开得太慢，眼睛老是瞄着车子开往的方向，盼着车子赶快出城，赶紧到达目的地，心里在煎熬着——又开始内急了。

昨晚的啤酒早就消耗掉了，早晨又没有喝稀的，上车前已经小了一次长长的便，怎么又要……真是折腾人。

车子开了大概半个小时，我离开座位，迫不及待地站到了车门旁。

"你这么积极干什么，还早着呢。"一位校长嬉笑着说。

"嗯。"我不置可否的应付了一下。但他这一提醒，却让我的内急演变成内心的焦虑，阴部坠胀甚至有点痉挛，试图靠在门上安静一下，但怎么也安静不下来，仿佛需要马上站在车上对着车门解决一下"急"的问题。

不敢，也不可能，只好忍着，憋得脸通红。

汽车好像是老牛拖着破车，车轮终于滚到了令我欣喜若狂的城郊，看到了一片苍凉的、毫无遮拦的空旷的菜地。

"师傅，请停一下车，我有急事！"我不顾众目睽睽地喊着。

"还有十几分钟才到呢。"司机回头一瞥对我说。

"快开门，不要等我，我自己乘公交车赶去。"没等司机开门，用手掰着车门，等司机徐徐开出一条门缝，我便夺门而出，径直跑向农田……

释放了，舒心了，长长地叹了一口气，享受着从未有过的轻松，呼吸着寒冷的空气，冷不防打了寒战。

……

上海"乱便"已被忽视，杭州"野便"不得不引起我的重视。

看医生，找专家。

医生说，这是典型的前列腺炎。开了一种药，是红霉素还是克拉霉素，已经记不太清了，服了一天，觉得好了，什么事也没有了。

以往，再喝多少水，一天总是固定的几次小便，有时一上午或者一晚上都可以不小便。不知什么原因，自杭州之行以后尽管服了药，但尿频尿急的情况却时有发生，而且始终不离不弃。

水不敢多喝，尤其是出差在外。

坐上汽车总是想小便，尤其是在市区；经常会半路上就下车。

开会坐主席台，做报告时间长一点，与人一起吃饭……总会想着要小便。

小便虽然有时急得很，但真正小了却又不多，有时可以放心的小便却又没有小便。

很是折磨人，更主要是分散注意力，难以专注，心中常常为此事而焦虑着。

多次 B 超检查，从来也没有查出个什么准确的原因。

◇ **小贴士**

尿频尿急是专业专用名词。膀胱是存储尿液的器官，若存储很少，则一会儿就要解小便，此为尿频；若存储后要赶快上厕所，此为尿急。这种病人很多，专业上叫膀胱过度活动症，甚至叫做社交癌，会使社交活动受到很大影响。

尿频尿急的原因很多，男人有男人的原因，女人有女人的原因。可能是喝水太多，可能是炎症刺激（如膀胱炎、外阴炎、尿道炎、男性的前列腺炎或肥大等），可能是异物刺激（如尿路结石等）。

但往往有些尿频尿急仅仅是一种症状，而不是什么疾病。其中有一种（可能很多人）比较隐晦的，医生也不一定能判断的因素，就是精神因素特别是紧张焦虑，这一点往往容易被人们所忽视。

疲劳不堪

10 多岁的时候，整个下午都可以在篮球场上奔跑，晚上贪婪地看小说书：《苦菜花》《烈火金钢》《钢铁是怎么炼成的》《三国演义》……经常不知不觉到下半夜，睡一觉，早晨起来依然精神抖擞。

第一年考大学（"文革"后恢复高考），20 岁，白天忙教学，晚上在煤油灯下复习，用抓头发、冷水洗脸等种种刺激的方法，挑灯夜战，日复一日，仍然精力十足。

20 多岁，在大队做领导，白天忙农活，晚上给农民青年们排古装戏，常常到深更半夜。

做校办厂工人时，一天上冲床要十几个小时也不觉得累。

在读"民师班"，周末放学从学校骑自行车到老家（至少要两小时），直接下农田，连续干活两天一晚，休息两三个小时，再骑车回学校上学依然如故。

30 来岁，当校长，晚上从来没有在 12 点前睡过觉，白天从来没有在 6 点以后起过床……

虽然偶尔会觉得这里那里身体不适情况的闪现，但从来不知道什么是"疲劳"的感觉。

40 多岁，我进了机关，不知道怎么回事，每到下午就感到极度疲惫，越来越甚。也许是年龄渐长的缘故，我这样认为。

我的疲劳表现时常难以描述清楚，主要是眼睛干涩乏神，脑力不挤，做事提不起兴趣，懒得动弹，懒得与人交流，穿皮鞋散步尤其是外出旅游时，走一个小时不到就感到脚迈得很沉重，拖沓无力，总想走走歇歇，跟不上别人的步伐。有时与夫人散步，她总是嫌我走得慢。自感显得老态龙钟、缺乏朝气，很羡慕别人的耐力，他们总是精力充沛，哪怕比我年龄大的五六十岁的人也这样。

奇怪得很，当自己一个人跑步走或是打乒乓球激烈运动时，却没有这方面的感觉。

我在机关打球起码连续30局以上，有时可以连续作战50多局，大热天还不许别人开空调，连小年轻都佩服我耐力十足，运动后却没有丝毫的疲劳。但是到了真正的比赛场合，往往打几个回合，就会觉得疲乏得很。

每到了晚上或是坐下来静心读书、写文章，又会精力充沛，完全可以凝心聚力、乐此不疲。

有一次，组团陪同各辖市区分管教育的市、区长到外省考察学习教育现代化，代表团的考察接洽和后勤车辆的一应事务都需要我组织安排，但应该说工作还是比在机关上班轻松简单。

早饭以后考察一个点，午饭后上车休息，闭目养神，有的顷刻间鼾声如雷，我虽眼睛闭着但却没有丝毫的睡意。下车后，到一个高级中学（范围很大，大概有300多亩地）考察，校长兴致勃勃地引导我们考察校园，随团人员听得津津有味。不到一个小时，我就感到十分的疲劳，眼睛干涩，一点神没有，闭合无力，视线模糊不清，走起路来拖拖沓沓，脚沉重得提不起来，心里烦躁很，不时有人与我耳语交谈，我根本不知所以。

终于熬到第一站结束，上车要赶赴下一站，因为我的联络安排责任，不能脱离队伍，还要走在前面，疲劳的状况一点没有改变，抓耳挠腮，借故到旁边打岔，不忍让人觉出窘态，硬是坚持到考察结束。

结束了，觉得轻松了，晚饭接受对方招待，喝了几口酒，觉得变了一个人，精气神又回来了，疲劳的影子消失得无影无踪……

这样的情况，周而复始，几乎每天下午常常如此，有时，早晨起来也会感觉到不是那么轻松。

好多关心的人常常以不一样的目光注视我，我感觉得到，他们怀疑或是担心我的身体状况；有些关系比较好的会直言不讳地说，怎么觉得你面色憔悴灰暗，总是一副疲惫的状态；有些说话婉转的人会换一种方式说，呵呵，发现你最近好像气色不错，状态比较好……

年复一年，日复一日，时好时差。有时园园、忍忍；有时瞒着领导和同事偷偷懒，找个地方放松休息，自责的同时只好以"不懂得休息就不会工作"来自欺欺人；更可恶的是，一到放长假，轻松了，没有压力，有大把的休息时间，而忙惯了的我，打乱了生活的节律，变得无所适从，疲劳的感觉反而变得比工作状态下更为明显。十几年来，一直是在这种状态下颠颠倒倒，反反复复，倍受折磨。

期间，陆陆续续多次看了多个医生，没有哪一位医生说得清是什么原因，有的说工作太辛苦，有的说营养不均衡，有的……五花八门，无所适从。听医生嘱咐，多吃水果、枸杞泡茶、冬令补膏、喝浓茶、人参泡酒、补充维生素、网上自采药方……有时好一点，有时差一点，然而，终究难以逃脱"疲劳"的骚乱。

◇ **小贴士**

世界卫生组织的一项全球性调查表明，真正健康的人只有5%，患有疾病的人占20%，而75%的人则处于亚健康状态。

亚健康状态中，有一部分患的是慢性疲劳综合征。此症的反应可表现在心理、生活、运动系统、消化系统、神经系统、感官系统等多个方面。

其原因，学者认为，倾向其与"生物——心理——社会模式"相关。

最常见最难说出原因、也可能最长时间折磨人的一种疲劳，是很少有器质性病变的一种疲劳——神经性疲劳。

神经性疲劳大概有四层意思：肌肉的、情绪的、脑力的和精神上的疲劳。

神经疲劳的发展过程十分缓慢而隐蔽，一般"病人"不能意识到它的到来。对于各种复杂的症状，他们会认为是某些"奇怪的事情引起的，而不会想到这仅仅是疲劳"。在疲劳时一个人的情绪会被极度放大，以至于认为自己快要疯了。

如果一个人的反应如此敏感而强烈，他的应激激素将被耗尽，就是觉得筋疲力尽，这是肾上腺衰竭的一种表现。

神经性疲劳只有在你陷入焦虑与害怕的恶性循环后才会出现。极度疲劳会使人好像失去灵性。

基于理解基础上的接受或通过信念（在非理解的情况下）的调节，是对了解或缓解神经性疲劳的一个好的态度或者是一种好的方法。

因噎废食

放学了，肚子饿得前胸贴后背。跑回家，在完成父亲布置的每天放晚学必须要割一篮子猪草任务前，无论如何要想办法填填空瘪的肚子。找不到东西可以吃，只好找一两个山芋或是偶尔偷一只被母亲收得很隐秘的瓦罐里准备卖钱的鸡蛋，丢在灶膛里，用柴禾烧把火，让山芋或是鸡蛋焖熟。等不到火星散尽，就急不可耐地用稚嫩的小手伸入高温的灶膛，抢出山芋（鸡蛋）草草地剥掉皮，用沾满黑黑草灰的手送到嘴里，一口吞进。

噎得很，舀一瓢水裹一下，很快就滑进肚里，舒适得很，舒心得很，流畅得很，拍拍肚子知足得很，然后再邀约小伙伴开开心心去打猪草了。

这是小时候的记忆，有东西填肚子，真是一件很享受的事。

小时候吃饭总是快得很，常常受到父亲的呵责："慢慢吃，没有人抢你的，吃得这么快，像是饿死鬼投胎，吃饭要数，细嚼慢咽，这样不会噎在喉咙口……"

那时候，也确实想吃、要吃、能吃，但顾不得品什么味道，有时为了贪玩，也就是当作个任务，草草吃完，好出去打球、打架或是做游戏。吃得再快，也没有噎的感觉。

每次这样吃，每次父亲都要骂。骂多了，怕了，要面子了，懂事了，也就慢慢晓得规矩了，吃饭便渐渐慢下来，以至于上了高中，一到中午放学，抢先跑到食堂，但吃得比较慢，基本上最后一个才吃完。同学们常常讥笑我，吃饭像女人一样，慢慢腾腾，好像不饿一样。

吃饭慢，成了常态，到了冬天，常常把饭吃凉了。一个人吃倒没什么关系，要是在集体一起吃，就会常常吃不饱。

上高中，十七八岁，我是家里的小劳力，放寒假要与大人们一起参加兴修水利——开河。这是重气力活，特别累，也特别要吃，必须吃，否则身体扛不住。早晨一大早起来吃的就是米饭（当时能顿顿吃饱米饭是一件很不容易的事），吃饭用的都是大碗，一般大人们要吃两碗，我因为吃得慢（早晨起来，干干的，难以下咽），盛的第一碗还没有吃到一半，大人们已经盛了第二碗在吧扎吧扎地往嘴里扒了，等我吃完第一碗，想再去盛，锅里早已只剩下焦糊糊的锅巴了。没办法，每顿都吃不饱。

有时候想吃快，快得几乎囫囵吞枣，喉咙口偶尔会堵得下不去，无论如何也就快不起来。

一次随大人在外大队"格田成方"（也是像开河一样的重体力活），吃午饭的时候，为了能吃到第二碗饭，几乎不嚼，饭伴着油水比较足的肥肉烧白菜，直往肚里咽。"慢点吃，你没听说吗，我们村六队的朱林根50多岁，在外当干部，很吃香，就是因为吃饭吃得快，常常噎食，最近被查出来是胃癌。很难治，要开刀将胃基本上全部切除，花很多钱可能也不一定能治好……"一位在一起干活的叔叔关心地教育我。

听他这么一说，以后吃饭宁愿吃少一点再也不敢赶速度了，何况我本来吃饭就不快。

以后做了老师，课务很重，一周要上20多节课，时间很紧，有时吃饭的时间都很匆忙，有时候吃得快时有堵住喉咙的情况。我注意到：特别是在上了一上午的课，水喝得少，我讲课声音又高，上音乐课更是喜欢在范唱的时候亮开自己的"美嗓子"（没有经过专业训练，并不懂得如何正确的用嗓子，好多教师都会这样）。农村小孩子顽皮，不听话，课堂中会捣乱，有时候要破开嗓子教训他们，维持课堂纪律，于是，中午吃饭的时候会打噎；有时受凉感冒的时候，咳嗽、咽喉发干（可能也发炎），吃饭的时候会噎住；有时酒喝多了喝快了，吃硬菜（比如牛肉等）的时候不咀嚼也会打噎……这些虽时而发生，但也只是偶尔的，并不影响继续吃饭，一点也没有放在心上。

比较严重的噎膈是十几年之前的一顿晚饭。下午忙完工作，驾驶员送我往吃饭的农庄赶。这顿晚饭很重要，是主要领导宴请几所高中校长夫妇。年关到了，主要领导想通过这种宴请的方式交流工作和思想，更主要的是进行年前廉政纪律的交流和提醒，充分体现组织的关怀和纪律的约束，保持教育的风清气正的良好形象。我作为在局里分管财务的领导，应该参加也必须参加。

坐在车上，思绪万千。就在前不久，教育局下属单位电教馆的主要领导，因为装修改造的基建工作，被人举报，纪委通过核查，将这位领导带进去了；紧接着，教研室的一位领导因为教辅材料的问题也出了大问题，被检察院带走。两位领导都很有水平，有很高的知名度，为教育发展做了很多事，跟我的关系也很好。出事前已经有些苗头，主要领导早有所耳闻，分别找过他们，希望他们有问题就坦白地向组织交代清楚，以免走得更远，悔恨终生。这两名同志信誓旦旦、党性保证，没有主动认识错误，遗憾的是没有通过执法机关的检查。想着想着，心里一片灰暗和惋惜乃至有点窒息的感觉，同时，也觉得主要领导安排今晚的活动非常及时也很有必要。

不知是因为对犯了错误同志的心有不忍，还是因为天气寒冷或者肚子饿的原因，坐在车上，透着寒风，胃里翻江倒海，嘴里清水泉涌，吐吐咽咽，擦了一团纸。

赶到饭店，已是饥肠辘辘。开桌喝酒，领导批评我最迟一个到，先罚酒一杯（一杯大概二两），我想，可能也是为了渲染一下宽松的气氛，平时我在饭局时，常会在开局时，空肚子就一口一杯，今天也自然不惧。毫不犹豫，倾杯入肚，有点烧灼，赶快用碗凉的矿泉水冲刷一下，又大口地吃了一口菜，噎住了，怎么也咽不下，赶快外出吐掉。

回到饭局，桌上觥筹交错，一派宽松和谐氛围，我敬了一口酒，又噎住了，补了一口水，咽不下；想吃一口菜，夹了又放下，放下又夹起，喉咙口什么东西也下不去。

"啊呀，领导，对不起，我忘记了，明天会议的一篇稿子市政府在催，晚上必须发过去，市长要看要改……"我抓着电话借故外出，其实，什么电话也没有打，匆匆返回，跟领导说了一个谎。

这时候喉咙口的东西仍未下去，堵得慌，上不得，下不得，堵得连气都叹不上来，憋得脸上发白。刚才，勉强的谎言，我都感觉到声音不是从嘴里而好像是从耳朵里挤出的，声音嘶哑沉闷。

顾不得领导同不同意，匆匆叫上驾驶员跑下楼。

一下楼就想把喉咙口的东西抠出来，无论怎么使劲，只是"哇哇……"的干呕，越呕越堵，叫驾驶员赶紧往回奔。

路上让车开开停停，停下来用手伸进嘴里去催吐，艰难呕出的是一汪汪清清的泡沫，什么食物也没有。吐了好几次，驾驶员下车了几次，帮我拍拍背，气才慢慢匀上来，喉咙口的堵才慢慢地下去。

不得了，肯定是胃或者是食道出了问题，紧张得我浑身战栗，坐卧不安，在座位上左右扭动，手不停地在腹部和喉咙口按摸……

半个多小时，终于熬到家。

"咦，今天吃饭怎么这么早就结束了？"夫人很是惊讶。

"嗯，开始得早，结束得也早。"我心不在焉地应付了一句。

"没有吃饭，给我下碗面。"我其实一样东西没有进肚，确实感到饿了。

一碗热腾腾诱人的康师傅牛肉面上了桌，我迫不及待地捞了一大口送到嘴里。噎住了，下不去，再试一口，仍然下不去，只能吐出来。像刚在路上一样，开始呕，怎么也吐不出，吐出的像是从食道壁边上挤出来的一撮撮的泡沫水，浓浓的，黏黏的，如同气闷天热的鱼在水面上吐出的泡泡，牵着根根青丝，呕得眼泪鼻涕直流……

"怎么了，怎么了……"夫人惊恐万状，手足无措。

我肚子很饿，连水都喝不下去，估计是得食道癌了，仿佛末日来临，唉声叹气，裹上被子，无助地躺到了床上。

一夜无眠。

第二天早晨起来，一个人偷偷地赶紧上医院，找了熟悉的医生，做了无痛胃镜。结果什么病也没有查出来。

麻醉刚过几分钟，一骨碌从白色的床上爬起来，顾不得医生的叮嘱，到医院门口的白汤面店，三下五除二美美地吃了一大碗碎肉面。抹抹嘴，舒服极了。

以后的日子里，噎膈的事情时有发生。尤其是早晨，我喜欢吃宝堰麻油干拌面就油条，有几次，面条吃了几口就噎住了。抠，呕，吐，浓浓的泡沫，稠稠的青丝，胃里、咽喉很难受，只好将剩下一大半面丢下就走。有时噎住后，站一站，吐一吐，等一等，松一松，继续吃，也能平复如常。好多时候中午便也会这样。

真是奇了怪。上次噎食在医院检查，并没有查出什么问题，怎么会经常发生这样的情况，心里犯嘀咕。

这种情况并不影响吃饭和生活，也就不太放在心上。

事隔一年多，我在长山园区指挥部工作，为感谢区领导对工程建设的支持，请他们在食堂吃饭。

边喝酒，边吃菜，边交流，刚开局三分钟，像上次吃饭噎食的情况又出现了，而且更加厉害。因为这次是我约请，又不好离开，抓着电话，进进出出，一口酒不能喝，一口菜不能吃，勉勉强强讲几句不着边际的话，神情游离，噎得实在很难过。坚持一会儿，气上不来，实在撑不住，只好借口说家里有事，不顾不问礼节和面子，逃离了现场。

到了家里，水也喝不进，气也叹不顺，就这样熬了一夜。

心里犯疑，可能上次医院检查肯定不准确，否则，为什么又发生类似的事呢？

第二天，也是一大早，直奔医院，再次请求医生做胃镜检查。

医生说，今天是星期天，没有无痛的，要做只能做普通的。

顾不得许多，也没有尝过普通胃镜的滋味，只能做了。

我喉咙本来就浅，胆子小，神经反应灵敏，医生的管子还没有伸进嘴里就开始作呕难忍，躺下来，爬起来，弄得医生没有办法操作。

"你怎么这样，这么大人了一会儿功夫都忍不住，不做了……"听着医生的口音是老家人，为解除痛苦，弄清实情，只好厚着脸皮攀老乡，请求帮忙。

医生找来一位帮忙的护士，按住我的头，在极不耐烦中还是做完了，我紧张得直发颤。

"夹出来了，一块肉，蚕豆大，怎么可以再吃得下东西呢，真是亏了你，忍了一晚上，这样的情况不及时检查处理，会出人命的……"

我看见了一块殷红的蚕豆形状的肉。

"你肯定是吃饭的时候不断地讲话，加上喉肌的松弛性不好，咀嚼不透，才会有这种情况……"医生边分析，边批评。

喉咙的堵消失了，心里却堵得慌。

胃没问题，食道没问题，那问题在哪里？迷茫起来。

两次检查，平时也多次看过医生，却没有找出真正的原因。

以后的岁月，噎食的情况仍时有发生，细细观察和回忆，除了连续几天喝酒多会发生这种情况，就是连续一周不喝酒也会有这种情况。

家里人也多次看到过我的这种情况，总是说我吃得太快，劝我慢慢吃。其实，我吃饭已经够慢的了。

真正的原因是前两年才弄明白，对照自己亚健康状态，在网上比对，才找到了根因。

◇ **小贴士**

噎膈，中医病名，是指食物吞咽受阻，或食入即吐的一种疾病。多见于高龄男性。噎与膈有轻重之分，噎是吞咽之时，哽噎不顺，食物哽噎而下；膈是胸膈阻塞，食物下咽即吐。噎可单独出现，是膈的前驱症状，而膈常由噎发展而成，临床常噎膈并成。

现代医学中的食管炎、食管狭窄、食管溃疡、食管癌及贲门痉挛等均属本病范畴。

本病的发生，多由忧思恼怒、饮酒嗜辛、劳伤过度，导致肝郁、脾虚、肾伤，形成气郁、血瘀、痰凝、火旺、津枯等一系列病理变化所致。其病变部位，虽然主要在食道和胃，但与肝、脾、肾等脏的功能失调有密切关系。

《景岳全书·噎膈》中说："少年少见此证，而惟中衰耗伤者多有之。"

这里就提示人们，噎膈的产生往往并非癌症、炎症、暴食所致，而是"忧愁思虑，积劳积郁"的情志紧张，导致食管痉挛的缘故，没有器质性病变，医生又很难判断准确，这种情况常被人们所忽视。

腰酸背痛

　　与骨科打交道，看医生，做治疗，我已是家常便饭，几乎每年都要去两三次，因为我喜欢运动，以前是打篮球，现在主要是打乒乓球。

　　乒乓球运动集健身、竞技、娱乐于一体。经常打乒乓球能提高视觉的敏锐性和神经系统的灵活性，使人心情舒畅，想象力丰富，利于提高学习和工作效率；能改善人的血管、脑血管系统的机能，使人的反应加快，身手敏捷，动作协调，四肢灵活，柔韧、形体健美；能提高调适情绪的能力及培养机智果断、勇敢顽强、勇于进取和敢于拼搏的优良品质和作风。此外，生活、工作中产生的不良情绪，也可在运动中得到缓解和宣泄，起到积极的心理调节作用，提高社会的适应能力。

　　40岁以前，我其实喜欢的运动是打篮球，中学时代我曾是学校篮球运动员，有时候可以整整一下午泡在篮球场上，有时候甚至在月光下与球友们厮杀。

　　离开学校，进了机关，没有打篮球的场所，也自感体力下降，就改成打乒乓球了。

　　原先，我对乒乓球运动一点也没有感性认识，从零开始，也没有什么师傅专门教过。只是为了健康、改善负面情绪、减缓压力疲劳才渐渐喜欢上这项运动，同时这项运动对工具、场地、对象的选择很简单很方便。虽然打了10年左右，但对乒乓球运动的速度、旋转、力量、弧线和落点这些竞赛要素仍是一窍不通，对球拍的正反、皮质的好坏一点也不去讲究。

　　比赛常常以"别人是为了出彩，我是为了出汗"而自欺欺人来掩盖自己输后的自嘲。

因为对运动的无知，运动中根本就没有技巧，只晓得拼命厮杀，随性发力，胡乱跑动，只图痛快，毫无章法，常常一打起码连续 30 局以上，有时甚至 50 多局，夏天也一样。

无知的运动，往往使身体遭罪了，时常脚崴了，腰扭了。场上淋漓尽致，场下腰酸背痛，有时就不得不借助医生的帮忙。

打乒乓球运动会腰酸背痛。

长时间坐办公室用电脑、看书、写稿子会腰酸背痛。

在农村干重活、粗活会腰酸背痛。

……

这些都是常理。这样背景下的腰酸背痛往往有一个明显的特点，就是肌肉拉伤了或是被扭了，酸痛点很清楚，酸痛的感觉很明显，自己会描述，医生好判断。看看医生，贴贴膏药，或是间歇运动或停止几天运动，马上又能恢复。

有一年，为了备战省组织的局长杯乒乓球赛，几乎天天打，天天练，再加上家里搬新家的繁重劳动，腰肌严重损伤。在车子上只能斜躺着坐，上楼梯脚提不起来，睡到床上很难再爬起来，穿裤子需要帮忙，左下肢酸麻，腿肚、膝盖刺痛，对生活和工作已经产生了严重的影响，只能到医院骨科做理疗、牵引、打针、服药，边工作、边治疗，三个月，好了。

这可能是真正的躯体上的腰酸背痛，是真正的病症反应。

然而，30 多岁的有一年，我任厂长的企业已是红红火火的时候，乐此不疲，压力很大，不知什么时候，后背两肩处总觉得僵僵的、酸酸的、板板的，偶尔会隐隐的痛、微微的酸，有时也会一阵阵的头晕，时好时坏。

到医院检查，说是得了"颈椎病"。

每天下午到医院吊脖子、做电疗、打金针、辅推拿，一个多月下来，一点效果也没有。

有时背仍然酸痛，甚至连带腹部都时不时的隐痛，腰就像干重活后有一种被折断痛的感觉。

对医院没了信心，找民间医生，腰背酸痛依然如故，时好时坏。好在这种酸痛并不十分强烈，没有刺痛，没有撞击痛，有的只是隐隐的、钝钝的、游走性的。

停止治疗，不理它，双休日丢开工作，到野外吹吹凉风，钓钓鱼，放松放松，半个月后，这种症状不知不觉消失了。

不知原因何在，但有一点可以断定，估计是医生没有正确判断问题的症结。

这种随诊有过多次，有时说颈椎病，有时说腰椎间盘突出，有时说肌肉拉伤、扭伤，有时说骨质增生或是骨质退隐性变化……

不同医院不同医生经常有多种不同的说辞，不同的治疗方法。

有时图方便、图新鲜，找关系到所谓的有名的民间医生那里扳扳或是做做盲人推拿。有时舒服一点，有时根本不起作用。

腰还是这个腰，背还是这个背，时不时的酸痛就像水中的浮萍一样飘然而至，揪心、烦人。时间长了，经历过多了，也就慢慢认可了、适应了、不慌了。

究竟是什么原因，是前两年的一次通过医生的分析才真正知道的。

造成腰背酸痛的一个难以被常人搞懂的原因（有时医生也不一定弄得明白），不是器质而是气质。

恍然大悟。

◇ 小贴士

据世界卫生组织统计，曾在某个时段受过腰背酸痛折磨的人，约占全世界的三分之一。很多医生喜欢简单、笼统归因为"腰椎病""腰肌劳损"让人接受，虽然还可能因为外伤、炎症、肿痛等病理性因素的存在导致疼痛，但多数人常见的腰背酸痛原因可能并不复杂。

比如，伏案久坐、穿鞋不对、依赖电脑、体重超标、劳累过度、受冷受寒、运动过度或不科学以及其他疾病引发，等等，都会造成腰背酸痛。

以上这些原因往往自己就能找出来，医生也能看准确。

但是有一种原因，是情绪低落、精神紧张、工作疲劳常令肌肉抽紧所引起腰酸背痛，往往难以琢磨，常常难以准确判断。这是心病而不是身病。

抑郁、焦虑等精神障碍也会出现种种的身体不适，其中包括有时会腰酸背痛或关节、肌肉疼痛，等等。

不寒而栗

我对颤抖的记忆非常深刻。

小时候，我很玩皮，说话不知道深浅，往往脱口而出，不顾后果。10岁那一年，我上四年级，家里穷，父母年纪大，没有壮劳力，农村放忙假要到生产队里干农活挣点工分。在农村干一天活，一般大概可以挣2~3个工，我年纪小，干点轻活，一天只能挣五六分工，虽然很吃力，不太情愿，但能挣点工分增加些许收入，为父母分担点忧愁，有劳动成果，心里还是很高兴。

一次，生产队长安排我到田里撒泥（把大人们挑到田里的大块泥土肥料向四处散开）。我的手脚比同龄人快一点，烈日下挥汗如雨，左撒右拖，四处撒匀，一天撒了一亩地，膀子痛，腰发酸，腿发软，手指僵硬得伸不直。别的小伙伴撒了六七分地，只挣了4分工，我可以挣到6分工，虽辛苦但很得意。

傍晚收工，屁颠屁颠跑到生产队会计家去问："叔叔，我的工记上没有？"

"小家伙，这么一点工分急什么，又不会少你的。"只有一只眼睛可以睁开的会计叔叔漫不经心地说。

"到底记了没有？"我着急地问。

"记了，记了，不就是4分工嘛！"会计叔叔一只可以睁开的眼眯着一道缝斜视着我，很不耐烦。

"你眼睛瞎了，我撒了一亩地，最多，不是6分工吗？怎么变成4分工了。"我瞪大眼睛，急不择言。

"狗娘养的东西，你敢骂人，我做死你！"会计叔叔急了眼，一只可以睁开的眼撑得如同角斗中的牛眼一般，气歪了，只见得他脸上的肌肉不停地抽搐着，浑身颤抖着，举着扁担的手颤抖着，闲着的一只手也颤抖着，如箭一般从家里冲出来追着我打。

我跑得快，他在后面追，一直追到了我家门口。

我父亲闻声跑了出来。

会计叔叔碍于父亲的面子，高高举着的扁担在不住的颤抖，双脚在微微的抖动。他双唇颤抖着语无伦次地向我父亲告状。

"这还得了，你这个小赤佬，连叔叔都敢骂，脸都给你丢尽了，我打死你这个不懂道理的畜牲……"脸色煞白的父亲气喘吁吁，举着打我的手不停地颤动着。

我挨了一顿揍。

顿时清醒了许多，难怪会计叔叔急，难怪父亲要打，居然对着本只有一只眼睛可以睁开的会计骂他"瞎了眼"，更何况，在生产队里，会计是很有权力的，谁都要敬重三分。我岂有不被追打的道理。

气急了，身体反应强烈，会发抖。这个情形我小时候就知道了，以后这种情形也见多不怪了。

身体某个部位不停地颤抖，是我40多岁才遇见过的，而且印象非常深刻，也非常惧怕。

我丈母娘很勤劳，很会治家，一人带大了6个孩子，很了不起，我对她很敬重。

可能是过度劳作的辛苦，丈母娘60多岁，双手显得无力，一开始只是耷拉着，渐渐变得微微抖动，好在对生活的自理还不太受影响。但是一年不到，双手颤抖得厉害，握筷子很吃力，演变为根本就握不住筷子，颤颤巍巍的抓起来，菜夹不住，经常会抖得筷子不自觉地滑到地上也抓不起来，很痛苦，有时只能靠别人来喂。

看医生，并不见好。

后来诊断为帕金森病，也没有什么根本的治疗办法。

从此我对身体的颤抖有很深的阴影。

发生在我身体上的颤抖只是偶尔的，只有在极度气愤、十分寒冷或是饥饿、高强度的运动后，或是晚上酒喝太多，来天的上午才有时发生，但外界因素消除，颤抖也随之消失。

然而，一次并没有什么外界因素的存在，我却战栗不止，令我莫名其妙。

大概七八年前，一次到南通出差，考察参与建设工程招标的一家知名企业，这样的活动参与过多次，我也不是主要拍板的领导，只需要随着走走、看看、听听、问问，很轻松自在，被考察的企业一般都很殷勤、恭维、小心，心里也很有做一回上帝的满足感，怡然自得。

　　那天，风和日丽，天高气爽，春意盎然，心旷神怡，阳光洒在身上暖洋洋的，到了会议室空调早已开得暖烘烘的，没有丝毫冷的感觉。早饭在宾馆，吃得早，吃得好，快到午饭时也没一点饿的感觉。

　　上午慢悠悠的考察结束，到了饭店，谈笑风生，等待着热情的午宴。

　　这时，有一种状况不知不觉地侵袭而至。

　　左手的拇指和食指不停的毫无节律的抖动起来；随着一个个客人到来不停的寒暄，重复话、虚伪的话说多了，又始终想保持着一种热情的状态，脸上的肌肉僵硬了，上嘴唇微微的抖嗦起来，说话变得不那么顺溜、不那么清晰，声音也没有平时那么脆亮；不时头皮觉得有一种前后拉动式的颤动，双手显得无力，与人握手变得勉强；双脚微微抖动发软，坐下来，想稳住，好一点，站起来仍然有不明显只有自己感觉得到的颤抖；心脏区域在一拎一拎的抖动着……

　　移步入座，屏住呼吸，挺背静坐，却浑身不自在。

　　别人的劝酒声，我听得心烦，一点也激发不起我往日的兴致。在暖暖的空调房一片喜气热烈的场景中，身上却冒出一种冰冷的感觉。

　　勉勉强强地接受了几杯敬酒，身子似乎暖了开来，脸上似乎涌起了暖暖的血色，身体颤抖的情况慢慢消失掉了。

　　一切又恢复到平静如初的状态。

　　返程的车上，闻着车上散发出来的酒的醇香，目睹着路边春意美景，心里慢慢变得敞亮起来，饭前的颤抖困扰已随风散尽。

　　这样的情形出现过多次。

　　忙碌时、紧张时、环境杂乱时、说话多时，偶尔会发生。有时一瞬间，有时几分钟，有时一个多小时。

　　早晨不会有，晚上不会有，安静时不会有，专注做事时不会有。

　　问了医生，医生说不清。有的说，很正常，大多数人会有，什么原因又说不上来。

　　是病吗？似病，又不像是病。

但这种情况的骚扰非常影响自己的心智和心态，给必要的社交带来很大的障碍，明显影响着社交的效果。

十几年来，一直被这种情况所困扰。

◇ 小贴士

颤抖是很明显的表现，无论发生部位在手、脚或头或其他部位，很容易让人察觉出异样。

帕金森病人也会出现手抖或腿颤抖等，但出现颤抖不一定就是帕金森病。

引起颤抖的原因有很多种可能：愤怒、甲状腺功能亢进、低血糖症、感冒、饥饿、寒冷……

颤抖的原因分为生理性、病理性、心理性和原发性4种。

而其中心理性（如焦虑、植物神经紊乱所导致）的颤抖型形态比较怪异，很难判断，很难表述，很难琢磨，很容易被忽视，因为它既不是生理性、病理性的反应，也不像原发性的反应，或往往又被这种情况下的反应所掩盖和蒙蔽，从而导致人们无所适从。

怒火中烧

"你是怎么做的，是不是与学校校长和工程包工头合起来欺骗我？是不是想把我晾在一边，把我的话当耳旁风？是不是想取代我的位置，向我的权力挑战……你真是胆大包天。"

"你看看，上百人堵上马路，几辆车堵在局机关的大门，局领导大发雷霆，市领导下令彻查。今年局里的年终考核肯定要扣分，就是毁在你的手里，你跟我好好反省，等待处理……"

因为一项工程款被包工头卷跑，人也联系不上，年终了，外地打工的工人拿不到工资，集体上访，围堵马路和局机关，弄得人心惶惶，局机关不能正常工作，影响极坏。

我把分管的处长叫到办公室，劈头盖脸，一顿痛批。

他欲言难辩，脸色蜡黄，笔直地站在办公室，眼神疑虑的任凭我的训斥。大概他在想，今天领导怎么像变了一个人。

发生这样的事，的确情况很严重。平时工作中类似的事件也遇到过一些，但处置中对事对人都显得比较冷静，会一个人静下心，梳理思考事件发生的来龙去脉，会以体恤保护下属、同事的心态去面对，然后拿出一个最佳的处置方案。这次不知怎么回事，刚遇到这种情况就气冲斗牛，肝火郁积，像火山爆发一般，怒目圆睁，暴跳如雷，不去了解事情的原委，不去理智地平息事态，只是把下属找来一顿劈头盖脸的痛骂。

等我发泄完，处长慢慢地细说了事情的过程。

原来工程的付款是在分期定额和财务预算范围之内，一切合乎规范和程序，并没有什么人从中作梗，并没有什么猫腻，并没有什么见不得人的勾当。

他的工作周到细致。

我发的是无名之火。

我当面怒斥了部下。

冷静下来，后悔不已，深深自责，内疚得很。

自我反思，我近来一反常态，不时会出现与以往不同的心态，有时会莫名的发火。发过火又往往自觉不该和理亏。

"你最近是不是有什么不顺心的事？是不是身体有什么不舒服？怎么老是看到你动不动就发火，甚至不为什么也会阴着个脸，说些伤人自尊的话。"一些要好的部下或是有关心的领导直言不讳地对我说。

细细想来，还真是这样。我发现50岁以后类似的情景出现过好几次，这是以前从来没有过的。

是当官时间长了？是权力变大了？是位子坐牢了？是再进一步没有希望了……我在寻找原因，百思不得其解。

我脾气好，为人和善，有亲和力，这是与我工作生活过的几乎所有人的共识。

上学时代，我与好多同学都成了好朋友，有的关系甚至维持到现在。

到了谈婚的年龄，因为脾气好，许多人家的姑娘都愿意嫁给我这个"穷人"。

做父亲、养育孩子二三十年，从来没有对女儿红过一次脸。

做教师，一直秉承"谆谆善诱""润物细无声"的教育方式，也难得对调皮捣蛋的"学困生""德困生"发火。

做厂长、做校长能够善待下属如家人。

做机关办公室主任，靠一副好脾气，将上下左右协调得比较和谐，以致市政府领导褒奖我称"第一大办公室主任"。

我曾经主持过"情商管理"研究的省级课题。在研究中把"好脾气"的非智力因素上升到理性层面去思考、去诠释，寻求良好的途径和方法，在管理的实践中拓展和应用。

通过"情商（EQ）"的研究，同时也提高了自己的"逆商"层次，使我懂得崇拜司马懿的人生哲学——一路走来，没有敌人。力求培育自己的好脾气、好心态，做人做事留有余地，对对手和"敌人"保持尊敬和敬畏，也感恩他们的提醒，尽可能地使自己自律自强。

我在做工厂厂长的时候，有一个工人经常上班迟到，经常出次品，经常与同事搞不好关系，经常冒犯我，但对工资、福利却计较得很。有一次，因为他做错了一件不得不以厂规处罚的事，扣了他半年的奖金，他气急得当场就想"宰"了我。

　　我离开厂长的岗位，他不是我的下属了，不再受我的压束，对我的"报复"开始变本加厉，用电话、用短信……采取不同方式骚扰威协我和我的家人，做梦都想置我于死地而后快。

　　我念其年轻，找份工作不容易，父母养育他成人不容易，虽然他的行为十分过分，甚至已触犯了法律，对我的身心造成了极大的伤害，但我没有"拿他的错误来惩罚我自己"，没有与他针尖对麦芒，而是多次与他交流、谈心，通过别人做工作，帮他解决了一些他自己难以解决的困难，用"以德报怨"的方式印记"逆商"的理论方法，化干戈为玉帛……

　　"你这个人就是没有原则，对什么人都从好的方面去思考和对待，要是我，对付这种人的办法只有以恶治恶、以夷治夷的办法，否则，他根本不知好歹。你倒好，对他亲着、供着、帮着，这样做你累不累?"我的副厂长和一些朋友曾经这样规劝和批评。

　　但我仍然以"好脾气"去对待他。

　　以后的工作中，因为利益冲突，难免仍会或多或少碰到类似的人，我基本上还是以"好脾气"的姿态去应对。

　　这种应对方式我知觉与人方便，与己方便，累当然是有的，但对自己的身心修养、对工作我认为都是有益的，对别人也是有帮助的。

　　有怨气的人大多是因为误解，大多是一时的不理解，时间长了，总是会醒悟过来，脾气也慢慢会顺起来。

　　用"好脾气"对待闹心的事、闹心的人，在我的生活和工作中有很多很多，有时偶尔想起来很值得回味，甚至有点自鸣得意的感觉。

　　"好脾气"伴随着我度过了漫漫人生和长夜，平复着自身的心态，消除了诸多烦闷，消解了很多矛盾，积下了好多人脉，也赢得了一些成果。

　　这可能是一种天性使然。也许，我可能就是这种个性气质。

　　到了园区工作后，"好脾气"的风格却有了些许的变化，且自己往往在不知不觉之中。

　　我在分管财务融资工作期间，一次，新建的一所学院需贷款 4 个多亿用于还债，需要做融资找担保。本不是什么大事，且学院的领导跟我关系很好，又找到其上级部门的卫局长（曾是政协的领导，与我私交也不错），要求我们帮助做担保。

在以前分管财务工作时，帮助企业担保曾经有过深刻的教训，我很慎重，委婉地拒绝了。

他们找市领导与我打招呼通融，而且主要领导似乎默认同意了。

"老总，年终了，年关难过，帮忙通融一下吧，市政府领导已经同意了。"卫局长在主要领导办公室对我恳求着。

"市政府领导同意了？我为什么没有接到电话！"我火冒三丈。

"我看，还是帮着办一下吧。"主要领导征询我的意见。

我不知有一股邪火腾腾腾地直冲天灵盖，"要办你们办，我不负这个责任……"

"咚!"呼的起身，丢下一句毫不客气的话，狠狠地夺门而出。

"这个人今天吃了火药了，怎么会这样……"门外的我听到里面的责怪和气愤。

我也不知道是怎么了，气不顺，脸通红，手发抖，嘴发干……

后悔，不该，莫名。

一天，乃至几天心绪极差。

有时，找工程队、找上级领导、找中层部长、找当地领导……时常会怒气冲冲，仿佛总希望他们看我的脸色行事，好像别人端的是我的饭碗一样。

可能对工作生疏，可能管的事多压力大，可能是糟心的事特别多，可能是忙碌的工作并没有什么成就感……就是老觉得要发火。

在家里，一直对夫人百依百顺的我，时常也会对她的爽直且已经习惯了的"絮絮叨叨"痛快地发一通火。夫人看看我，很不解，常常会说："你的好脾气到哪里去了，怎么变得会跟我发脾气了，是不是更年期了，怎么会这么神经质……"

在路上开车，看到别人加塞、超车或是开得比我快，常常会有一种开快车冲到前面，停下来，骂一通，甚至有开车撞上去的莽动意念。

在单位，看到别人写的东西，有时看都不看，很不满意，丢到一边，自己另起炉灶。

与人谈事，不耐烦，三言两语，往往不耐烦的话就会像阴沟里的水一样

"冒出来"，又脏又臭。

……

50 岁以后的脾气比之以前差了许多，尽管有时候自己会竭力地掩饰和忍耐，但是觉得胸中会不时地有一股怒火中烧的感觉，难以压抑。

经常很累。

这两年才渐渐恢复到以前的"好脾气"的状态。

舒服多了。

◇ 小贴士

易怒，这是每个人都会发生的很正常的一种现象。有的是因为遗传因素，本来脾气就不好；有的可能是病理因素，如肝火郁积、甲状腺亢进；有的可能是因为生活工作中压力太大，偶尔需要爆发一下；有的是缺乏一种忍耐的修养，过于自负，总看不惯别人；有的人做老板或领导时间长了，高高在上，不会换位思考，总是怒斥下属……因此，易怒有性格因素、有病理因素，也有社会和心理因素。

但是，有一种潜在的因素，就是长期精神被压抑而渐渐累积起来的神经受损的因素，很难判断，周期很长，状态不明显，又往往被误判和曲解。

对待这种情况的"易怒"，使其能够缓解甚至消除，最好的办法就是要减轻精神压力。让优美的乐曲来化解精神的疲惫，开怀大笑，笑口常开；出去旅游；放慢生活节律，悠然而不闲散；遇事沉着冷静，会换位角度去思考；勇敢面对令自己害怕和不快的事实；推心置腹地与人交流……

相信自己一定能减轻压力，神清气爽，愉快地生活。

脑灌浆糊

　　农村的清晨，整个世界是清亮的，阳光透过淡淡的雾气，沧桑地盘绕在万物上，别有一番赏心悦目的感觉。

　　春天，含苞欲放的蓓蕾上，晶莹明亮的露珠闪烁着，显得生气勃勃；夏天，属于它的颜色一点也不逊色于秋的黄、冬的白、春的绿，它是一种五彩混合而成的油画，鸟儿放声歌唱，万物舒展着晨练，好时机、好心情伴来了新的一天；秋天，金黄的稻穗低沉着头在微风中摇曳，阵阵清香飘入人们的心田；冬天，枯萎的草木使大地显得更加空旷，一望无垠。

　　清晨的风，清晨的草，清晨的阳光，沁人心脾，美不胜收，令人心旷神怡，脑子特别的清爽，心里特别的敞亮，心情特别的舒适。

　　农民们在田野里劳作，我时常在书中遨游。

　　儿时的记忆，印象特别亲切而又深刻。这时候的记忆力特好，一个多小时能背会2000多字的文章。

　　儿时的这种记忆，铭刻于心，使人憧憬，使人追忆，使人幸福，使人留恋。

　　随着年龄的增长，随着知识的积累，随着社会的芜杂，随着欲望的膨胀，可能是机理退化了、压力增加了、烦恼增多了的缘故，心里变得沉重起来。进了城，脱了农，做了芝麻绿豆官，想着前前后后的事，遇着形形色色的人，以往那农村早晨别致的风景和清新的风似乎很难嵌入我的脑中，脑子时不时的变得混沌起来，难以清醒。

　　40岁以前，一般在会上或公众场合讲话、与人促膝交流，我基本能假以思考，出口成文，讲着第一句，就准备好了下面二三句，习惯表达是："我今天简单讲四点，第一点……"

与我接触较多的人，经常开玩笑说："一开始与你接触，认为是事先准备好背下来的，但有时即席的讲话也是这样，就觉得很神奇，当你讲第一点的时候，我们就默默地琢磨，看看你讲的二、三、四点是否会漏掉，是否会变样，结果每次的逻辑性还是比较强，讲完的内容与开始的表达没有丝毫的偏差，思路真清晰，记忆力真好……"

然而，不到40岁，却经常出现思维断路的情况，脑子里时常会出现一片混沌。

第一次出现糟糕的情况，是为老师们上一节德育示范课。课前准备很充分，但课上到一半，忽然觉得自己讲话笨拙起来，显得不怎么顺畅，脑子里像是弥漫了薄雾，自己讲话的声音似乎自己听得不太清楚，一下子慌得连卡片都拿反了。

我看到听课的一位女教师用手指指我，我一惊，一看，不好了，卡片的字是倒了，示范变成了失范。

猛然一下醒了，脑子一下子变得异常清爽，居然将"卡片拿倒了"的现象，随机应变为德育课堂内容的反例印证……

一片喝彩。

只有我自己明白，当时确实是头脑子蒙了的一瞬间的误举。

"你脑子被抹上猪油了！"这是大人们经常骂混账孩子的一句话，我这次才真正的有过体悟。

当校长时，早操后一般要对老师们例行训示或是简单部署当天的工作。在操场上，人多地旷，声音要大。有几次，讲着讲着，头脑忽然就糊了起来，思路断了，不知道下面要讲什么，往往讲的声音低沉得像蚊子一般，老师听不清讲的什么，用疑惑的眼神注视着我。

周前会、政治学习、周末小结会……校长一般要长篇大论地讲上一通，常常是洋洋洒洒，声如洪钟，但有时却觉得脑子不够用，不听使唤，稀里糊涂。

这样的情况出现过几次，高声讲话，长时间讲话，使我感到畏惧，一二三四层次井然的表达有时会颠三倒四。

不愿意讲了，就偷懒交给分管的副校长去讲。渐渐地变得怕讲了。

什么原因？不知道。因为平时脑子是清醒的，也就没有去在意。

1999 年的下半年，上级领导到我老家考察我调动的事。考察快要结束，基本情况据说不错，考察的领导要我在考察现场讲讲话。此时，我脑子像塞进了棉花絮，始终开不了窍，只是抖抖索索地讲了几句场面上的客套话，事后连我自己都不能原谅自己。因为我从考察组长的眼里读出了疑虑：这个人好像并不像人们说的那样优秀嘛。不屑的眼光，中午冷淡的应酬，使我惶恐不安。

　　终于调到上级机关上班了，我却高兴不起来。

　　早晨需要自己乘坐公共汽车上班。按理说，早晨起来，经过一夜的休息，脑子应该像阳光一样明媚，像空气一样清新，像晨露一样晶莹，而我一坐到公交车上，被嘈杂的人声搅得心烦意乱。坐到位子上，一会儿，随着晃悠悠开动的汽车就想昏昏欲睡，使劲地想睁开眼睛但很难睁得开来，脑子里模模糊糊、懵懵懂懂、惺惺松松做着奇里古怪的梦。一个多小时，到达终点，经常要驾驶员使劲地喊，我才能像梦游一样地下车，脑子疲乏得很，使劲捽捽转转、伸伸懒腰，似乎可以稍稍清醒一点。

　　坐到办公室，头脑仍不清醒，时常发呆，思路不清楚，别人说话都反应不过来，迟钝得很，脑子有时候一片空白，不知道自己一天要干些什么……

　　总觉得自己脑子里吸进的氧气不充分，总是觉得外界的空气特别的污浊，憋得我有点透不过气。即使到了室外，一点也吮吸不到花草树木的清香。

　　有时，烦得抽一根烟，会使脑子变得更加缺氧式混浊。

　　整整一个多月来，一直处于这样的状态。视力模糊，感知力差，难以深入思考，注意力涣散，记忆力秒忘，丧失意志力，什么都不走心。

　　只有在一个人慢慢静下来的时候，或是到了下午，尤其是晚上喝些酒后，脑子才会变得异常清醒。

　　到外地工作，人头、环境、工作渐渐适应了，这种情况渐渐有所好转。

　　开始到机关，教育业务工作量大、涉及面广、专业要求高，渐渐熟悉后，心慢慢静了下来，晚上一般写文章几乎要写到十一二点，脑子变得像年轻时一样清爽，写的文章领导也往往比较满意，组织会议讲话又能使"一二三四"的层次感回到当初。

　　但是，近 20 年，脑子里有"浆糊"的情况时常会出现，尤其是在社交场所常常冒出来。有时打牌记不住别人的牌，想不到下一步的棋；有时与人紧张的谈判，常常把想好的话给忘掉，谈话一点也不严谨；有时坐在车子上有浓浓的困意却怎么也睡不着（坐长途车也这样）；有时在领导面前讲话会语无伦次……

脑子时常朦胧，像醉酒，像注入浆糊一样混沌，像灌了铅一样沉重，像马拉松一样疲倦……

只有晚上特别清醒。

只有酒后特别舒畅。

只有一人独处特别敞亮。

是血脂高？是血液稠？是血压高？是……看过多次，查过多样，一样都不是。

十几年来，不知到医院折腾过多少次。

很疲惫。

很痛苦。

很抗争。

两年多来，渐渐离开了工作岗位，渐渐游离于社会，官帽脱了，负担轻了，责任小了，脑子里有"浆糊"的情况似乎渐行渐远……

◎ 小贴士

脑中有"浆糊"，经常昏沉沉的，注意力不易集中，这种表现可能的原因很多。

一种情况可能是混合型颈椎病，为椎动脉受刺激痉挛，继发脑供血不足所致。

一种情况可能经常在晚上 12 点以后才睡觉，或是检查有贫血，或者是……长期下来可造成反应迟钝。

一种情况可能是脾气虚引起的表现，脾为气血化生之源，后天之本，在脾气虚的情况下，气血不足，头目清窍失养，就会造成头脑昏沉的表现。

遇到头脑昏沉、嗜睡梦多、乏力、注意力不集中、很疲劳等情况，常到医院检查，而血常规、肝功能、甲功、颈椎片、超声多普勒、脑电图检查等结果都正常，颈椎片即是骨质增生，也不一定是其主要原因……

那么，另一种很大的可能就是神经衰弱的原因。

神经衰弱是以精神和躯体功能衰弱症状为主，精神易兴奋，脑力易疲劳，常伴有情绪紧张、烦恼以及紧张性头痛和睡眠障碍等心理症状为特征的一类神经症性障碍。这些症状不是继发于躯体疾病和脑器质性病变，也不是其他任何精神障碍的一部分，但患者"病"前可存在持久的情绪紧张和精神压力。

由于神经衰弱的症状缺乏特异性，几乎都可见于其他神经症，如焦虑症、抑郁性神经症、疑病症、躯体化障碍等。这几种病症所反应的一个共性表现可能会是脑子不清醒。

因为情况交替和复杂，往往使其难以诊断清楚，给患者带来无尽的烦恼。

缓解这种状态，基本的方法在认知，根本的办法在斗志。

别无他法。

奇痒难忍

小时候，我的皮肤瘙痒经常发生。

一般发生在春夏和夏秋交替的季节，有时厉害得难以忍受。

春末夏初，只要不下雨，我和小伙伴几乎天天游泳，没有固定地点也没有固定时间。有时在村边的塘，有时到村外的沟；有时放牛，牛眠塘，我们也一起在野外的塘里与牛共游一通；有时在早晨，有时在中午大人们休息的时间，偷偷地跑出去，有时在放学的路上，有时在夜晚的月光下。那时农村塘里的水一般都很清爽，尤其是野外活水塘里的水更是清澈见底。游泳时，时而身上披着浮萍，时而头上顶着水葫芦，时而串到密集的水花生里抓鱼摸虾。塘里有公家养的鱼，有的塘里养着菱，当时公家的东西一般是不会有人去摸去偷的，哪怕是晚上，因此，鱼长得又多又肥，菱长得繁茂碧翠，一群野孩子在这样的环境里游，真是其乐融融。

伙伴们在塘里游泳嬉戏，做着扎猛子、舒展不同泳姿、摸蚌捉蟹……形式多样的比赛，天真无邪，欢快无比。一到了水里，赤身裸体，如同蛟龙，水里的鱼虾不时地触碰着光滑滑的躯体，痒痒的，水面上被我们惊得"鲤鱼跳龙门"，如闪电，如喷泉，流光溢彩，融入在伙伴们的欢声笑语之中……

水里的我如蛟龙活力四射。

离水的我如瘟鸡一般，没了生机。

我的皮肤比较白，小时候本身又比较嫩，水里浸泡过后显得更加的白皙，伙伴们给我起了绰号"白皮"。

皮肤的外表光鲜，却经不起冷水的浸泡和水中杂物的侵蚀，在水里凉爽得很，出水后被初夏的阳光一蒸，顿时绷紧起皱。春末已经渐起的痱子长满全身，头上、脸上、手上、背上星星点点，到处都是，经水泡光照，奇痒无比，乱抓乱掐，渗出血印，引发皮疹。

到了晚上，洗过热水澡，加上蚊叮虫咬，浑身更痒更红，一块一块，有时痒得连吃晚饭都没了心情，觉也睡不安稳。

一个夏天下来，头上、背上长出许多疖子，化脓，挤脓，挖疮，身上常常是皮开肉绽、千疮百孔，那种瘙痒痛疼的滋味真叫人煎熬难忍。

痱子、疖子的瘙痒常常是"皮"出来的。

有一种瘙痒是劳动中"做"出来的。

每年夏天割麦子，收麦子是农村夏忙必经的农事。

割麦子要乘天气好的时候，而且容不得慢慢腾腾，要"抢收"。割麦、捆麦、到打谷场上脱粒，往往都是一气呵成。天热、流汗自不必说，可怕的是麦芒尖尖的、毛茸茸的，再加上割起的麦草根部扬起的尘土，刺在手上、身上，呛进嘴里、鼻孔，那种瘙痒如蚂蚁爬满，痒遍全身，渗进血液，叫人望"芒"生畏。

抓抓、跳跳、打打、拍拍、揩揩、洗洗、树上蹭蹭……想尽一切办法，只解一时之痒，越是这样就越痒，越痒越抓，常常血迹斑斑……

还有一种皮肤瘙痒是"作"出来的。不顾烈日暴晒，在太阳底下，敞头裸身，用竹竿子钓鱼；下午放学后，经常只穿一条裤衩，赤着脚，打篮球……经常是汗流浃背，汗珠渍在身上如针砭一般。

皮也好，做也好，作也罢，因为各人的皮质不同，皮肤对外界刺激的反应不同，有的人"细皮嫩肉"，有的人"皮糙肉厚"。我很容易瘙痒，但有的人在阳光照晒下皮肤黑黝黝的，一点事也没有。

这其实都是一种常态。

成人了，进城了，没了皮的天分，没了做农事的本分，也渐渐失去了作的情分，要么在教室，要么在办公室，但儿时的瘙痒并没有离我而去。

看到别人皮肤在光线的映照下油光水滑，艳羡无比；看到自己的皮肤皱皱巴巴，黯然失色，真是自惭形秽。

夫人经常埋怨我：怎么枕头上总是有星星点点的血斑，没有一副枕套是干净的，有时连被单上都是。

我也没有办法，我也很苦恼，这都是"瘙痒"惹的祸。

成人后的皮肤瘙痒与儿时的瘙痒完全不一样。最厉害的发作有过几次。

有一次，患上了"荨麻疹"。

那时大概30多岁，做企业厂长。开始两年做得顺风顺水，兴旺发达，有了一些资本积累，不满足小打小闹，不满意小作坊式的事业，要搬厂扩展。买了几亩地，投资了几十万，雄心勃勃，本想一展宏图，但天不遂人愿，借款额度大，业务量增长慢，技术跟不上，产品附加值低，购买一项专利"技术"，产品销售不畅，违背市场规律……重重打击，焦头烂额，极度恐慌，身心疲惫。

恰在这个时候，手心、后背、头皮起了"鸡皮疙瘩"，有的窿起，有的扁平，有的殷红的一块，一闲下来就痒，尤其是在阳光下、在被窝里或是喝酒后奇痒无比。

医生有的说得了风疹，有的说是过敏，有的说是荨麻疹……

吃药不见效，反而昏昏沉沉，有气无力；擦药膏一点也不起作用。

有时候风块还会长到脸上，难受难忍，好好坏坏。

大概过了两三个月，工厂通过改革，产品通过改良，渐渐顺起来，良好的发展有了新的起色……

身上的"鸡皮疙瘩"不知道什么时候渐渐隐藏起来，慢慢不再出现。

究竟什么原因，不知道。

这次的皮肤瘙痒磨得人心力憔悴。

更加厉害的一次皮肤瘙痒，范围很小，定点定位，只是在两只手的虎口和两只脚的脚踝处，其他地方没有一点反应。

开始只是小范围的红点点，像痱子一样，痒痒抓抓，抓抓痒痒，很痒时用指甲掐掐捏捏。

随着时间的加长，长"疹子"的地方逐步变成红块，渐后慢慢变成褐色的斑块，抓抓擦擦，不时地泛白掉屑，越抓硬块范围会不断扩大，且渐渐窿起，发紫、发黑，颜色变得重起来，伸出手来清晰可辨。

可恶的是痒得实在难忍，不时地不自觉地非得去抓捏。

可厌的是真不好意思伸出手去与人交握，因为时常会觉察到别人伸手时的疑虑、迟缓、敷衍甚至是厌恶。

不要说别人，连我自己都觉得厌恶。

这样的情况是发生在我做机关办公室主任期间。办公室主任的工作做得令我厌烦，做得令我陌生，做得令我慌乱，做得令我沉重，关键是做得令我虚伪，整天跟人、跟物、跟文打交道，虚与委蛇的心计，实在使我自己都觉得不可思议。整天埋没在文山会海，整天处于永久难以松弛的境地，那怕是晚上睡觉也觉得身处虚无缥缈的梦幻……

时间延续了很长，当然酒的长期刺激是一个十分重要的因素，每次看医生都会提醒和谆谆告诫。每次医生配了一大堆药，说了一大堆云里雾里的理由（跟以前配的和说的差不了多少），但就是没有起多大作用。

自从我脱了办公室主任岗位，换岗财务处长的时候，这种情况才慢慢地消失。

远离皮肤瘙痒的感觉，真是如同肩上卸下了一副沉重的担子、心里搬掉了一块重重的石头一样，轻松多了。

手上虎口疹块，耳边、后背、颈脖交替出现的斑块的瘙痒，在往后的日子里仍会时隐时现，但都很轻微。

到了园区做领导工作后，这种情况又卷土重来，而且还越发的严重……

近两年，退出工作岗位后，"皮肤瘙痒"也随着退休了。

这东西真怪，看医生真难。

◇ 小贴士

皮肤瘙痒随年龄、季节而不同。老年性冬夏易发，冬发春愈，夏发冬轻。

一般人引发皮肤瘙痒有过敏性（比如春夏的柳絮或花粉，或吃了什么像海鲜一类的食物，等等）；有的属于局部性，比如肛门、头部、外耳道……有的属于身体病发所致，如痔疮、毛囊炎或疖子、鱼鳞病、癌症……有的则属于穿戴不合适引起……

原因十分繁杂，几乎每个人都遇到过。总体而言，可分为外因和内因两个方面。内因包括系统性器质病，如内分泌疾病（糖尿病、甲亢……）、肝胆疾病、肾脏疾病、血液病、感染性疾病、食物或药物的刺激，等等；外因的存在就很难琢磨了。

到医院检查，如果很明显，已经发现由于内因疾病或外因过敏的原因后造成皮肤瘙痒，医生往往会对症下药，内外结合。一般的情况看皮肤科总会配一些外敷的膏或少量内服的药，常常过一段时间会好的。

而因为精神紧张所引起的或是"神经性皮炎"这个原因和概念，皮肤专科医生似乎难得摸准或是根本就没有判断过。这一点所造成的皮肤瘙痒会常常被误诊的，也是久治难愈或是不治自愈的主要原因。

肠胃紊乱

我得过一次急性肠炎，那种撕心裂肺的经历使人有一种末日来临的感觉。

那是2004年暑假，我在机关做办公室主任，随代表团到连云港对口交流，我负责做组织协调工作。

连云港人很热情、很周到，我们也很开心、很尽兴。

活动结束的前一个晚上，连云港人带我们到东海县的一家有名的船上饭店吃海鲜。那些海贝大泥螺、花蛤蜊、小章鱼、小黄鱼、大鲶鱼……奇形怪状，我从来都没有见过。色香味诱人，令人馋涎欲滴。

连云港人撸撸袖子，兴致勃勃地用手抓着吃。

我们团中有曾经吃过海鲜的人，也感到大开眼界，挑挑拣拣选着吃。

我从来没有吃过，看得过瘾，不敢吃。

"没关系，海鲜一般性凉，喝点白酒，绝对不会影响肠胃……"连云港本地人张着油光光的嘴边吃边诱。

我大着胆子，放下架子，喝着高度酒，融入到吃海鲜大餐的行列，品尝着美味佳肴。

尽兴而归，往宾馆的返程车上，仍然意犹未尽。

酒足"鲜"饱，昏昏欲睡，到了宾馆，倒头沉睡，梦忆着海鲜的美味。

晚上11点多钟，突然，胃里翻江倒海。

"哇……噗……"还没有来得及从床上爬起来，肚里的残渣余孽喷涌而出，射得地毯上满地污垢，小腹部如刀绞一般痉挛难忍。赶快起床，呕着、绞着，似乎连胆汁都要吐出来，污渍黄黄的，肚中的海鲜倾泻而出，瘪肚空得贴到了后背，眼发花、腿发软、浑身无力……

胡乱穿上衣服，到宾馆吧台问哪里有医院。惊恐的服务员指着大门外说："对面就是。"

好不容易迈到对面，一到医院就瘫坐在木质沙发上。

医生一看：急性肠胃炎。

打针、吃药、挂水，折腾了两个多小时。

从此，我有了深刻的教训：我的肠胃不适合吃海鲜。每次出差遇到吃海鲜就望而生畏，情愿饿肚子也不敢碰。

这次的印记十分深刻。

20来岁，在农村生活，很少听到有人说什么肠胃不舒服，我自己也从来没有体验过。

不到30岁，进了城，做了城里人，经常看到有人不断的嗳气，不停地在腹部抚摸，我觉得好笑也很鄙夷。心里想，吃得这么富有，比农村的生活好多了，怎么肠胃还会有这样那样的花样经。经常配着、拎着、讨论着、服着我闻所未闻的各种各样的胃药，觉得城里人就是毛病多、太娇气。

30岁多一点，我也只不过做了几年的城里人，肠胃的"毛病"开始慢慢向我侵袭。从此，肠胃五花八门的反应，从来没有让我安生过。

有一年的春天，我大概三十二三岁，爆发了一次"颈椎病"（这是医生的诊断）。除了有头晕得天旋地转的感觉外，最强烈的就是肠胃的紊乱反应。

这次肠胃的反应叫人琢磨不透：胃部隐隐不适，没有痛感，没有食欲，吃饭一点也不香，对酒的爱好变得十分的厌恶，一闻到酒味就想吐；一顿不吃一点没有饥饿感，勉勉强强吃点饭，吃了就想吐，有时还会有难以下咽的堵塞感；有时喝点清汤寡水也会有翻江倒海的感觉；小腹部会隐隐的痛，有时会轻微腹泻，有时大便不顺畅、不规律，软软的、黏黏的……

看消化内科，医生按按、查查、问问，说不清什么原因，只是说我的肠胃好像没有什么问题。

服了当时盛行的"三九胃泰"，一点也没有什么作用。

当时我做企业厂长又兼着学校副校长，工作量很大，不太顺利顺心，压力挺大。一天忙得有做不完的事，紧张兮兮地，再加上老天作祟，头晕脑胀，胃肠翻乱，整天浑浑噩噩，工作效率低下，疲惫乏力，生活无望，情绪低落到极点，恨不得早日了此残生。

折腾了一个多月，悉心为我治疗颈椎病的名医，听了我的诉说，判我是患上了"颈胃病"，我从来没有听说过有这样的病名。

医生说，人体的颈椎神经系统密集，与诸多器官有着千丝万缕的联系，颈椎如果出了毛病，可能与肠胃有密切的相关性……他讲了很多、很专业，我压根就听不懂。

他说根子在颈椎，关键要治好颈椎病。

颈椎治了近三个月，用了可以用的一切办法，应该说稍有好转，头晕的问题基本得到解决，但是肠胃的功能似乎并没有健康恢复。

离开医院，停止治疗，正常上班。半个月后，不知是不是颈椎问题，肠胃问题好像消失了。

该忙则忙，该吃则吃，该喝则喝，一如当初。

什么原因发的病，什么原因又好起来，弄得我一头雾水，不明就理。

以后的几年，肠胃的紊乱情况时隐时现。

一吃饭就想到要节制，一静下来烦恼就会侵袭，一有空就想找医生问问看看。

有一年，40多岁，小腹部隐疼难忍，肛门处坠胀欲便，大便一点也不正常，想便无便，持续了半个多月的时间，忍不住决定到医院做肠镜检查。

我没有做过肠镜检查，也不知道有什么无痛的肠镜。

医生开了单子，按照医生的嘱咐，做了检查前的各种准备。

哪知，当医生用细细的管子从肛门进入后，慢慢伸向肠内游动，尽管我有忍痛的充分准备，但医生手握的管子在肠内进进出出蠕动，那种绞痛真叫人生不如死。我像蛇一样在手术台上蜷缩扭动，浑身肌肉紧绷，汗水渗透了床单……

十几分钟，终于结束。

医生说，很好，一点没问题。

痛得值了，忘记了后怕，庆幸没有得肠癌。

有了这次经历，再也不敢做普通肠镜检查。

因为医生说，50岁后一般二三年要做一次，时隔10多年后，做过一次无痛肠镜检查，一点也没有痛苦，依然没有一点问题。

但是十几年中肠胃紊乱的折磨并没有停歇过。

反应五花八门，有时候的隐痛在中间，或左或右或上或下，区域或大或小，时间或长或短；有时候大便正常，有时候一天几次倒是很少，有时候胀气，有时候嗳气，有时候憋气，或根本就没有大便；有时候便秘，有时候腹泻……最明显的反应是出差在外的时段，对吃饭睡觉没有丝毫的影响。

到医院不计其数，医生的说法八门五花。有的说胃炎，有的说胃胀气，有的说溃疡，有的说胃肠感冒，有的说肠炎，甚至有的说痔疮……

服的药可谓面面俱到，服服停停，停停服服，服服又改改……

医生的嘱咐，多吃纤维食品，少喝酒，少抽烟……谆谆告诫我铭记在心。

肠胃紊乱的情况依然挥之不去。

尽管不知道什么原因，尽管不知道哪种药有用，一般情况下，肠胃的药物总是经常预备、常备的……

◇ 小贴士

胃肠功能紊乱又称胃肠神经官能症，是一种胃肠综合征的总称。精神因素为本病发生的重要诱因，如情绪紧张、焦虑、生活与工作上的困难、烦恼、意外不适等，均可影响胃肠功能正常活动，进而引起胃肠道的功能障碍。

引起胃肠道功能紊乱的因素很多，有饮食因素，有胃肠本身的因素，有消化系统疾病，有身体其他部位功能的影响因素（如脾虚、肝胆疾病等）……

但是最主要的诱因——精神因素，常常被消化科医生（哪怕是名医）所忽视。这一点很值得人们重视。

睡眼朦胧

我第二次住进医院是在 2016 年 6 月份，眼睛动手术。

手术前，我知道自己的眼睛有毛病，看远偶尔会模模糊糊，视觉感到疲劳乏神。

我知道，眼睛对一个人尤其是对我们从事教育工作者的人来说，显得更为重要，但是对眼睛的保护和问题判断的知识又很匮乏。

最初，我发现眼睛有问题是上高二的时候，空军部队到学校招收飞行员，在体检中我所有项目都合格，就是被挡在了看"色"谱上，红绿混合颜色的图像一点也分不清，诊断为"色盲"。

为此，还曾经弄出过一个笑话。

十几年前，我看到机关里的好多人学开汽车，很顺利就拿到了驾照，很羡慕。连比我大得多的一些女同志都有了驾照，开着个车子很是威风，我岂甘落后。

别人能做到的，我也一定能做好，这种想法一直牢固地根植在我的心里，不甘落后，不愿服输。

于是，想考驾照，跃跃欲试。

理论考试顺利过关，体检一关险象环生。

在车管所查视力，左 1.2，右 1.5，没问题。我的驾驶员一起陪我读"色谱"，红色，绿色，黄色……单色物体辨得一清二楚。

"这是马。"我看着色谱定神一会儿犹豫地说。

驾驶员在背后轻轻拉拉我的裤子，附耳过来，说："是鹿……"

"是鹿。"我低声对着体检医生谦卑地笑着。

医生轻轻地合上色谱，笑笑，在体检表上打了个"√"。好在事先找熟人跟车管所领导打了个招呼，混了过去。

其实，我是"色弱"，强光下的红、绿颜色分辨很吃力。

因为工作的原因，看书、写文章是必须的事，有时候往往连续两三个小时是常事。到了40多岁，书上、报上小的字就看不清了，只好开始戴老花镜。从100度到现在的300度。

因为基因的缘故，我右眼的左边靠鼻处有一小块翳，这是遗传于母亲，30岁以后从一个小点慢慢铺开，渐渐有黄豆一般大，就是难看一点，对视力并没有大的影响。

"色弱""老花""眼翳"，加上有时用眼时间长，或是酒喝多的时候，眼睛会觉得模糊，认为这是很正常的现象。尽管排除以上正常情况，有时也会有视力模糊不清的情况，但一点也不介意。

2015年，实行了公车改革，以前享有的专门公车和专职驾驶员的待遇取消，上下班、到外开会、出差都需要自己亲自驾车。以往可以定定心心地坐在车上闭目养神、思来想去、观赏美景的待遇，已成了过去时。

自己驾车，技术不熟练，开车时必须全神贯注。

驾驶一段时间，总觉得视线常常会雾蒙蒙的混沌，再小心翼翼、左顾右盼，但还会有不小心的碰擦事件的发生，搅得我胆战心惊。

有一个早晨，天气晴朗，小心地开着车经过老市政府的门口往机关上班，隐约看着前面是直线的指示箭头，不知怎么，却糊里糊涂开到了左拐的道上。

于是小心地慢慢往后退（这是违规的），想再回到直线道上，倒车的视线里，明明看到后面在直行道上的一台银灰色的车，离我还有3米远，慢慢倒着，只听"碰"的一声，我的车尾碰到后面车的车头。

停下来。

"怎么回事，会不会开车，这么近还在倒车……"一个年轻壮实、戴着眼镜的小伙子下车埋怨道。

"对不起，对不起，没有看清楚……"我慌张地赔着笑脸。

"赶紧开走，不要堵塞交通，开到前面十字路的边上再处理。"交警礼貌地敬了个礼，一只手指向前面的十字路口，另一只手指挥着已拥挤的车流疏导着。

"对不起，我赶往前面的局里上班，不小心碰了你的车，该怎么处理就怎么处理，都是我的错。马上到上班时间了，如果处理不方便，你可以到局里找我，我姓……"这时，我的视力可能因为慌乱显得更加模糊，模糊得只看到小伙子微微笑脸的轮廓。

我的话还没有说完，小伙子大概感到我的道歉很真诚，大概认为我在教育局上班，或许他是个教师，"关系不大，反正车子也没有碰坏，只是掉了块漆……"说着，在我模糊的视线中熟练地开着车消失了。

定了一会神，视力变得明晰起来，在交警的训导声中，慢慢地将车开到了机关。

后怕得很。

视线怎么会异常模糊呢？心里犯着嘀咕。

到医院检查，视力左 1.0，右 1.2，眼压正常，没有干眼症，没有白内障，视网膜正常，更没有什么医生说的可能糖尿病。

医生观察到了我的"翳"，很小，听我说是遗传，认为对视线并无影响。

我觉得应该是"翳"的问题，为了以后开车安全和眼神的清亮，与医生商量动手术处理掉。

隔了一天，医生经过检查和准备，用了仅几分钟时间，将"翳"挖掉了。

在医院住了 3 天。

出院后，手术蒙上的右眼 10 天不到拆了线。

眼睛的视线果真比以前开阔清亮了。

正常投入到紧张的工作，正常开车。

"好"了一段时间，眼睛时常模糊的情况还是会经常出现。

再到医院检查，医生说我有些近视，也许是年龄的原因，也许是老花镜戴的年代长的原因，一般人都会这样。

验光后，专门配了一副专门开车用的远视眼镜戴上。

确实，开车戴上这副眼镜视物变得清楚多了。从此，开车离不开眼镜、看远离不开眼镜了。

然而，偶尔的视线模糊仍然没有消失，尤其是在下午，在混杂场景，在紧张的状态，在与人长时间交流情况下……

有时候看人看景总是雾蒙蒙的一片，看多了，睁睁眼，甚至有些眩晕的感觉……

这种情况其实已经存有了 20 多年。

现在仍时常如此。

视力稍有下降是肯定的，有时戴上眼镜也不管用。

◇ 小贴士

眼睛模糊这个问题很复杂，不能一概而论。一般来说，造成眼睛模糊的原因很多，主要的原因包括：眼压高；如果在看东西时感到眼前如蒙上一层透明样的物后，感觉视线模糊，不排除是因为白内障引发的，特别是老年人；趴着睡觉也会导致眼睛模糊。

更多的是屈光异常，如近视、远视、弱视、散光，或是晶体移位等多种屈光异常都会造成视力模糊；眼部疾病，如角膜炎、视网膜炎、角膜脱落等，往往会造成较为严重的眼睛模糊，看不清东西；此外，眼底动脉硬化等疾病也会……

当然，也有好多外在的因素：长期用眼（如看电视、手机、上网等）导致视疲劳，糖尿病、颈椎病等有些身体疾病，药物反应或缺乏维生素 B 和叶酸等也会引起眼睛模糊。

一般的情况，眼科医生都能作出正确的判断并能对症施治后得到康复。

但有一种偶尔出现的眼睛模糊，时间一般不会太长或是一瞬间的感觉，很难判断出是什么原因，这有可能是长期的紧张和焦虑，或是神经性疲劳引起的。

这种视力模糊一般靠药物是不起作用的，根治的办法在自己的心理。

草木皆"病"

小时候，我胆子有时很大，甚至大到无法无天，人们戏称我为"皮大王"。放牛时故意让自己的牛找别的牛"触角"打斗；放晚学后，将同学分成两队，"两阵对垒"，狂轰滥炸，用篮子或破衣服装满碎砖沙石，向对方"阵地"上的人进攻；打篮球与大人争输赢……常常弄得自己头破血流。但从来就不知道什么是紧张和害怕。

有些时候又会觉得特别害怕和紧张，胆子特别小，那一般都是在固定的模式和情景下。

晚上，一个人睡觉特别害怕。乡下的老房子里，晚上老鼠四处乱窜，房顶上、横梁上、楼板上、稻囤里、油缸边……到处都有。有时会跑到床上、枕头边、被子上蹦蹦跳跳，射来射去，吓得我不敢睁眼，蒙着头睡，以致一到晚上睡觉就寒毛直竖、汗不敢出，十几岁了，还要跟母亲一起睡。

父亲去世我已经是20岁的大人了，还得让姐姐陪着睡了3个晚上。

一个人从来不敢走夜路。月光下树影酷似鬼影晃动；从巷口窜出的野狗令我魂飞魄散；野外坟上不时冒出"鬼火"，黝黝的绿光使人不寒而栗……

做了错事、闯了祸、被老师责罚……常常吓得不敢回家，害怕老子的教训。

这些紧张害怕并没有让我长记性，离开这种特别场景，我又会变成一个神气活现、胆大包天、不知天高地厚的野小子了。

小时候的紧张害怕在我身上具有双面性，可能对每个人都一样。

那时的紧张害怕一点也不稀奇，反而因为它的存在和搅活，才使生活变得自然真实、丰富多彩、刺激有味、充满阳光、充满遐想，很少压力，没有压抑。

自从踏上工作岗位以后，这种紧张害怕的形态渐渐变得陌生而又压迫。

第一次让我觉得紧张害怕的事情，是我在外工作刚一年，就莫名其妙地被"遣返回村"了。

19岁高中毕业，我被留校在公社中学，做专职音乐代课教师。那一年，"文革"刚刚结束，高考没有恢复，我能留在中学里面做代课教师，不要回家务农，去过面朝黄土背朝天的苦日子，如同登上皇帝宝座一般荣光。家里高兴，同学羡慕，亲朋夸耀，自己也乐不可支。在那不知天高地厚、不谙世事的年纪，我心中的愉悦简直难以言表，时常在梦中笑醒。

认真上音乐课，勤奋恶补音乐专业知识，自学几种器乐，带好学生文艺团体，常常被社会团体邀请去做指导……音乐人的生活过得充实、开心，好不自在，很是得意。

一年后的暑假，学校领导简单一句话："暑假起你到你所在大队中学去代课……"

我蒙了，如雷轰顶。

我呆了，如流星陨落。

皇帝变成了乞丐，我怅然若失。

在欣赏我的老师悲悯的眼神中，在父母的哭声中，在原先艳羡的同学、亲朋的疑虑甚至是鄙夷中，用木棍搁着破旧的行囊，怀着破碎的心理回到了农村老家……

在纠结、不知所措的紧张的心情中，度过了一个个不眠之夜。

我的梦破灭了。

我紧张，我害怕，路在何方？

……

接着的一年里，许多不快事件的交织，让我更加紧张害怕。

1977年，我在大队中学教语文、化学兼做班主任。一天到晚，备课、上课、批改作业、家访……做学校领导分派的杂务，晚上有时还要给大队宣传队辅导舞蹈和乐理，疲于奔命。

高考开始恢复，必须抽出时间，见缝插针忙于复习。这时，父亲又生病住院，两天后去世，家里失去了主心骨，本已穷得叮当响的家变得苦不堪言……

父亲去世后 3 天，奔向高考复试考场，结果以 3 分的差距名落孙山，满怀信心和希望"脱农"的念头灰飞烟灭……

1978 年，与我感情甚笃的女友因其家族嫌我穷、身份卑微、前途未卜断绝了来往，背我而去……

我才 21 岁，那里经得起这么多接踵而至的挫败？

紧张、害怕，身材矮小、身心羸弱，我患上了严重的神经衰弱，整天浑浑噩噩，心理负担实在太沉重了，几乎被压垮……

第三次的事件，比以往的紧张害怕厉害得多，是一种面对死亡的恐惧。那年我才刚刚 30 多岁。

同大队的好友、我前任的团支部书记，20 岁多一点就接班进城了，在一个大饭店里做经理，在城里结了婚，住上了城里的房子。

我比他进城迟了几年，对他一直很是羡慕。

我跟他夫妻俩是无话不谈的好朋友，刚进城时曾得到过他们很多关照和帮助。

然而，好景不长。

我进城 3 年多，他们夫妇俩双双患上了尿毒症。

一年的时间，二人前后去世。遗孤托我帮助照料。

30 岁多一点，离世而去，生命竟是如此的脆弱、如此的短暂，如同草木一秋，如同瞬间被风吹灭的灯火。

我惋惜，我茫然，我恐惧……

紧张、害怕、恐惧。不是儿时的嬉戏、懵懂，却是人生的游戏和随从。

这样的情，这样的景，如影随形，在我的生活中实在是太多太多了。

我 19 岁开始工作，到离开工作岗位整整 41 个年头，经历过 13 个单位、30 多个岗位，每一个岗位对我而言都是新的，都是挑战。总想做出点成绩，总想做得比别人好，总想顾及别人的评点，总想让别人瞧得起。为此，忙着、苦着、累着，一直处于担惊受怕的心理状态，因此，活得似乎从来没有轻松过。

紧张、害怕乃至恐惧，像一条绳索，一直盘绞在我的心坎。人生像是带着镣铐在跳舞，在水深火热中挣扎，在黑夜中期盼着明媚的阳光，在虚伪的面惧下努力地彰显自我。

没日没夜，僵化般的活着，难以自我，难以自主，难以自强。

工作上貌似比较从容，但内心深处从来没有儿时的舒缓和宁静，我的同事一般难以察觉，因为我在竭力的掩盖。

好多人认为我始终从容不迫，而心灵上的冲突和抗争，只有自己才能苦涩地体味。

经历过紧张、害怕的一些事件，留下了挥之不去的阴影，像刺一样扎在心里，以至于对外界各种刺激，哪怕是极其正常的，都会变得十分敏感，甚至会产生些许的臆症反应。

紧张、害怕的神经过敏，在我身上体现得比较强烈，主要以"六怕"的形式显现在我的生活中，经常令我处于剑拔弩张的状态。

一怕密闭。

一次在一个小理发店里理发，一张椅子，空间狭小，两人在里面显得好像都转不过磨来，头顶上破旧的装饰板几乎就压在头上，给人一种压抑的感觉。理了不到一会儿，感到有点叹不上气来，头有点眩晕，不知道是什么原因，以前从来没有过这种感觉。发还未理好，实在憋得难受，就匆匆离开了。一到外面，和风扑面，气顺了，头也不晕了。但是，有过这次经历，20多年来，每次到理发店，这种感觉总是紧跟着我。

逐步演变成一到低矮的空间，比如到超市，头就会一阵阵的发晕，很紧张。

几乎每次坐上人多挤压的电梯，就有恐慌感，很害怕，恨不得即刻要冲出去。

有时到层高比较矮的人家去串门，一会儿功夫就想离开，坐立不安。

……

凡是低矮闭塞的空间都会给我产生紧张害怕的心理。

二怕喧闹。

小时候我很喜欢到热闹的地方去，成年以后却喜欢清静，一点也不喜欢到人声嘈杂的地方，甚至非常厌烦。做了小小领导以后，有时候被安排在第一排，有时候被安排在主席台，音响就在旁边，靠得很近，从音箱传出来如雷贯耳的声响，常常震得我如坐针毡。特别是出席人家的喜宴，婚庆的音响声音特别大，再加上强烈的灯光刺激和场内浓浓的烟雾，会令我局促不安，常常是婚宴进行到一半，就会不顾礼节，借故偷偷地溜走。一到外面吸上几口清新空气，远离喧嚣的场景，又会使自己顿时觉得神清气爽，享受着仿佛从未有过的轻松。

记得有一次晚上，园区和文联合作举办一场文艺晚会，人特别多，又下着淅淅沥沥的雨，组织工作十分紧张。我作为主办方出席的领导，本就觉得压力很大。活动前，为了渲染气氛，音响师把音乐放得震天响，觉得好像是狂风巨浪一般向我侵袭而来，几乎使我将被顷刻吞噬，心里烦躁得有一种作呕感。

临近活动开始，我紧张、我害怕，身体战栗，几乎昏厥。

领导要站主席台，我借故没有上去。

一切安排就绪，活动正常开始，我仓皇离开了现场。

一坐到回家的车上，安静了，身体顿时舒展开来。

……

凡到喧嚣的活动现场，我都会觉得莫名的紧张、害怕。

三怕睡觉。

有一次双休日，到农村老家去，晚上准备睡觉，怎么也睡不着。脑子里浮想联翩，外面的风声、人的脚步声、犬吠声……哪怕一点点声音都听得清清楚楚。心里开始发慌、紧张，总觉得身体会出现什么不好的状况，没有人开车送我，离医院又很远……胡思乱想，一个多小时以后在梦幻中度过了一晚。

每次到乡下、在外面睡觉，都会有这种感觉和担忧。

有时，在家里睡觉也常常是这样。

睡下来，希望美美地睡上一觉，越是这样想却越是往往要紧张好长一段时间，辗转反侧……

早晨起床后，时常觉得惺惺松松。

看到那些倒头便呼呼大睡的人，很羡慕，我却难得有过这样的享受。

有时候，还需要借助酒精或者安定药物的作用，才能使睡觉稍微踏实一点。

四怕社交。

我是一个很喜欢社交的人，闲暇之余，一个人在家里待一小时往往都待不住。

青年时期，因为我的爱好很多，唱歌、跳舞、钓鱼、打球……我的社交圈子十分广泛，小聚会也非常的频繁，喜欢与我交往的人也很多。

40 多岁以后，有了一些小小的社会地位，社交圈子也越来越广，同学会、同事聚逐渐增多，但我对社交却渐渐变得惧怕起来。

有一年，高中同学聚会，声势搞得很大，对同学聚会的愉悦充满着热切的期盼。刚开始，同学们一见面，握手、寒暄、拥抱，忙得不亦乐乎。不一会儿，不知道笑多了还是话讲得多了，心里有了一种慌乱的错觉，紧张起来，脸上的肌肉变得僵硬，坐在一个角落里，与贴上来讲话的人也懒得搭理，失去了往日的和善热情，感觉到全身的肌肉绷得很紧。吃饭、喝酒、交流，变得心猿意马。时间越长，心里紧张的感觉越加严重，需要赶紧离开这个场景，到外面透透气。同学们感到我的脸色发白，有点不正常。

惴惴不安地度过了两个多小时，这场聚会终于结束。

奇怪得很，一离开聚会现场，又变得神气活现起来。

这一次的经历，给我心里烙上了不快的印记。

期盼社交。

又惧怕社交。

似乎成了我的常态心理、矛盾心理、纠结的心理。

当每次一遇到社交活动，前两天就会有隐隐的紧张，这种紧张在当天活动前会莫名的加强，等到活动开始随着时间增加，又会慢慢地消失。一开始不愿讲话、很少讲话，显得木讷，不会讲话。气氛缓过来，话便多了，思维变很清醒，但始终有一种活动早点结束的被动和期待。

等到活动一结束，又变得悠然起来。

几乎每一次社交活动的前后都会有这样的"表演"。

逐步对社交厌恶、恐慌，对许多正常的社交活动，要么借种种理由推辞，要么是参加一半就溜之大吉。

因为紧张，因为害怕，对社交渐渐没了趣味，社交的次数少了，圈子自然也小了。

五是怕失败。

人生不如意十之八九，这个常理谁都知道，但是我这个人喜欢追求完美，比较在乎别人的看法，有点好面子（也许大多数人都是如此吧），因此而惧怕失败。

工作生活中，应该说，我所经历过的失败有很多很多。

但我对做人的"失败"似乎显得尤其在乎。

我提拔了一位副手，当时这个人是技术骨干，人很勤快，就是文化水平浅了点，做人也显得有点耿直，但是工作很努力，一直与我配合得很默契。我在做厂长时有意培养，大部分事情放心或是放手，让他去做、去管、去体会、去经营，很快就能独当一面。他对我既帮衬也十分尊重，乃至有时尊重的有点过分。我提拔离开厂长位置后，提拔他做了主管。在他以后工作发展的道路上，应该说我给予了很多关注，倾注了诸多心血，帮他解决了靠他自身难以解决的一些问题……

刚开始分开，关系如铁。

分开一段时间后，尽管我一如既往，为他付出了真心实意，但他与我渐行渐远，乃至在背后说三道四，完全抛开了往日的友情乃至恩情，变得形同陌路。

我百思不得其解。

我反思，我失望，我纠结。

难道我做错了吗？难道人际间的情感和友谊就如此脆弱？难道人与人之间在一起与不在一起的真诚与虚名具有这么大的落差？

一直为此放不下来，心里始终忐忑。

我感到自己的失败。

在我的人生道路上，这样的情形虽然是个案，但是到了机关工作以后却屡见不鲜。使我逐步体会到，自己的真心付出未必会得到相关的呼应，反而会被人视为拉拢、经营小圈子……

揣摩，使自己内心惆怅。

在复杂的社会交往中，时常令我害怕得心烦意乱。社会的现实与我内心美好的向往存有巨大的反差。

时常用别人的错误来惩罚自己，自己心理变得是那么的稚嫩甚至猥琐。

六怕出差。

出差，这是我向往的一件事，却也是最怕的一件事。

自20多岁到上海出差洽谈一桩生意，有过"随意小便"被人唾弃的不文明事件经历后，好像就患上了"出差恐惧症"。

有一年出差西欧，这种"出差恐惧"的表现真是铭心刻骨。

上飞机前，紧张得脚发抖；上了飞机就要想小便，飞机没有滑动，只能闭着眼睛坐在位置上艰难地熬着；飞机起飞，直上云霄，身体巨大的倾斜，害怕得要命，心里默默地念叨，千万不要掉下来，否则，这一小命就算完了……

下了飞机，进了宾馆，喝酒聊天，又变得喜笑颜开。

第二天，到外面考察学习，坐在车上好像是坐在老虎凳上，巴不得马上到点下车。

下午，心慌得厉害，心里在想着，可能小命要送在国外了，紧张得连晚饭也吃不下去，晚上睁着眼睛不敢睡下来。

第三天，随团的同事眉开眼笑，我心情沉重、闷声不响。

不行，赶快回家。在德国忽然冒出这个念头。

撒了个谎，说家有急事，向领导告了假，在不懂外语的情况下自己买了票返程。

奇怪得很，来时坐飞机前后的那种紧张、害怕一扫而空，甚至坐在飞机上，悠闲的、开开心心的，在万米高空隔窗欣赏着云雾美景。

……

每次出差，几乎都有这样的紧张、害怕，倍受煎熬。

组织上安排出差，我一般会借种种理由推托。

领导并不知道我的内心在想什么。这样的情况多了，领导便认为我不喜欢出差，一般情况下，我上面的领导都出差了，就安排我在单位做"看门"的领导。

属于我分管的事，必须要出差，实在没办法，只好坚持。

奇怪的是，那些后怕的情况一次也没有真正出现过，纯属子乌虚有、庸人自扰。

出差前焦虑。

出差途中恐惧。

出差回来平复如初。

我自己都觉得奇怪好笑。

紧张、害怕就是像赶不走的鬼影子，始终附贴在我身上。

紧张、害怕导致恐惧的心理情绪，也许这就是"似病非病"的万恶之源。

◇ 小贴士

紧张是人体在精神及肉体两方面对外界事物反应的加强。好的变化，如新婚、生子、升迁、出乎预料地做出好成绩等等；坏的变化，如离婚、待业、挫败、贫穷等等，日久都会使人紧张。

紧张的程度与生活变化的大小成比例。

紧张使人睡眠不安，思考力及注意力难以集中，头痛、心悸、腹背疼痛、疲累。

普通的紧张都是正常的、暂时的。

突发性的紧张是一种恐惧感。

长时间的过度紧张对人体是十分有害的，会使人动作失调，会使人行为紊乱，会降低效率。因为人们在过度紧张情绪下，会使脑神经的兴奋和抑制失调，出现暂时性的不平衡。这时，人就会体验到一种难以自制的心慌不安、激动和烦躁的情绪，从而出现一系列的行为紊乱、动作失调现象。偶尔出现过度的紧张如能及时调整，不会对人造成大的危害，但持续的情绪紧张状态，将有可能是严重影响人的身心健康的"定时炸弹"。

常常好多人躯体的"毛病"都不会知道是这个原因，大多医生也会判断失误，导致人的亚健康状态不知所从，陷入了恶性循环的怪圈，手足无措，十分痛苦。

下篇　飘然面对

30多年——太长

30多万——太贵

莫名反复——太磨

无器质病——太怪

心神恍惚——太累

夜探五指——太暗

诊治无数

处方难求

究竟该怎么办……

飘然生活　调适身心　求证良方

濒临死亡　庸人自扰

再健康、再有钱、再伟大的人，总有一天会抛舍拥有的一切，奔向阴曹地府重新回炉，与魂灵相伴，享受着苟活的亲人们而自己却根本见不着的祭拜，如同他们用真金白银消费的纸钱，随着一阵风，旋转空中，飘飘悠悠，无影无踪。

人活一世，草木一秋，人死如灯灭。

人的一生本来就只是两件大事——在产房中迎来，在殡仪馆中送往。人生就是单行道，从呱呱坠地、欢天喜地的来到这个世界，就一直向悲悲切切、哭天喊地的死亡奔忙，直到离开这个世界。

这是生命的自然法则。

懵懂识事，对生命开始怀有怜惜。踩到一只蚂蚁，赶紧把小脚移开，躬下身子，用嘴轻轻地吹拂着在尘土中蜷缩着的它，直到它舒展开来，和着同伴，小黑米一样艰难游动而去，奔向觅食的天堂；在夏天的早晨，看到有漂浮在池塘水面上、翻着白白肚子的鱼儿，我会轻轻地用一根树枝去帮着它翻开身子，见它慢慢地游动，用嘴一口一口艰难地吮吸着带着雾气的空气后才离开。如此，一天都会过得很开心……

少不更事，对生命开始懂得珍惜。帮我剪头的老爷爷、给我糖果邻居的奶奶、经常在夏天纳凉时给我们讲帝王将相、鬼怪精灵故事的叔叔，一个个相继离去，裹着一身白布，直挺挺地躺着，紧闭着双眼，任由亲友们呼天嚎地，却冰冷着脸没有丝毫的反应。听活着的大人们说，他去超生了，到极乐世界去了。梦中，我常常见着他们的音容笑貌，常常浮记着他们的好。

成人忙事，对生命开始有了敬畏。高中同桌，黄疸肝炎，走了；初中搭班代课数学老师，脑溢血，走了；前任团支部书记，进城顶替做老板才两三年，尿毒症，走了；跟我的团支部副书记，婚姻不如意，服农药，走了……他们一个个与我亲如兄弟，走时都还不到30岁。

惋惜，茫然，无奈。

开始关注健康，关爱生命，珍惜存在。

我曾有过几次面对死亡的感觉，比较强烈的有两次，有惊无险，都挺了过来。

一次是"心死"的失恋。

我家虽然穷，我虽只是一名代课教师，虽然长得是"三等残废"，但也许是门风正、家教严、人缘好、嘴巴甜、乐助人、喜歌舞，干活是个壮劳力，相近的人青睐，上门说媒的纷至沓来。有人恋、众人爱，春萌动、多期盼。一般的姑娘，我看不上眼，有点心高气傲，以为心仪之人，应该具备"四大件"：有文化、有教养、有工作、有容貌，伴我一生终相随，传宗接代耀门楣。

在大队文艺宣传队，载歌载舞，牵手交欢，日久生情，终遇相知。她小我一岁，曾是我的学生，小巧玲珑，知书达礼，在"乡姑"堆里长得虽不算鹤立鸡群，但也芳压朋群，家境丰裕，工作在城。我羡她，她慕我，四目相望，含情脉脉，水乳交融。明月下的一次倾诉，相许厮守。

一年交往，视作家人。办公室、月光下、农田里、土路边……无处不闪动着我俩的身影，无处不倾诉着我俩甜蜜的话语，无处不留下我俩浓浓的纯情，筹划婚事，憧憬未来。

家人乐不可支，母亲仰天望月。

殊不知，她家人从中作梗，竭力反对。嫌我家穷，嫌我个子矮，嫌我"代课"身份不光彩，无论如何不愿让一朵鲜花插上牛粪摊。托媒人，一针见血，尖酸刻薄，将我们的婚事搁浅在月牙湾。

她被禁足，她在抗争，她试图跳楼叛逃。结果一切于事无补，婚恋无救。

一月后，两情相悦之人音讯杳无。

我茶饭不思，寝食难安，脸黄肌瘦，疲沓乏力，心死如灰，终难支撑，病倒床榻。

有心死。但梦到啼哭涟涟的母亲，梦到父亲生前的终托，梦到了教室里的学生一双双期待的眼神……

沉"睡"三天三夜，朦胧开眼，透出窗户，撩了一眼勾勾的弯月。天上看得见的星星终究那么几颗，有的明，有的暗，有的陨落，这便是苍穹。与之比人，微不足道，能像黑夜中闪烁的星星，活着就好。于是，想死之心，仿佛闪烁在黑夜长空的星星，透出了丝丝的光亮。

　　心"死"了一次，又活了过来。

　　黑夜尽，清晨临，待天明，如梦醒。勉强有了活的理由和新的期待。

　　再一次是"身死"的失志。

　　还没有从母亲去世的悲伤中走出，我任厂长的企业刚刚搬迁到新厂址不到两个来月，正想雄心勃勃、一展抱负的时候，我却莫名其妙地患上了一种奇怪的病，来势汹汹。

　　头晕，晕得骑车扭扭晃晃，走路像踩在棉花上，眼前一片混沌，睡觉头旋地转、夜不成寐，吃点饭胃里就翻江倒海，太阳底下仍然手脚冰凉。

　　算命先生说，这是丧母后的一大劫难。

　　庙里烧香，签中说，撞上了鬼神，要如何如何云云。

　　医生说，脑供血不足，感冒发烧，骨质增生，颈椎病，颈胃病，受凉消化不良……

　　不明究竟，病急乱投，比较再三，当作颈椎病医治。吊着难受，躺着难受，敲着难受，推拿难受……

　　折磨三月，心灰意冷，雄心不在，志气荡存。

　　无心看书，什么书也看不进。

　　无心工作，什么事也不想干。

　　无心追求，什么官也不想谋。

　　一切都显得那么灰暗，一切都变得心意阑珊，没有了前进的方向，没有了生活的信心，无可奈何的等待"死亡"。

　　磨蹭三月，居然好了，什么事也没有。

　　怎么好的，不知道，反正已是健康如初。有一点倒是很清楚的，病中虽没有往日的雄心壮志，但与死亡抗争的勇气似乎与日俱增——活着真好的欲念十分的强烈。

　　"心死"的失恋，"身死"的失志，仅仅是面对"惨淡人生"的拙劣表演，内心深处依然对"活着充满着希望"。

　　而2016年8月4日的早晨，历经了一次真正的"濒临死亡"。这是一次

"身心"失神的死亡，现在记起仍不寒而栗。

这是一个再正常不过的早晨。6点多钟，起床，洗漱，哼着小调，轻松下楼，准备晨练。

打开院门，拾级而下，刚下两级，突然心慌起来，手触脉搏，猛跳、隔跳，时快时慢，跳跳停停。这种情况以前也有过，稍纵即逝，不以为然。

下完台阶，背部似一股寒风袭来，顿时手脚冰凉，额角冷汗阵阵，头有点像被猛烈撞击后的晕晕乎乎。

不能出去，赶紧回家，歇会儿也许能平静下来。坐到客厅的沙发上，心慌却越来越厉害，再试脉搏，脉动像枪膛连连射出的子弹一般，没有一顶点的间隙，快得要命。

试着向楼上迈去，翻找药。估计有点像心肌梗塞的样子（自己这么瞎想），迅速服了一粒"硝酸甘油"。

这时，家人还在沉睡。

不要影响他们休息，我在工作包中找到汽车钥匙，准备开车上医院看看。

这时心跳如巨石撞钟，心脏欲脱胸而出，脸部抽搐发紧，双脚颤抖瘫软。到了门口，根本就无力迈出，扶住门框，难以自主，几近尿便失禁。

"快点，叫女婿起来，我快不行了……"凭借求生的欲望，近乎声嘶力竭地向二楼的夫人喊叫。

光脚下楼的夫人一看，大惊失色。

穿着短裤拖鞋的女婿夺门而出，发动着汽车，夫人挽我上去，直奔最近的医院。

"快点！快点！再快点！"我意识仍然清醒，急切地催促着女婿，仿佛是在跟死神赛跑。

"不管它，冲过去！"我怕女婿在红灯处停下来。

一到医院，直接进了抢救室。挪上病床，望着白色的天花板，我在等待着死亡的宣判。

夫人的哭声，女婿焦急的踱步声，已与我全然无关。

吸氧机、心率监测仪，管管线线，任凭医生在折腾。

"啊呀，不得了，心跳188……"这时我难受得几乎没有了呼吸，死亡就在眼前。

"这是典型的房颤，再迟一点，很危险，万一血管中有斑块掉下来堵住，命就没了……"我还活着，医生的话听得清清楚楚。

医生打了一针，观察了大约30分钟，我心跳慢慢降到了100以下。平静了，舒服了，庆幸了，与"死神"擦肩而过。

一小时后，我转到了普通病房。做过心电图，又套上了吸氧机、心率监测仪，医生开了一大堆的药，打上了吊瓶。心率、血压完全恢复到了正常值。

中午医生给我背上了24小时心电图监测仪器。第二天，监测结果很正常。

一天要服三种有关心脏方面的药。

三天后没有发现任何异常，继续住院观察。下午试着到外面散步锻炼，时不时仍有头晕欲吐的状况。

一周后出院，花费了14000多元。

出院后又开始投入到紧张的工作状态。

医嘱继续服药维持治疗。

晚饭后恢复快步走的常态锻炼。

第二天晚上，像往常一样与夫人外出快步锻炼，走出家门10分钟，"濒临死亡"的感觉再次出现，心里恐惧无比。当即回家，拿上"医保卡"在夫人的陪同下，打面的再次奔赴上次住的医院。

一坐到车上，"濒临死亡"的那种感觉渐渐散去，紧张恐惧的心情渐渐平息。一到医院，看见医生，躺上病床，内心出奇的安静，身体已没了任何不适的反应。

仍是上次给我看的医生说，"房颤"随时有可能发生。换了新药，头晕目眩的感觉依然时隐时现。

第二天下午出院回到家，还算好，没有发现异常的反应。

晚上想出去走走试试，走了不到5分钟，"濒临死亡"的感觉像魔鬼一般再次附身，越来越强烈，心里越来越紧张，越紧张越恐惧，越加觉得很快就要倒下"死"去。

夫人惊恐万分，拿起手机要打"120"。我怕在小区引起人们的关注，挥手制止，急步坚持走回家，人几乎晕厥。叫女婿将我送往一个大医院。

随着车子向医院开去，我觉得"死亡"的反应渐渐离去，半小时不到，住进了心内科的病房。躺到病床，长长的叹了一口气，没有一点"死亡"的迹像，乃至没有任何一点不正常的反应。

晚上，在病床上，睡上了一个半月以来最踏实的觉。

一住 10 天，又花了 2 万多。

专家会诊，结果除颈部动脉稍有小硬斑块外，其他一切正常。

医生做了全身全面的、细致的、最高等级的检查，疑似"房颤"，又疑似脑供血不足……

服了药，反倒引起了便秘、过敏反应。尝试着硬撑着出去走动时，头晕晕乎乎，心慌的反应没有丝毫改变。

对医院失去了信心。

对求生有着强烈的欲望。

三次住院，检查无果，反复无常，内心恐慌，却自信并无大碍，肯定不会"死"去。

工作耽搁了，原因查不出，政府分管我的领导很担忧，甚至比我还着急，瞒着我，联系好上海医院心内科的知名专家。

领导说："你还年轻，还是到上海大医院去做全面检查。"

我怕坐车，怕在路上出事回不来，怕真的查出什么不治之症，不敢去，僵持着没有去。

仔细想来，这次反复"濒临死亡"的情况出现是有预兆的。前三个月，头晕心慌比较厉害的情况出现过好几次，有的一刹那，有的一个多小时。到了 7 月中下旬就接二连三的发生过。

现在仍让我心有余悸的就有过 3 次。

一次是在工程指挥部食堂吃中饭，刚开始，就觉得头有点晕，别人对菜品头论足，我味同嚼蜡，吃到一半心慌，头晕得几乎坐不住，碗一推，喊上驾驶员急赴医院，做了脑部 CT。结果，什么也没查到。

事隔一天，下午我要请分管的几位部长吃晚饭。饭前边打牌边等人，只打了两牌，胸口觉得一股强烈的冲击波撞击着心脏，时强时弱。饭没有吃成，到医院急诊查心电图，一点异常也没有。

有时开车在路上，心慌得甚至怕开不到家，头晕得眼发花……

我因为有前面身体"抗病"抗压的经历，一旦出现什么不适的情况，只要在医院查了没有不碍，仍会忙碌工作，尽量开心生活。

经历了 8 月 4 日早晨后"濒临死亡"的 3 次住院，真有点"狼来了"的警觉。

边工作，边休息，如同站在悬崖边，惊恐万状，每日如此。白天茶饭不思，晚上噩梦连连，仿佛死神在向我频频招魂。

"一慌"就想到"120"。

一"晕"就想要去医院。

整天游走在"死神"这根钢丝上，惊心动魄地滑动着，生不如死。

老家好友听说，劝我不便紧张，出去放松放松散散心。

一次钓鱼，遇见了做医生的朋友，他让我到他所在的医院，看看上海长征医院的神经内科专家门诊。

只看了一次，终于"拨开迷雾见太阳，雨过天晴显彩虹"，"濒临死亡"的感觉与我渐行渐远……

3分钟冲击40年

2016年8月21日，星期天。

一大早起床，窗外的天色昏沉沉的，高大的樟树像一尊木偶僵立着，没有丝毫的生机，空气停滞流动，让人憋得透不过气来。

几次住院，身体状况没有丝毫的改善，又查不出来是什么原因，遇到这样的鬼天气，心情变得更加灰暗沉闷，像躲在乌云背后的太阳，始终透不出一丝的光亮。

"嘀嘀嘀……"驾驶员揿响的喇叭声，打破了我的沉思。

我蹒跚上车，按照医生朋友的建议，向老家第三人民医院驶去，忐忑不安地去看上海长征医院的专家门诊。

在灰蒙蒙的天气中，车开得很快，脑海里病痛的一幕幕记忆，如同车窗外的一排排树木模糊的影子，迎面扑来，又飞速倒去。

心里装满了残枝败叶，落寞萧条。

30多年的病痛虽然没有压夸我，但无数次求医、近期的3次住院，都没有诊出个什么病，上海专家也不见得是什么扁鹊、华佗，更不可能是下凡神仙，世上神医毕竟屈指可数，说不定也是一位"砖家叫兽"式的"走穴名医"。这次求医，我依然不抱什么希望，只是"死马当作活马医"罢了。

半个多小时，我第一个领了专家号，求医者寥寥几人，我"不抱什么希望"的希望几乎丧失殆尽。

挂了号，上二楼专家门诊区，候诊坐椅区空无一人，似乎印证了我的疑虑，我对所谓的专家已然没了丝毫的奢望。

坐着无聊，起身转悠，无精打采地浏览着白色的廊墙，墙上挂着介绍专家的精致铭牌，驻足神经内科门口的标牌：黄流清，一个军人装束、英气威武、敦实的中年人，锃亮丝边眼镜里透视出睿智、亲切、谦和、温文尔雅的儒者风范，上海二军大教授、长征医院主任医师、博士生导师，中国神经内科医学委员会副理事，出版专著10余种，擅长……

我戴上老花镜，看了三遍。

神经内科，我在镇江前后也看过几次，前几天在大医院神经内科的专家也会过诊，并没有把我的病因找到，吃的药也没有丝毫的效果，难道上海专家就可以"起死回生"？心中犯着嘀咕。

但标牌上的介绍实在太吸引我，如同儿时的清晨，见到了东方天地线升起的启明星一般，渐渐透出了"鱼肚白"的丝丝光亮。

"1号，可以进来了。"

8点30分，准时，专家助理的喊声惊醒了我，在他的引导下，步伐沉重地走进了专家诊室。

"你好，请坐。"军医专家黄教授背不着椅，挺着笔直的身段，压手示意，微笑招呼着我。

我将就诊号、病历本、原来住院的CT、核磁共振等影像片子和一大摞化验报告慌忙递到教授面前。

黄教授瞄了一眼，不紧不慢，轻轻地将这些资料搁置一旁："不着急，慢慢来，你说说大致的情况，有哪儿觉得不舒服，尽量完整地说，准确地说……"

真是急病遇到慢郎中，怎么连资料都不仔细看。我心中隐隐不快，却不敢有丝毫的表露。刚刚燃起的希望像烧到尽头的柴禾一般在一点点熄灭。

"教授，我头晕，心慌……半个月前，濒临死亡的感觉特别强烈，住院抢救，诊断为房颤，但一直没有改善……"我细细诉说，他微笑着侧耳倾听，不说一句话。

"这种情况大概多长时间了？"他忽然问了一句。

"我，我……"我一时语塞。

"不急，仔细回忆一下。"黄教授用亲切的眼神鼓励着。

我从慌乱中整理了一下思路："这种情况大概有30多年了，越忙越有，越紧张越有，时好时坏，最近次数多，反应特别强烈……"

"你退休没有？"他瞟了一眼我满头的白发。

"还有两年多才退呢。"

"呵，你干的工作一定是比较烦心劳神的吧？"

"是的，我在一个工程指挥部做副总指挥，近来烦心的事特别多，身体总是不适，心里烦躁得很……"

我静静地向他倾诉。他微笑着拍了拍我的肩膀。

他接着拿起我的住院报告和化验单快速地过了一眼。

"你是一个对工作很有事业心、责任心的领导，你是一个比较注重追求完美的人，像你这种身体反应的人很多，也算不上什么病，基本不会影响工作，更不会死亡。你前段时间'濒临死亡'的感觉都是假象，这是比较典型的'急性焦虑症'发作。"

"我给你开点药，按我的要求服，平时注意放松调节，应该能控制住，不会有什么问题。"

他耐心细致地对我说，像是多年未见的兄弟在唠家常一样亲密无间。虽然还不知道效果如何，还没有吃药，但黄教授的抚慰式的亲切，质朴得让哪怕没有一点文化的人也能听得懂的话，就觉得暖心，就觉得静心，就觉得放心，就觉得宽心，使我诊前忐忑的心情很快平复下来。

我立起身，向教授鞠了一躬，轻松地走出了诊室。

"啊，这么快就完了，什么专家，不是糊鬼吗？"夫人毫无顾忌大声地说。

这时，墙上挂钟显示时间为 8 点 34 分。

3 分钟，第 1 号，我的看病结束了。

我还沉浸在与教授的交流之中，轻松地叹了一口气，没有理会夫人亲切地"野蛮"（因为她并不知道诊疗的过程）。走在医院的廊道上，觉得比诊前透气了、亮堂了、脚下生风了。放眼窗外，厚厚云层的缝隙中透出了太阳射出的缕缕光芒，树影在微风中婆娑舞动。

拿着"药方"单子，交钱取药。

3 种药（有一种药医生说可暂时不配）共计不到 70 多元。一种是"阿普唑仑"，一瓶 100 粒，5 元钱，紧张时服一粒，晚上睡前服一粒；另一种是"黛力新"，早晨服一粒。

配好药，当即试着服一粒"阿普唑仑"。

10 分钟不到，忽觉得饥肠辘辘（因为考虑要做检查，就没有吃早饭，但这种饥饿的感觉以前是很少有过的）。十分馋念老家的看肉面和大麦粥，找到面店，三下五除二，面像水一样不知不觉流进了肚中，一种美滋滋的享受。

来时的困倦和沉重的心情一扫而空。

出得面店，乌云滚滚，雷声隆隆，闷热的天气顿时变得大雨倾盆。

鬼天气，来得慢，去得快，只十几分钟，雨过天晴，阳光绚丽。

此刻，我的心情如同雷雨驱散乌云，没了雨前的湿热烦闷，一下子变得神清气爽起来。

返程回家，坐上车子，细细琢磨黄教授的话，说我喜欢操心，热衷追求完美，工作中容不得一点瑕疵……真是一针见血，石破天惊。

当天的心情变得从未有过的舒畅，如同溺水时抓住了一捆漂浮的稻草，充满了生的希望。

8月22日，我在日记中这样写道："……大概这次是找对了病根，仅仅3分钟，仅仅两种药，仅仅靠一粒5分钱的'阿普唑仑'就初见了效果，有点难以置信。我已被这种病纠缠了近40年，折腾了近40年，前后花费加起来不下于30万元，如果不是这种病的折磨，我的人、我的心、我的家、我的前程……可能不会是目前的状态……"

"今天，觉得精神明显足了，身体好多了；工作主动了，说话主动了，交往主动了，连喝酒抽烟（当然这是不良嗜好）都觉得香了，睡觉变踏实了……一切都觉得好了起来……今天第一天上班，虽然积压的事情特别多，特别忙，忙得连小解的功夫都没有，但应付自如，有条不紊……"

"……身体好才会有一切好的感觉。但愿从此以后永远与那种揪心的'病'说拜拜……"

神经症不足为怪

"焦虑",中学时我只当作是一个很普通的形容词去字面认识,开始教书初步涉猎心理学,也只是从"人无远虑,必有近忧"去积极理解,从来不知道可能会是一种什么神经方面的病症的名词。

"神经",以前一接触到这类词,马上就会与"不正常"的人、"神经病"等歇斯底里的表现联想到一起,不忍触及,唯恐避之不及。难得到医院,一看见"神经科"尤其是"精神科"就会不寒而栗,离得远远的。

我是过敏性体质。

神经尤其容易过敏。

自从2016年8月份被上海长征医院专家在极短的时间诊断为"急性焦虑症"发作,我闻所未闻,不置可否,难以置信。

"你这样一种良好心态,阳光处世、积极处世的人怎么会有这种病呢,我们觉得不可思议。"诸多同事好友疑虑得难以置信。

"急性焦虑症"是个什么东西呢?

关于我的身体状况,近两年陆陆续续与本地专业医生有过一些接触。听一位精神卫生中心(以前叫精神科)的专家说,一个仅300多万人口的地区,患病就诊的每年有上万人,一些人往往都是由"120"急救车送诊的,这个一点都不奇怪。经普查,真正可能得"病"的,约占总人口的三分之一,只不过这方面有许许多多的盲点,大部分人并不了解它,更不认识它,其中,相当一部分人可能潜在着较大的健康隐患。

医生的诊断表述,专业病名多种多样:神经衰弱,植物神经紊乱,失眠,女性经期紊乱,心脏神经官能症,更年期综合征,焦虑症,神经官能症,等等。

这类病症有很多的共性反应，你中有我，我中有你，极难说清究竟是哪一种类型的病。

因为确认自己有这方面的类似反应，上海专家又确诊为"急性焦虑症"发作而导致"濒临死亡"的感觉，为了健健康康、开开心心的活着，开始留意学习这方面的知识。

有一点不舒服，就上网查，太零乱，难对应，不可信，往往叫人无所适从。

医学方面不是我的专业，太深奥，弄不懂，学不进，往往叫人没有信心。

总算找到了一些融医学、心理学、社会学方面的专著，读来很受启发。

一套是已故著名的澳大利亚的神经科医生、诺贝尔医学奖提名者克莱尔·威克斯，1963年从医疗行业退休后的26年时间里撰写的关于神经症样疾病的著作（王译彦、刘剑译）《精神焦虑症的自救》（病理分析卷）（演讲访谈录），是"自助心理学"的全球畅销书。

封底有这样的三段陈述。

"夜幕降临时，有些精神衰弱患者会觉得心里比清晨时要好很多，以至于他们几乎要相信自己已经康复了。但另外一些人，尤其是因问题而衰弱的患者，则会害怕夜晚的来临。"

"抑郁源于情绪上的疲劳。如果抑郁突然成为一种强烈的身体感受，那么患者可能会因此而崩溃。这个时候……"

"神经衰弱患者无一例外地会抱怨说自己缺乏信心。事实上很多人都感觉到自己的状态极不稳定，好像人格分裂似的。这种感觉还会因为患者频繁、剧烈的情绪反应而得以加强，即使是些轻微的不快也会突然引发他的这种反应。"

这几乎就是对我三四十年来绝妙的情绪描绘。

另一套是德裔美籍心理学家、精神病学家、新弗洛伊德主义的主要代表人物、社会心理学先驱卡伦·霍尼的著作：《精神分析的新方向》《我们内心的冲突》《我们时代的神经症人格》《自我分析》和《自我的挣扎》。

在《自我的挣扎》一书中的"导论——进化的道德"一文中，她这样写道："在人性的发展中，神经官能症的产生形式是比较特别的，在这个过程中，人们的精力被浪费了，所以这个过程是不正常的。在某些特点方面，和正常的人性发展相比，神经官能症的过程存在一些与众不同之处，人们对它认识的范围要比实际情况狭窄很多。在很多方面，他的表现可能和正常人完全相反。当他处在顺境中的时候，实现自我潜能是他最需要花费精力的地方，但在精神官能症的情况下，人们就会根据自己的喜好、能力、特别气质和生活中的情况而有所变化，他会变得更加强壮，或者反而变得懦弱；变得缺乏自信心或者自信过度；变得轻信他人或者谨小慎微；变得更加活泼或者更加冷静……"

这段可以说理性而清晰地描述我三四十年来的真实心境。

通过两套书（还在边读边对照边消化，有些比较深奥，不一定能理解）和网络上的一些内容的学习，使我渐渐知晓了一些关于"神经症"的简单常识。

什么是神经症样疾病？

神经症样疾病可以分成不同的等级。其中，相当一部分人尽管比较沮丧，但还是在坚持工作，这些人不能说神经衰弱，且极不情愿接受任何有关神经衰弱的说法甚至暗示，就像我，实际上20岁起就有了神经衰弱的比较严重的情况，而害怕承认（当然，更多的成分是无知）一样。

判断神经衰弱的临界点，那就是在敏感的人对由极度的压力引发的感觉感觉到害怕，并由此陷入了恐惧——肾上腺素（一般把交感神经称作为分泌肾上腺素的神经）——更加恐惧的恶性循环而不能自拔的时候。

神经衰弱主要有两种类型。一种相对比较简单，其患者主要担心的是由敏感的神经引发的不良感受。比如筋疲力尽时、突发事故时、生病时变得异常敏感起来。另一种是由一些令人极度不安的问题、冲突、悲伤，由愧疚或羞耻感而引发的。长时间的极度内省造成的压力会逐渐地使神经变得敏感，使患者在焦虑地进行内省的同时变得越来越狂躁。

什么是神经官能症？

神经官能病又称神经症或精神神经症，是一组精神障碍的总称，包括神经衰弱、强迫症、焦虑症、恐惧症、躯体形式障碍（如植物神经功能紊乱，心脏、胃肠道植物神经紊乱等症状）。患者深感痛苦，妨碍心理功能和社会功能，但没有任何可证实的器质性病理基础。病程大多持续迁延或呈现发作性。

可以说，绝大多数人并不认识神经官能症，不了解神经官能症，即使通过就医，好多医生也只简单诊断为失眠、抑郁，甚至会当作器质性病变去治疗（我就医过程中几乎全部都是这样）。

在一些人心目中（包括家里人），认为"神经官能症"（尤其在不知道这个病名的情况下）不是病，而是思想问题，对病人的种种表现不以为然、漠然视之，对其经常请假看病很不理解、不耐烦，甚至对其人格也表现出鄙夷的态度。其实，这是因为病不在自己身上，体会不到患者的痛苦，导致错误的认识。神经官能症之所以会给人（甚至包括患者）以误解，是因为被其"似病非病"的状态所蒙蔽、所忽略。

神经官能症也是一种病，只是它与糖尿病、高血压及脑血栓等那些有据可查、又被广泛接受的疾病不同，所有现在的检测方法均不能发现异常证据（即使有时发现某些特征，也往往会被表面的假象使医生误诊误断）。病人的种种不适并不是编造的，而是有明显的心理冲突，并为此感到痛苦、紧张、恐惧而无所适从。一般人无须多想的问题，无须多做的事情（比如反复就医），病人却反复想、反复做，或者一些想法、动作反复地发生，自己虽然明白这些是毫无意义或毫无必要，却无法控制去重复，因而为此感觉痛苦万分，知道自己在病态中，在被别人的不理解、冷待或是被歧视中，并要求或不自觉地常常跑医院，而往往是无功而返，从而使痛苦恶性循环、愈演愈烈。

神经官能症代表着一类疾病，这类疾病一般不影响工作和生活。

我自工作起就一直在这样的状态中徘徊、挣扎。

简单的神经症样疾病有哪些症状？

一般情况下，神经症样疾病方面的患者，常常抱怨自己或多或少的有以下各种由敏感的非自主神经（交感神经系统和副交感神经系统）引发的症状：失眠、抑郁、疲劳、胃痉挛、消化不良、心动过速、心颤、心悸、心脏偶尔停止跳动、心脏底部有刀割般的疼痛感、心脏周围有疼痛感、手心出汗、手脚有针刺感、喉咙处有梗塞感、深呼吸困难、胸部有被压迫感、皮肤下似有蚂蚁或蠕虫在爬行、头上像戴了紧箍咒、头晕、眼前出前幻觉——例如无生命的物体在移动，此外还可能伴有恶心、呕吐、偶尔的腹泻、尿频等。

比较典型的症状常常有：极度紧张、头痛、筋疲力尽、心悸、害怕、心脏底部刺痛、对什么都不感兴趣、烦躁不安、心跳沉重、胃部有坠胀感、心颤，等等。

出现这些症状的人很容易因为一些小事感到不安。他们总觉得自己身上出了很严重的问题，而不相信这种令人沮丧的情况在任何人身上都有可能发生的。许多人甚至认为自己长了脑瘤（至少以为存在这方面的病根），要么认为自己快疯了。他们的愿望就是在这些"可怕的事情"发生之前，尽快地恢复到自己原来的样子。他们没有意识到这些症状产生于持续的恐惧和紧张。

什么人容易患神经症样疾病？

任何人都有可能患上神经症样疾病。有些人可能更容易崩溃（成为恐惧的牺牲品）。任何人陷于巨大的压力、悲痛或者内心冲突之中都有可能感到疲惫，这时，如果他"害怕"了，并试图与神经紧张的各种症状抗争，将很容易陷入恐惧——抗争——更加恐惧的恶性循环，并最终患上神经症样疾病。

在生活中，总是追求完美、工作一丝不苟，经常面临新的挑战，不容易面对失败的人，等等，往往都是可能成为"神经症样疾病"的牺牲品。

如果我们的教育中包含了忍受不快的体验（如挫折教育等），并会平静思考和训练，那么，很多明显无法忍受的情形将变得可以忍受，而很多神经症样疾病就可以正确面对甚至可以避免。古人云："磨炼是一条可以通过的隧道，而不是一堵让我们撞得头破血流的砖墙。"

一定程度的痛苦对我们来说是有好处的，尤其在年轻的时候，我们更不应该得到太多的庇护（对犯了错的人来说也是一样），因为从现在的痛苦中获得的经验将成为以后自己的一笔财富。

如何治疗简单的神经症样疾病？

神经症样疾病者，每人的状态不同，每个人、每个年龄段、每个时段乃至是每一天的状态也不同，这是因为个人的经历、个人的心理、个人的身体基因、个人的文化背景不尽相同，如同每个人都是一本不同的书一样。有一些共性，但没有统一的模式和明显的规律特征。因此，在治疗上不可能有疗百人、治百病的"灵丹妙药"。

一般的人，在对神经症样疾病"无知"的状态下，往往会把时间花在以下几个方面：

逃避，而不是面对。

抗争，而不是接受。

过分关注，而不是飘然而过。

失去耐心，而不是耐心等待。

两年之前，我就是这样的一个经历者。

通过学习、体会，治疗的简单的原则可以概括为：

面对。

接受。

飘然。

等待。

面对。就是要去审视那些让你不安的感觉，不要逃避。仔细审视的目的，就是分析它，并大声地向自己描述。比如说："我的手在出汗，在颤抖，我的心有点发慌……"然后，张开嘴，缓缓地深吸一口气，如此，反复二三次，感觉就会好了很多。

接受。对一些经常反复出现的症状，要发自内心的自然接受（因为类似的情况多了，既然没有别的好办法，还不如去接纳它，作为自己身体的一部分），等到对症状并不十分在意了，那就算真正地接受了。一开始不能平静接受很正常，也没有什么大不了的，正常情况下，一下子就平静接受也不现实。只有在自己继续工作和正常生活状态下，不去过多地注意那些症状，那便会使"接受"达到自然的境界。

飘然。指任由恐惧席卷你的全身，但你却不为所动。想象着让那些妨碍自己恢复的想法，一个个地从头脑中飘散而去，要知道它们仅仅是想法而已，没有必要大惊小怪。我们要：

飘然地度过紧张和恐惧。

飘然地将不好的暗示抛于脑后。

飘然，而不是抗争。

接受而耐心地等待。

等待。就是要修炼，"练得有意识地无所作为和顺其自然"的硬功夫。对一些典型的症状（已经经历过多次的）不要试图阻止，不要企图使劲，不要为紧张、无法放松下来而担心，要真正接受拟紧张状态的准备，这样先让头脑慢慢放松下来，才会使身体慢慢轻松起来。要让自己的身体在不受你控制和指挥的情况去寻求它的平衡，那唯一的办法就是卸掉抗争的包袱，耐心悠闲地等待。

有病的人，尤其是长期有病却始终不愈的人，会很紧张，对病"无知"的人更会恐慌。经常就医，或者通过学习懂得了一些皮毛"常识"，也不一定于事有补。上面所学到的"面对、接受、飘然、等待"，仅仅是治疗简单"神经症样疾病"的理性原则方法，关键是要在不断地反复实践中去认识、去尝试、去反复地实践。

"纸上得来终觉浅，绝知此事要躬行。"唯有靠自己反反复复地去实践、去体验、去反思，才能取得一些进步，才能取得一些比较好的效果。

在后面，飘然"退岗年"和飘然"退休年"的两篇文章中，是我退岗以后比较自然放松的自疗、平衡"神经"的一些生活实践、方法尝试，其效果自以为应该还是比较好的。

健康的效益

企业要算经营成本，建筑要核工程成本，算清了，不亏损，才能有利可图，或使利润最大化。

生活中，人们对健康问题很重视，往往不惜成本，但并不懂得经营，很少有人会去认真地算一算它的成本账，有的可能使投入与产出成正比，有的可能入不敷出，甚至有的可能成反比。

我曾经因为"成本"问题，使一个濒临倒闭的校办厂起死回生。

那是我刚刚 30 岁的时候，一个儿童食品厂退货堆积如山、债台高筑、难以为继。

我临危受命，出任厂长。刚开始，雄心勃勃，急功近利，创新产品，打开销路，旺季的一个季度下来，会计却拿着报表告诉我，产值翻番，利润负数。我难以接受，不可思议。停产两天，细心剖析，症结问题找到了——成本结构太离谱（我刚当厂长，压根就没有这方面的经验和思考）。管理成本不到 1%（低于正常值），生产成本 75%（以前，食品行业一般不会超过 40%），销售成本竟高达 40%，耗损成本高达 10%，完全处于倒置和高消耗状态，岂有不亏之理。经过合理的调整，加强经营管理，一年不到，整个企业扭亏为盈，赢得了良好的声誉。

七八年前，在长山园区从事高层管理，当时社会融资的难度极大，融资成本奇高，一般在 12% 以上，有的民间融资平台甚至高达 20% 以上。面对这种情况，要加快推进速度，财政又没有分文投入，融资的难度可想而知，巧妇难为无米之炊。时任常务指挥另辟蹊径，创新举措，开创了"带资代建"的融资新模式，第一笔就引来了 10 亿元，年息 2%。如果与当时的 12% 相比，仅此一项，一年就可节省成本 1 亿元。当年，使整个园区建设融资成本创下了 7.5% 的新样式，成了全市建筑工程成本管理的新样本……

我从事教育工作，有三分之一的时间在教书。作为教师，在备课、上课、批改、考试等教育的各个环节中，应该说投入的精力很多，但教育质量如何，并没有去仔细地算过这笔账（在教育的实际工作中，教师投入的精力越多，学生的自主性越弱，往往使教育质量更差）；有一半时间从事教育管理，其中一段时间主管财务，管的钱一年要超过 10 个亿，投入与产出绩效如何，并没有去认真地计算过（如果细细地去算，说实话，有些投入可能是盲目的，对教育发展是没有效果的）。

无论是教书还是管理，基本上没有成本方面的思考。可以说，在教育系统这不仅是我一个人的问题，可能是一种十分普遍的现象，尤其是当下国家对公共教育支出比例已经超过一般公共财政支出比例的情况下，可能大部分行政官员对这些仍然没有经济学方面足够的考量。

如果说教育投入与产出的成本思考是一个十分复杂的问题，甚至是浩繁的工程，那么，个人的健康投入则是自己的一件再简单不过的事，因为所花的毕竟是自己的钱。成本如何，这笔账大部分人却也懒得计较或疏于权衡，或是压根就没有考虑过这个问题。

我与其他人一样，十分关注自己的健康问题，也从来没有思考过健康投入效益的问题，只要身体好，根本就不考虑花钱多与少。

我"经营健康"的唯一方法就是：身体不适就跑医院，找医生，刷卡（卡上的钱用完就付现）支付。自从有了医保卡，一直到 2016 年，每年医保卡上的钱基本不到半年就用超支了，其余都是靠现金自付，总共花了多少，自己也没有细细算过。

以前，我的想法只有靠医生，才能保健康，以致过于依赖，似乎没了医生就活不下去。

记得 2016 年一次到医院，一位熟悉的医生打趣地说："你怎么又来了，前后连着住了三次医院，花了几万元，怎么什么问题也看不出来？光这一个月，你就到我们医院来了七八次，看了几个科室，贡献很大，是不是太紧张了，神经方面是否有什么问题……"

我一时语塞，脸红耳赤，心里更加的恐慌，但又无可奈何。

他说的"神经上有什么问题"，倒是说到我的心坎上，但就是没有诊断出来，仅是臆断的玩笑而已。真正看出、看准这方面问题的，是在他说了这句话几天后，上海专家用 3 分多钟就诊断出来了。

自从诊断为"急性焦虑发作"的病根，服了极便宜的药好转以后，认真梳理近 30 多年的从医经过，把医生当家人的"健康思维"方式，觉得可笑，觉得冤枉，觉得幼稚，渐渐如梦初醒。

10 岁以前，从未有过医院、医生的认知概念。不像现在，小孩子一有头疼脑热、消化不良、哭哭闹闹就上医院，这已是普遍的现象。

20 岁以前，从来没有看过医生。有时候洗冷水澡受凉，头疼发热（那时不知道什么叫"感冒"），在被窝里焐焐躺躺；有时候劳动、打架、游戏……破手破脚，血流如注，只是用泥土堵堵，用青草敷敷，用池塘里的水冲冲；有时候打篮球跌跌撞撞，鼻青脸肿，脚崴腰扭，家常便饭，停上一两天，又像小老虎一样活蹦乱跳。

那时候，只要想吃，没有吃不进的东西，根本就没有食欲不振、消化不良的概念。

那时候，只要想睡，没有睡不着的情况。

那时候，只要想干，没有不敢干的事情。

那时候，只有怕父母的教训，从来没有想到把身体不适的事告诉父母、麻烦父母，再说，父母也没有那些闲钱闲工夫。

30 岁以前，从来没有上过医院（除了一次父亲住院，一次带女儿看病外）。工作七八年，工资只有不足 30 块，根本也看不起病，虽然"患过"长达几个月的"神经衰弱"（前几年才对照上的），虽然日常有萎靡不振的情况，虽然有过一些身体不适的症状，但始终没有想到过上什么医院看看。

30 岁以后，与医院结下了不解之缘。把与医生交成好朋友，作为我积累人脉资源的一门学问和必做的功课，有时候甚至把能交上几个医生朋友作为炫耀的资本，对农村人有"病"不去看、不认识什么医生，自认为是不文明的愚昧无知。

也许是我成了公家人，工资连续不断地增长；也许是我混得不错了，一步步地不断向好向高的方面发展，觉得命值钱了；也许是有了医保卡，每年财政都往上打钱，觉得不花掉可惜；也许是年龄渐长，身体渐弱，健康问题是首要的任务……

现在，回过头来想想，时常到农村去转转，我的姐姐、姐夫都已 70 多岁的人了，也有过病，但始终舍不得花钱进医院，仍然惦记着一年四季干不完的农事，吃的粗粮、干的脏活，头发虽然白了，腰虽然弯了，脸色依然是红润光亮。老家村里的八九十岁的老人，碰碰到处都是，一个个精神矍铄，一个个活蹦乱跳，一个个谈笑风生，一个个为儿孙手提肩担、忙碌奔波，风里来，雨里去，早早起，早早睡，鸡吃做到鬼叫，难得听说他们为"病"花过什么钱（有钱了，也不愿意与医生打交道）。

而我呢？真是可笑，甚至才是真正的愚昧。把医院、把医生当作救命稻草，当成救世主，一有"病"就上医院，一有"痛"就找医生。我姐姐、姐夫一年的收入恐怕还没有我看病花的钱多。

在健康的问题上，我粗略算过4本账。

一是时间账。时间是个定量，对每个人都一样，日出而作，日落而息；时间又是个变量，像弹簧，拉拉就变长，越拉越有力量。

时间是个常量，有人珍惜，生活就变得有意义、有质量、有长度；有人毫不吝惜，混世度日，了无情趣，无所事事。同样的时间，对于不同的人、不同的伺候方式，可能也就会有不同的人生品质。"一寸光阴一寸金，寸金难买寸光阴"，关于时间的名言警句可谓数不胜数，埋怨世运不济的人很多，而埋怨时间不够的人往往很少。

生命诚可贵，时间是宝贝。我算得上是一个比较懂得珍惜时间的人，年年有计划，日日有记录。翻阅日记细细追过，30年来，粗略累计，光花在跑医院、看医生的时间上竟然长达近一年。所谓的"颈椎病"就医了3个多月；疑似"冠心病"手术诊治了近10天；没有看好的"腰椎间盘突出"跟医院较劲了3个多月；医生判断的"房颤"，3次住院陆续近一个月；不是非动手术的"眼翳"，住院一星期；40岁以后，对付各种"病症"，几乎每月两三次去医院，一次就得大半天……所有这些，真正有意义的对症就医，恐怕只有一次，吃海鲜，得了"急性肠胃炎"，花了3个小时的时间，好了；其他的，几乎都是属于"疑神疑鬼"，无谓的耗费时间，无谓的成本支付，只是求得一时的自慰罢了。

一年的时间，农民可以收获两茬粮食，工人可以生产不计其数的标准件，教师可以教出一届学生……

人一辈子，能有多少个一年？

二是经济账。平时经常上医院门诊看病，医保卡上的钱每年都不够用，从

30多岁的几百元到退休前的上万元，合计就将近10万元（不包括自己想当然购买的"吃什么补什么"的营养品），还有相当一部分的超限自付（已无法统计）；住院花了近8万元，与医生的人情应酬过万元（感到不这样做就是不懂得人情世故，并不是医生的本意，是社会的约定俗成，我也可以求得心安）；平时自己随意地买药不计其数……累加起来估计要近30万元。不算不知道，一算真的吓一跳，这可相当于我70多岁的姐夫，靠辛辛苦苦打工才有可能挣得到的一生的二分之一收入啊。就以我目前的工资，也要近三年的收入。难怪有人曾说过："你若对自己的健康一毛不拔，医院会帮助你拔得一毛不剩。"健康需要投入，更需要有经营的理念，投入也好，经营也罢，关键是要有正确的理性思考，理智考量，要花应该值得花的钱，否则，花的钱就打了水漂了。如果钱花了，买来的不是金子，而是一块烫手的山芋，那可就得不偿失了。

三是精神账。记得有一首诗赞美医生，这样写道："……如春天的雨露滋补患者久旱的心田；如夏天的微风吹走燥热的空气带走患者心灵的伤痛；如秋夜的明月照亮患者通往健康的心灵彼岸；如冬天的阳光温暖着患者蒸发她们的忧伤……"把医生赞得像仙女下凡。

几十年来，我总觉得躯体这里不好、那里不好，总认为自己是个病秧子，惶恐不安，一遇到不适就到医院挂号就诊。我有个"不想麻烦人"的特点（但对别人的麻烦，我却会铆足全力，有时甚至会有太过热情的主动），基本每次上医院，都不愿意找人，随时挂号随时看。大部分医生看病好像有个比较固定的程序：毫无表情地问一声"什么情况"；让你诉说几句（医生有时心不在焉地听，有时边玩手机边沉思，有时手触摸旁边的检查单子……）；不过一分钟，开出一张或几张检查单子丢给你；看了检查单子，冷冰冰地说些"没问题""开点药"之类的话。也许这是特定的流程，本无可非议，然而，在与医生的接触中，我一腔热血、卑躬屈膝、低三下四；医生正好相反，基本不看你，没有关注，没有同情，没有一点温暖，就像一尊硬邦邦设定好程序的机器人，叫人心里实在难以接受，每次心灵都会受到撞击甚至是摧残。

事实好像与诗人的溢美之词并不吻合，甚至有天壤之别。

记得有一次到医院看病，接二连三遭遇了极度的不快。

"喂，你没长眼睛吗？这是医生停车位，谁叫你瞎停的……"穿着黑皮的保安像国民党保安团的兵痞一样，板着脸大声呵斥着。我留意一看，停车位的地面上是有个"医生专用"的模糊不清的字样。

我憋着一肚子气，排一个长队，将病历卡递上去："你好，请挂消化科专家号。"

"你这个人真可笑，专家号早就挂完了，下一个……"美女挂号员阴沉着霜打茄子的脸，不停地挥舞着纤纤小手，赶我离开。

"不要说，我明白了……下一个。"医生大概看了不到一分钟，刷刷刷写好两张化验单，驱赶着让我去做检验。

化验报告出来了，原来给我看病的医生查房去了，对面的医生说不是她看的，让我等。没办法，我足足等了一个多小时。

早晨7点30分到医院，看完病已是接近中午时分，肚子倒是一点不饿，气都气饱了；就是有点头晕，心里憋着一股子气。

病没有看好，钱花了，买来的都是"精神包袱"。

看到别人有时候看病专找熟人，似乎很方便很顺心，虽然我的同学、学生或间接认识的医生朋友很多，总觉得找人家麻烦不好，但有时候时间紧、心急，或是感觉可能问题比较严重时，还是会找找熟人医生的。

找人与不找人确实是不一样，但是一些关系好的熟人（比如自己教过的学生医生），往往又会给我带来另外一种精神走私：他们太殷勤了，让我重复以前的检查，串看不同的科室，缴费一张接一张单子，不同科室医生对病情众说纷纭，各执一词……好心却让我烦心。

有病就医，天经地义。患病（不管是真假）的人，最大的希望就是快点看、看得准、少花钱、好得快。也许是中国人太多，也许是现在病太杂（其实相当一部分人是像我一样有点无病呻吟的味道），也许是部分医生素质不太高，常常到医院看病，可能会没病也会气得有病，再加上去看病的人本身就心里比较紧张，通过医生诊断，说出了各种的"模棱两可"的可能、也许、否则……一类的暗示和含糊其辞的结论，心里的紧张可能演化成恐慌。进医院前，可能还只是某个部位稍感不适，看了医生反而变得心事重重，好像真的得了什么不可救药的病，连睡觉也噩梦连连。

情绪、心理方面有问题的人，本来主要是因为精神因素所致，结果到医院就诊，往往反而会使精神新增雪上加霜的创伤。俗话说："天有三宝日月星；人有三宝精气神。"如果一个人精气神不足甚至丧失了，自然会使神经疾患变本加厉地摧残身体的健康。

四是成效账。真正有病自然不必说，必须看，比如糖尿病、高血压、肠胃病等等，但"似病非病"或有经常反复规律的类似的不适，一发现就看医生，那有可能纯粹是庸人自扰。看病就医，不计其数，细细算来，基本上没有看对看准，其结果反而说我的"病"越来越重，越来越猛，云里雾里，莫衷一是，不知看什么科，不知吃什么药，不知如何面对。虽说"无知者无畏""无知的人最快乐"，其结果往往恰恰相反。

人的健康如同办企业、做工程一样，需要成本，需要讲成效。讲效益，就必须要核算成本，尤其是"似病非病"的神经方面的患者，这个问题非常值得深思。如果总是疑神疑鬼，盲从医生，轻信药物，那样，时间、经济、精神和成效的成本会奇高无比，以致得不偿失、入不敷出甚至是本末倒置，更有甚者可能会搬起石头砸自己的心。

可叹！可恨！可悲！

自从 2016 年下半年看对病症以后，心里豁然了，渐渐敞亮了，渐渐懂得了一些面对方式，渐渐知道健康成本的一些理念和方法。

查阅病历。2017 年，我上医院没有超过 10 次，医保卡上的钱破历史记录有了少许余额。

2018 年，我上医院没有超过 6 次，医保卡上的钱结余了一大半。

2019 年，我的健康经营目标和方式是尽量不去医院。

神经症样疾患者有时也有必要计较一些细微的心理成本。以往，我到医院就诊结束后，遇到熟悉的医生往往会习惯的热情握手告别："再见！"

出了医院门，一位随同者说，在医院跟医生千万不要说"再见"二字，这会意味着还会病，还需要来，不吉利。

恍然大悟。

从此以后，在医院再也不会与医生说"再见"二字，医生有时会主动热情说"再见"，我也装作听不见，不作回应。

当然，这肯定是唯心的。

以后，我还真觉得身体状况比以前好多了。

……

事实而言，神经症样疾患者的健康成本投入应该不是主要靠医生（或是说不能太相信医生，尤其是在不明病症的前提下），关键在于自己的身心调养，这会有事半功倍甚至是一举多得的效果。

健康是无形资产，讲成本、求效益的保健才是人生品质的基金理财。

良药苦心

世界卫生组织规定，个人健康和寿命的决定因素为：遗传 15%，社会因素 10%，医疗条件 8%，气候条件 7%，自身 60%。

按常理，前面 4 种因素加起来 40%，是自己难以控制和改变的；而自己可控的 60%，很多人往往又不去科学合理的控制，其中除生活习惯、工作习惯、运动习惯以外，失控的一个重要因素，就是平时人们自认为正确的好办法——吃药。

大多数城里享受医保的人，尤其是工资待遇比较高的人，一般药的种类、数量、档次与收入成正比：一般办公室都有一个抽屉是专门放药的；一般家里都有 1~2 个甚至是几个药箱；一般随身的包里都有几种药（外出时就更多）；一般一个家庭每年都要清理一批为数不少的过期的药物。

到农村医院去转转，大多数患者都是有大病才看病（这种做法也许不一定正确）；到城里医院去看看，大多数"患者"都是慢病开上一堆药，无"病"也会泡医院。到农户家里老人床头去张望，大多放的是便宜的点心，边看电视边撮两口；到城里老人床头看看，大多放的是一堆中药、西药、保健药、保命药，这是随时准备的应急措施，许多老人（也包括很多年轻的自以为有"病"的或是被确诊为慢性病的人）几乎把药当饭吃。

我粗粗做过一些了解，我老家村里（200 多口人）的老人们，一年到头农医保基本不用，药基本不吃，小病小痛比如感冒等基本不看，农活基本不停，电视基本不看，早晨基本不睡懒觉（大部分中午也不休息）。90 岁以上的健康人 9 个（其中有 3 人已近百岁）；80 岁以上的 24 个（其中只有一个是老年痴呆，一个卧床不起）；70 岁以上的人们，早晨碰面的第一句话要么是

"吃了吗"或是"今天又到那里干活赚钱去了",几乎没有一个不是在外打工赚钱或是种田的壮劳力。

再看看我在城里住的小区（估计人口比我们村子人口多3倍），没有发现有一个90岁以上的老人在外走动；80岁以上的人，早晚锻炼的步伐已是步履蹒跚；退休以后的、70岁以上的人们总觉得心情不是太好，总是觉得心神是那样的凝重，偶尔遇到一块，要么问"好点吗""血压怎么样"，或是"你吃了那种药究竟效果怎么样"等等，与工作时的那种盛气凌人、高高在上判若两人，仿佛不久的将来就要"走"了一般。

原因固然是多方面的，珍惜生命、珍爱健康的愿望绝对是一致的，但对待的方式却迥然不同：农村人基本不吃药，城里人非常依赖药；农村人在劳作，城里人在享受。这应该是一些比较主要的因素。农村人经常会戏虐城里人："城里人的命比我们值钱。"

对药的依赖，往往会对身心造成比较大的摧残（当然，不包括真正有病必须吃药的）。尤其对于潜在的神经症样疾患者，比如，非常容易神经过敏，总是疑神疑鬼，本身确有一些病症反应，却没有查出什么病的人。

乱吃药，不但会加大经济成本，更主要的是会加重精神负担，使自己的神经系统长期处于失衡状态，隐藏在暗处，躯体不适的影子渐渐放大，渐渐暴露在日常生活中，乃至使自己几乎处于寝食难安甚至近乎发疯的状态。

更有甚者，乱吃药，有可能会害死人——这绝不是危言耸听。在我的生活经历中，就有过刻骨铭心的体验，现在想起来仍然十分后怕。

我爱上喝酒，那是25岁以后的事了，是因为改教从商，做"老板"后一种必要的交际应酬需要。经常喝，觉得是个好东西：精神亢奋，思维敏捷，广交朋友，生意兴隆。

尝到"甜"头，欲罢不能。有时候还会觉得酒能消除一切烦恼，偶尔感冒，喝点酒驱驱寒；觉得身体可能有炎症，喝点酒消消毒；工作压力大，心思重，晚上喝点酒解解乏……

但好多次觉得，昨天晚上喝酒，今天一天甚至几天都有不舒服的症状，总觉得疲乏无力，甚至体力不支，有时可能要躺在家里休息一两天才会好。

后来，渐渐听喝酒的谈体会，自己学习后才有了些了解。当时，有可能在喝酒的情况下，服用了一些药物，如感冒药、消炎药或是安眠药等（其实这种情况很普遍，有些人还会用酒送服药物）。有医学报道表明，吃药后再喝酒，或边喝酒边吃药，或喝酒后吃药，不小心真的会要命的。

比如，"感冒药+酒＝肝衰竭"。绝大多数感冒药中都含有对乙酰氨基粉（又名扑热息痛），用于治疗感冒发烧及缓解疼痛，而对乙酰氨基粉在身体内生物转化过程中，会产生一种有毒的代谢物质，需要与体内的还原性谷胱甘肽等保护因子结合才能降低毒性。过量饮酒时，会消耗大量的体内的谷胱甘肽，致使对乙酰氨基酚生成的代谢物无法与谷胱甘肽结合，增加肝脏衰竭的风险。

比如，"消炎药+酒＝毒药"。头孢类抗生素药加酒就等于毒药，因为酒的主要成分是乙醇，进入体内先转化成乙醛，继而在酶作用下转化为水和二氧化碳排出体外。而头孢类消炎药会抑制乙醛继续转化排出，乙醛积蓄过多可导致患者出现面部潮红、腹痛、恶心、呕吐、头痛、头晕、胸闷、心悸、视觉模糊等症状（这些症状与神经症样疾病的反应很雷同），会出现血压下降、呼吸困难、休克等严重症状甚至死亡。

以前，我有时候的一些躯体不适，其实可能就是因为这个原因所造成的，只不过当时没有这方面的认知而已。

现在，大部分人都知道这种现象叫"双硫仑"反应，一般不再会以身试毒，拿命开玩笑了。但是，有相当一部分人对喝酒后服安眠药的危害却知道得很少。

"安眠药+酒＝一条人命"。一些起镇静催眠作用的安眠药，本身就有一定的抑制呼吸、心跳的作用，而酒精也有相同的作用，两者合一可产生双重抑制作用，使人反应迟钝、昏睡甚至昏迷不醒，呼吸及循环中枢也会受到抑制，出现呼吸变慢，血压下降，休克甚至呼吸停止而死亡。

前两年，我对此有过这种明显的感觉，当时只是想，喝点酒，再加上服一粒"阿普唑仑"，一定会使自己心里更平静，觉睡得更踏实。事实却并非如此，睡下后觉得胸闷憋气，反复换睡姿，心里更烦躁……

少量喝酒对有些人也许是件好事，喝酒前后有些药不能吃，这一点恐怕大多数人是不知道的。也许有些时候不一定致命，但出现许许多多的症状，常常会怀疑真的得了什么病，但查来查去又查不出什么病，不仅增加了无谓的经济、时间、精神成本，久而久之，就可能会招致"神经症样疾患"附身难除。

药既不能误吃，也不能乱吃。

稍微上了点年纪（大概50岁以后），人们常常对脑溢血、冠心病这些有可能随时送命的病谈虎色变，一般都会随身备一些药物预防，但基本上是做做样子，相当是一种安慰剂，其实根本派不上什么用场，尤其是对这类疾病也只是道听途说、一知半解而已。

殊不知，我有一次还真的用上了。

一次早晨起来，突然觉得心慌意乱，摸了脉搏，心率越跳越快，人难支撑，濒临死亡，几近崩溃。自我感觉认为是心肌梗塞了，随即在药箱里找到备用的"硝酸甘油"药，服了一粒，心里觉得好过一点。哪知，几分钟后症状却越来越强烈，心跳几乎到了200次/分……

经医院抢救才转危为安。

事后，我在网上查后得知："硝酸甘油"是心动过速的禁服药物。

现在想起这件事，真是后怕不已。

有些补品其实也是一种药，有时候不遵医嘱，随意判断自己的身体状况，随意买，随意吃，都有可能对自己的身心健康适得其反。

我教过的一位学生生意做得好，发了点财，用比较好的补品泡了一坛酒，里面放了些冬虫夏草、人参和枸杞。5年后，这坛酒的颜色已经变得像"老黄酒"一样，醇香诱人。

将坛中的酒倒到一斤装的空酒瓶里，有几个晚上试着喝一两，咪咪哑哑，小菜搭搭，快乐成仙，学生孝敬，心旌荡漾。心想，喝了这个补酒，自己的亚健康状况一定会随"酒"飘散。第一天感觉很好，第二天觉得有点头晕，第三天身上有点瘙痒，第四天腹胀，大便极不规则。赶快停，不敢喝了。

网上查验，觉得可能是过敏了，也可能是这种药酒与我的体质根本不对路甚至是"补反"了……说不清是什么原因，反正觉得喝了这种"药酒"浑身不适，疲乏无力，精神不振，从此不敢再试了。

随意停"药"是大忌。引起身体不适的情况，我有过好多次深刻的教训。

教训比较深刻的一次是我被查出"急性焦虑症"（神经症样疾病的一种）以后，医生给开了两种药，一种是"阿普唑仑"，一种是"西酞普兰"（这是后来换的一种新药，替代"黛力新"）。医生叮嘱，"阿普唑仑"服用3个月可以停，"西酞普兰"至少要服用1~2年。"阿普唑仑"我服了一个多月，停了，没有什么特殊的反应；"西酞普兰"服了10个月，觉得症状消失了，加上反复看说明，认为此药的副作用很可怕，就边服边减，然后就停了。

一开始停，觉得有些不适，症状渐渐卷土重来，再看说明自认为这是停药中的应有反应，暗暗较劲，让自己坚持，半个月后，一些症状基本消失。

停药几个月后，总觉得原来不适的症状会时隐时现地侵扰我。

专家医生告诉我，这种情况的发生是因为我的"病"并没有彻底好，自己随意停药，导致不适症状的存在，还很有可能会复发。

不遵医嘱，害怕副作用，随意停药，会对身体健康的危害很大。实际生活中，这种情况十分普遍，常常对说明书中的"疗程"概念熟视无睹。

尤其是对神经症样疾病的人更要吸取教训。对神经症样疾病的人少吃药，吃对药，遵嘱服药，不误吃，不错吃，不随意吃，无论是对"药疗"，还是"心疗"，都显得十分重要。否则，会误入歧途，会使病情加重，会使自己的身心饱受无妄之灾。

对于神经症样疾患的人如何用"药"，就我个体而言，有一个"六字"法的基本认知。

前提在一个"查"字。

"查"，就是要清楚是否有神经性方面的疾患。30多年的经历使我清醒地认识到，亚健康始终伴随着我，躯体的诸多不适侵蚀着我，有时候一切正常，有时候反复无常，求医问药成了家常便饭，紧张纠结成了常态，给生活带来相当不便，对工作效率也有较大的影响，更主要的是，心里一直纠结忐忑。医院跑了无数次，医生看了无数个，检查做了无数遍，一直不知所以然。其实身体有恙，检查并没有错，错就错在当排除了身体并没有任何器质性病变的情况下，就要找到"亚健康"的根子。就像是人们跑步，目标是在奔向终点的位置，而在人们的生活经历中，时常会不知不觉的或左或右，甚至是背道而驰。看病也一样，方向错了，结果自然就错了。如果遇到一些庸医的误导，那就会大错特错。

一般情况下，查了以后没有什么问题，吃药也不起什么作用，那有一个方向就很值得考虑，那就是有可能是神经性疾患的反应，这一点恐怕大部分人（其中也包括一些医生）不会明白。我是在前两年上海专家医生看对了病才明白过来的，否则，还将会在漫漫的"求医"过程中苦苦地挣扎，还在"不知是什么病""不知该吃什么药"的黑暗之中徘徊。

依据在一个"分"字。

分就是要分清楚看什么科，找什么样的医生，弄清楚自己的"病"对应哪种类型。

神经内科，应该是一个不错的选择（最适当的应该是精神科）。

当然，这个科我曾经也看过几次，只不过看的时候，医生让我多次反复的检查以外，其判断的结论却基本没有对症。这种情况下，千万不能讳疾忌医，尤其不能对"精神卫生"问题有所忌惮甚至排斥，应该尝试去求诊。

找医生是有讲究的，这一点人所共知，毋庸置疑。一般情况下，应该是首诊就要找专家。尤其是当反复诊治效果甚微的时候，就一定要毫不犹豫地找专家或是很有责任心的医生。

弄清楚属于哪类"神经症样疾患"很重要。首先要分清楚属于哪种类型：比如更年期综合征、植物神经紊乱、焦虑症、强迫症、神经衰弱等等，如果仅仅是笼统地说"神经官能症"（这是一组精神类病症的总称），就很难对症下药。其次要分清楚到了哪一种程度，如果是轻微的、暂时的、短期的，可能重在生活中调节；如果是长期的、突发的或是已经明显影响到正常的工作和生活，那除非心理调节以外，就必须要遵医嘱，依靠相应药物的帮助。

认知在一个"学"字。

世上有相同品种的树，绝无相同品质的树，"橘在淮南生为橘，生于淮北则为枳"；同一棵树上的每一片叶子只可能相似，不可能相同。人也一样，各人的遗传基因、人生经历千差万别，因此，每一个人都是一本"绝版"的书，不可能是一本"复本"的书；各人在不同年龄、不同背景下的身体状态更是表现迥异，可能前后是同样的病，不一定前后用同一种药去治。尤其是"神经症样疾患"的病症，变化莫测，反复无常，即使一些专科医生也可能会"搭错脉，开错方"，何况对这类疾病，我还没有遇到过能够通过搭脉诊治的。

要想医治这方面的疾病，除非要依靠有水准的医生之外，关键是要靠自己的力量去战胜。要去战胜它，就必须首先要懂得它。好比侍弄一种机器，你不懂得机理，就不会使用，同样对于自己的身体状况，你不懂得病理和其发生的变化，就不可能把握它，治理它，这一点单靠医生是不行的。因为他不是患者，更不是你自己。做到这一点，自己就要学习或者是掌握一些简单的知识，"久病才能成良医"，对自己要有信心，要树起信心，要充满信心。对于这种病必须明白一个道理："世上没有救世主，只有自己救自己。"

基础在一个"选"字。

"选"就是要选对选好选精治疗的药物和注意适合补充的营养。

其一是能用的。从药物方面说，必须要对症下药，比如，遇到突然激烈的心慌反应，可以临时尝试服用"阿普唑仑"；如果遇到胃肠功能紊乱，可以尝试服用"双歧杆菌"；如果有心脏神经官能症情况，可以尝试服用"倍他洛克"；如果患病时间较长，出现了容易紧张恐惧的情况，可以尝试服用一些抗"抑郁"的药物加以抑制，如"黛力新"，等等。当然，前提是必须要按照医生的要求。从饮食调理方面说，常吃一些如"猴头菇鸡肉汤""红枣枸杞煮鸡蛋""桑葚汁""豆豉炒猪心""莴苣"，等等。从营养学的角度讲，多以清淡饮食为主，多吃水果和绿色蔬菜，补充机体所需的维生素、氨基酸、矿物质、有机酸以及人体所需的多种微量元素等营养物质，对于身体健康以及自身免疫能力的提高有很大的帮助。

其二，特别要注意哪些不能用的。这一点除遵医嘱之外，一个很重要的因素主要是靠自己在生活中，多次反复地观察、积累、体会和验证。一般来说，有刺激性的食物最好是不能用的。一是避免增强多巴胺功能的物质，比如，不能抽烟（吸烟可使奥氮平、氯氮平的血药浓度明显降低），不能酗酒（最好不要喝），不能喝浓茶（我的体会是最好不要喝，尤其是空腹的情况，因为"茶醉"的表现情况，往往会跟神经官能症的一些症状非常相似，容易混淆，茶中的咖啡因也会引发或扩大神经官能症的症状），不能喝可乐、雪碧，等等。二是减少富含多巴胺的前身物质——酪氨酸的食物，如奶酪、葵花籽、糙米、花生和豆类食品。三是避免易生痰的食品，如肥肉、蟹、鲤鱼、黄鳝等。四是避免容易使肝火妄动的食物及中药，如辣椒、柴胡等。特别要注意，平时治疗服药或食物中，一些药物本身对神经系统会有不良的反应（当然，不是所有人都会有），比如"地塞米软膏""巴旦木"坚果等等，虽然平时应该多吃水果和蔬菜，也有个选择性的问题，并不是所有水果和蔬菜都适合，这些都需靠自己体会和把握。

要强调的是，在药物和食物的选择上，哪些能用，哪些不能用，怎么用，绝没有千篇一律的公式和谱子，遵医嘱是首选，个体化是关键，用对了才是根本。

关键在一个"调"字。

我的体会是"三调"。一是"调心"，就是要保持心情舒畅，避免情绪波动或过度的精神紧张（一般的紧张对身心反而是有益的，往往会是一种驱动力）；可以与专业的心理医生交谈，使自己的身心放轻下来，以调适自己的良好的心理状态。二是"调体"，尽可能使自己的身体调强起来，比如打球、散步、钓鱼、唱歌、跳舞、养花、体力劳动、有节制的全身心投入工作、读书、写作等等，有一点要注意，最好不要从事那些不健康的活动，如搓麻将、高温下洗澡等等。三是"调药"，根据自己身体状况，在医生指导下，即时合理、正确地调整药物，直到最好停止服用药物。这"三调"是一种上中下策的关系，不可本末倒置。当然，有时也应该三管齐下，不可偏废。

巩固在一个"韧"字。

我的体会是4个"坚持"。一是坚持学习一些基本常识；二是坚持用好、用透、证明对自己是向好的方法；三是坚持做好平时身心变化情况的记录；四是坚持相信这类病不会死人，一般不会影响正常的生活和工作。要提高生活品质，就必须要有这4个坚持的"韧"性和"韧"劲。

苛求的喜和忧

我虽然个子矮，小时候就很欢喜打篮球，夏天烈日下打，冬天月光下打，鞋子破了就赤脚打。到了上高中的时候，终于打进了校队，甚至成了主投手。即使碰到大个子、身体壮的对手也丝毫不退缩、不畏惧，拼着命地想打赢、不服输。

40多岁，进了机关，没了场地，没了激情，没了强悍的体质，就只好躲到室内开始学习打乒乓球。

练了几手，稍有起色，好歹勉强充数，经常试着参加一些常规的赛事，输多赢少，倒也不乏乐趣。即使输了，也会以"别人是为了出彩，我是为了出汗"了以自嘲。其实，也就是说说而已，自己那种年轻时在篮球场上横冲直撞、只想赢不想输的好胜心理，却始终纠缠不去。

打乒乓球，一直有些相对固定的球友。我比较喜欢找一些水平相当或是不如我的比试，每打完一轮，自己总有一种胜者的快感和喜悦，沾沾自喜，其乐无穷。

经常和一位部队师级干部的球友练球，以往每次打球难得旗鼓相当，大部分是以他的失败而告终，他很沮丧，我很得意。结束练球，大汗淋漓，我浑身舒坦，主动伸手交握，脸上阳光一片，笑嘻嘻地假意说："打球总是有输有赢的，我能赢你，只是偶然，师长不必介怀。"师长脸上的肌肉有点发僵，苦涩地朝天点点头，缓缓地伸出手浅浅的与我握一下就松开了，可能是输了球，心里很不是滋味吧。

相隔大概两个多月，我们又相遇了。

不知怎么回事，这次与他较量，和以往居然截然不同，原来打球他很容易就露出的破绽，比如，左手点、中线点、接不住短球旋球、抽过去的球回不过来的弱点荡然无存，反而基本没有失误，倒是他把我的弱点死死地抓准、控制住。一轮比试，10局球打下来，我仅仅赢了2局。接着打，我越打越急，越打越慌，毫无招架之力，动作完全变形，平时轻松自如可以打好的球，不是打在网上就是攻出桌外。第二轮，第三轮，连续20局，我居然输得精光。

师长的脸上溢出了很诡秘、一眼就能辨识出的得意神色，他迈着矫健的步伐，雀跃到我跟前，主动握着我的手说："你今天似乎不在状态，没有正常发挥，心致太急了，动作也乱了，失误太多……"仿佛完全以一个将军的气势在教育着属下的士兵。我浅握着他滚热的手，显然，自己的手冰凉，淡淡地回了一句："向你学习，下次再比。"抽开手，心里一点也没有平时运动后那种通透舒适的快感。

士别三日，刮目相看，结束练球，郁郁寡欢。

路上开车差一点闯了红灯；晚饭喝酒索然无味；看电视，下午比试的屈辱豁然再现，挥之不去；躺在床上，辗转难眠……这件事，这样的情景，几天来始终耿耿于怀。

我要提高，我要强练，我一定要打赢，强烈的念头几乎占据了我整个的生活，心思沉重，情致漠然。

退休了，打球是为了健身强体，输赢又有何妨。平时经常这样默默地告诫自己，但真正输了，心结却始终打不开来。

不要太在乎输赢，不要太在意别人的眼神，生活中、工作中曾经有很多人经常这样劝导过我，我也曾经这样劝导过别人。

不要太在乎别人的对自己的评价，说起来容易，看样子做到了很难，因为这样性格的存在是有渊源的。

首先是遗传的因素——一个"怕"字。

我母亲生在农村，生活在农村，没有读过书，恪守妇道，一辈子的性格集中反映在一个"怕"字：怕别人看不起，怕事情做不好，怕与别人争强斗胜，怕对不起别人……一个"怕"字几乎是她生活生命的全部。耳濡目染，小时候起，"怕"便渗进了我的血液之中，乃至是灵魂深处，渐渐孕育成了我这种"怕"的个性：晚上睡觉怕老鼠，白天干活怕输给同伴；生活中怕自己言而无信；工作中怕自己行为有过……怕，使我做什么都变得谨小慎微。

其次是教育的因素——一个"好"字。

有人说，家庭教育对人影响的比重可能占到 70% 的权重，此话一点也不假。从懂事以来，我父亲对我的教育要求和期望，概括起来就是一个"好"字：规矩要好，学习要好，做人要好，做事要好，几乎要求我样样都要比别人好，只有这样，他脸上才会溢出光彩。

上小学时，有两件事情我印刻特别深刻。

一次老师在课堂上训导我们：学生就是要讲规矩，没有规矩不成方圆，讲规矩就是要听老师的话，对于不听话、学习不认真的学生，就要像平时放牛一样，对不听使唤的牛就要用鞭子使劲地抽，吃公家的庄稼要抽，走得慢要抽，跟别的牛打架也要抽……只有鞭子抓在自己的手上，对调皮捣蛋的牛，最好的办法就是使劲地"抽"，直到抽得它听话老实为止……

"老师，你讲的话不对，对不听话的犟牛、小牛，光是用鞭子抽并不是好办法，有时越抽会越不听使唤，它会跑，会尥蹶子，会用睁开血红的大大的眼睛死死地盯住你，会跟你对着干……"平时我这个很听话的学生，居然有一股子不服气的勇气，昂起头，在课堂上公然与老师顶起牛来。

老师长长的花白胡须气得在颤抖，平时在我们眼中威严的长衫，仿佛在微风吹动下也在轻轻地飘动，脸上乌云密布，手上的戒尺高高举起，气呼呼冲到我的跟前，凶神恶煞般地呵斥道："混账！反了，反了……"他的双眼瞪得像正在角斗中的牛眼，布满了血丝，他的脸涨得像关公。

教室里静得出奇，没有一点声息。

我脸涨得通红，惊恐无比。今天我反了"天"，肯定要遭殃了。

放学回家，"老子"知道了这件事，肯定是有同学告了状，父亲怒发冲冠："小赤佬，跪下！竟敢顶撞先生，一点规矩都不懂，我平时是怎么教你的，气死我了……"

"啪，啪……"我被父亲打了两记耳光，脸上顿时火辣辣的。

从此以后，再也不敢惹先生，在大人面前讲话变得小心翼翼，中规中矩了。

在村里上小学低中年级，我一直是班长，一直是个好学生，父亲很满意，很有面子。高年级到外村去上，老师只是让我做了个文艺委员，与班长的官职从此无缘。父亲认为肯定是我的学习不好，对先生不好，以往父亲引以为豪的"荣耀"和光辉的"面子"荡然无存。一到家里，时常会有父亲唠叨式的训导："一定要好好学习，必须要超过别人，供你上学不容易，家里就靠你光宗耀祖……"听多了，我耳朵好像都长出了茧子。

母亲的遗传，父亲的教育，就好像是农村经常在嘴边哼唱锡剧的"玲玲调""大陆调"一样，不荒腔，不走板，使我的性格几乎定格在"怕"和"好"这两个字上，不敢越规矩的雷池，以"和"立世，以"苛刻"待己，对我的人生产生了潜移默化的影响。

第三是环境的因素——一个"进"字。

从工作起，我基本没有离开过教育的圈子。教育者，释疑解惑，为人师表，文人相轻，"好学求进"，一根根弦绷得紧紧的，一刻都没有放松过。"进"，如同箭在弦上，也许这是教育人（或是所有人）的一种职责使然，是环境的必然。习以为常了，便渐渐形成了"不管在什么岗位，不管做什么事，都不能丢失面子，都不能输给别人，都不能给父母脸上抹黑"的刻板思维模式。于是，起早贪黑，步步紧逼，自加压力，追求完美，让领导看得上，让同事看得起，让亲朋好友看得好，成了我生活的全部。

从代课教师做到公办教师，从学校年级组长做到地级市教育系统领导，做出点小名气，经常能够"扭亏为盈"，与人相处受到大部分人的好评，在小小的村里可以说是一名难得的成功人士。成长的道路上，为"怕""好"和"进"这三个字倾心竭力，这一切都认为是理所当然，总认为这样，生命才有价值、才有意义。

然而，谁的生活可能是一帆风顺？因为我生命意义中的"怕""好"和"进"这三个字，当面对困难和挫折的时候，却会如同温室的禾苗经受不起狂风暴雨的侵袭。

小时候，家里穷困潦倒，别人吃饭我只好喝粥；别人穿金戴银，我只好穿破衣烂衫；别人穿鞋招摇，我只能赤足狂奔。自卑得很。

做临时工，身份卑微，待遇低廉，被别人呼来唤去，做的比别人多，得到的比别人少，觉得世运不济，彷徨苦闷。

刚进城工作，城里家长瞧不起，同事同僚不看好，遭白眼、被排挤，"宁做城里一只狗，不做乡下一个人"的理念，拼得我心力交瘁。

到机关上班，派系林立，明争暗斗，讲背景、论资历、讲关系、划圈子，心里比较累，"你好我就不好，你不好我才好"的歪念哲学，尔虞我诈，令人恍然如梦。

热情帮助别人，是父母的遗风，何况我也曾经接受过好多人的帮忙和关怀。稍稍有些地位后，自己总是想着如何去为别人解忧排难，尽些绵薄之力，聊以自慰，几乎成为我生活中的一门重要功课。要帮助的人太多，应接不暇，被人帮、帮别人，必然要"礼尚往来"，这是起码的人情世故。帮助的难度大，超越自己能力的要去尽十二分的力；想帮但又帮不上的，有人会论三道四，被需求、被嫉忌、被强求、被埋怨、被责难；帮上了一笑了之，帮不上一脸冰霜……

做人，真难呐！时常犹如挑着千斤重担，腰难直，气难喘，心里如压着一块巨石般沉重。

"怕""好""进"，苛求自己，道义上、表面上本该是一件好事，人如果没有这三个字的压力反弹，恐一事无成，哪来光环，何谈荣耀？但也是因为这三个字，让我尝到甜头的同时，倍受难熬，尝尽了苦头，使自己的生活单调、苦燥、无趣、乏味，变得十分的机械和刻板，使自己的身心健康，如同农家不懂得"茬口"种植一般，几十年总是种一样作物，要么水稻，要么小麦，要么玉米，必然使土壤变得板结而无半点营养成分，又必然使这样的一种作物由丰收渐渐变成歉收，每况愈下。

人生总是苛刻自己，必然使自己身心健康受到极大的摧残。"水至清则无鱼，人至察则无徒"，苛刻自己的生活方式，同样会在一定程度上"苛求"他人，必然会使自己心高气傲，孤芳自赏，寂寞无友。

久而久之，就会滋生让身心难以承载的"焦虑"。

"苛刻自己"是引发心理不健康、容易患上"神经官能症"中的"焦虑症"的重要原因。

在清华大学的培训班上，一位全国知名心理学家测试我的性格后，是这样评价的："该同志的总体特点是……工作脚踏实地，严谨认真，考虑问题周到细致；能摆正自己的位置，善于与人合作共事；遇事都能深思熟虑、处事稳重；同时，在遇到困难及难以解决的问题时，做事犹豫不决，常常难以做出决定；非常有毅力，工作目标明确、责任感很强，非常执着，能持之以恒且能一直坚持自己的原则。"

照此看来，我很容易对自己苛求成功而害怕失误甚至失败，就一点也不奇怪了。

性格一定程度难以改变，但为了自己的身心健康，就必须要努力去尝试着变化。

"怕""好""进"，虽然是件好事，但过于苛刻，往往会造成巨大的心理压力，长此以往，肯定不利于健康，尤其是对一件小事，如果做不好就要反省许久的人，就特别要警觉"六种"表现：一是可以轻易原谅别人的"愚蠢"，却对自己耿耿于怀；二是改正错误后，仍然不断批评自己；三是因为工作不断牺牲生活；四是别人对你不好时，总是在自己身上找原因；五是凡事都想要做好；六是觉得自己是个失败者。

　　针对这"六种"表现，要学会放下内心的重担。

　　要学会放下内心重担的方法很多，对照自己过往的生活方式，要做到做好这一点，也只要在"怕""好"和"进"这三个字上，换个角度、换个方式去做，也许就会得到改善。

　　"怕"：有限的选择，摒弃怕自己太在乎别人的眼神和看法。

　　"好"：身体好、心情好、身体好了才有本钱，心情好了才会觉得世界一切都是好的。

　　"进"：捕捉和努力使每一天都有"快乐"的进步。

　　《汉书·成帝纪》中说："崇宽大，长和睦，凡事恕己，毋行苛刻。"

　　这应该是一剂治疗"焦虑症"的好药方。

　　这也是容易患"焦虑症"的人，应该在生活实践中终身要服的"良药"。

神经过敏　作茧自缚

小时候起，我就被"过敏"反复折腾着，虽然并不知道过敏的概念和原因。

春末秋初，浑身会长满痱子，奇痒无比。

炎炎夏日，满头满脸冒出疖子，总是被父亲按在板凳上，用修脚刀破开挤脓，像被抬上案板上的猪一样嗷嗷喊叫。

夏季割麦，秋季收稻，一接触到"芒"一类的农作物，全身红肿，瘙痒难忍，乱抓死掐，血迹斑斑。

荒郊野外，摸鱼捕虾，在强烈的紫外线下，时常满脸通红，浑身长满鸡皮疙瘩。

成年以后，吃海鲜、水产，剥玉米、刨山药，服人参、枸杞、牛奶类营养，服一些药物等等，不知什么时候、什么原因，时不时会生出扁平的荨麻疹，寝食难安。

一直到现在，几乎没有一个季节，没有一天，皮肤是光润无斑的。

像现代许多人花粉过敏，常常鼻炎发作一般，用过很多药，涂过许多膏，滴过多种液，丝毫不见效果。

后来，我才渐渐知道自己是过敏性体质。

用现代化仪器检查，并没有查出真正的过敏源。大部分皮肤科医生说，我主要属于紫外线光源过敏。

这是一种闹心的事，这是一件烦心的事。痒得用手挠，用衣擦，靠墙磨，用热水烫，痒上加痒，晚上睡觉痒得翻来覆去。

过敏，像魔鬼缠身；痒，像膏药一样，粘贴着躯体。天天像与敌人打仗一样，神出鬼没，防不胜防。

"过敏性体质"，一般是说容易发生过敏反应和得过敏性疾病而找不到发病原因的人。具有过敏性体质的人，可发生各种不同的过敏反应及过敏性疾病，如有的是荨麻疹、湿疹、哮喘，有的则对某些药物特别敏感，可发生药物性皮炎，甚至剥脱性皮炎。

过敏性体质的人，往往是承自父母亲，或是与饮食、压力过重导致抵抗力变差、免疫功能不足有关。

平时躯体不适服药，只要看到"体质过敏者慎用"或是"如发现服药后出现皮疹者禁用"等字样，对说明书就看得特别仔细，心里就特别的紧张，服药过程中就特别的小心翼翼。一旦发现有皮疹反应，就会立即停药，这样对有些症状的治疗带来了许多的麻烦，也加重了极大的心理负担。

一路走来，好好坏坏，治治忍忍，并无大碍，只要处处小心防"贼"便是。

"过敏性体质"（是泛指一般的有形的反应症状）与"神经过敏"（应该也属于"过敏性体质"的一种类型）相比，只是小巫见大巫。

如果说过敏性体质主要是增加了我躯体的麻烦，那过敏性神经却使我背上了巨大的精神包袱，像长在表皮隆起的巨瘤一样，药抹不去，刀又割不掉。

对于"神经过敏"，我是前两年在医生的启发下，看了一些有关书，才开始逐步认识的。

鲁迅先生的《集外集·关于〈关于红笑〉》中有这样一段文字描述："倘仅有彼此神似之处，我以为那是因为同一原书的译本，并不是弄的，正不必如此神经过敏，只因'疑心'而想入非非。"

由此可见，神经过敏是神经系统的感觉机能异常锐敏的一种反应。

神经症样疾病患者大都有这种症状。

我也许就是这种症状的一个典型表现的人。

"神经性过敏"，在临床上属于众多过敏的一种，由感官眼、耳、口、鼻、舌、触引起，通过全身神经元出现炎症症状（我把它理解为"过敏性体质"），是躯体的反应。

"神经过敏"，则是属于心理方面的疾病——多疑、焦虑、紧张、恐惧。其表现为：一是心理过敏、情感过敏，一些人从影视、报刊看到有关悲伤情节时，自己忍不住号啕痛哭，悲伤至极；也有些人只要见到别人悲，即使与自己毫无关系，也不由得伤感起来（所以我很惧怕到办丧事的地方或到殡仪馆的场景之中）。二是环境过敏，有人对周围环境很敏感，看到某种建筑物感到讨厌会产生无名之火，恨不得将其毁掉；身处喧闹的场景，觉得烦躁难受等等。三是色彩过敏，有人对自己厌恶的色彩，见到或是听见时，感到周身瘙痒，烦躁不安，甚至产生攻击行为。四是对他人过敏，比如对自己认为值得重视的人或是极度反感的人。

神经过敏，在我身上体现了双重性：有时对自己麻木不仁；有时对他人却特别在乎。

对自己麻木不仁。北京大学著名心理学家王登峰在对我进行"人格测验"报告中是这样分析的："……对个人的成功期求不高，比较安于现状……重感情，情感丰富，对利益和利害关系不敏感、不看重……"

细细回味，精准无比。

换岗位，不去计较一个"名"字。

做代课、民办教师的8年中，安排我上什么课就上什么课，几乎把高中到小学的各门课都教到了，连让我做体育教练员、做教务员、做司务长、做工人等等，从来也不敢有什么怨言；做公办教师，在一所学校待了10年，从做班主任起，做过校办厂的经理、供销员、厂长等等，前后换了7个岗位，做得有滋有味；当组织要提拔我时，我首先向组织推荐先提拔自己的同事；做机关领导20年，换了几个最忙碌的岗位，全凭组织安排，没有一个岗位是凭关系、靠拍马溜须得来的……对人们时常十分在乎的"名"，我似乎并不在意，只懂得对组织、对领导的尊重和服从。

做领导，不会玩弄一个"权"字。

"权"是个好东西，也是个不好的东西。说好，是因为能够笼人、聚人、使唤人，能够体现自身的价值，能够顺利推动工作的展开，能够满足自己的虚荣心；说不好，是因为会使人容易变得庸俗、复杂、贪婪，渐渐偏离"慎独"的道德约束，甚至有时候会使自己私欲膨胀、肆意忘为。

上学时，能够做上班干部，因为手中有"权"而沾沾自喜；踏上工作岗位起，无论是做校长、做厂长等，也因为手中有"权"而变得瞻前顾后，有了敬畏感，有了恐惧感，虽然力图将"权"定位在"服务"的方格上。但因为社会的发展、规矩的要求、各人不同的诉求和心态，以及自身的心智渐熟，又对此变得十分的谨慎起来，对"权"的责任感变得沉重起来。

上世纪90年代，校长的权力是很大的。招生管理、财务管理、人事管理、晋级奖惩等等，校长在其中的作用可谓一言九鼎。如何放大"权"的作用，如何规避自己"权"的诱惑或是迷惑，使自己在"权"的问题上"闲置"起来，采取了以"法人主导，制度主控，分管主责，民主主监"的方法，比如，招生、教学等问题由分管教学的副校长负责，基建、财务由分管后勤的副校长负责，等等。采取这种方法，使管理产生了"你动我不动"的一种能动管理状态。对"权"而言，我"闲"了，别人"忙"了，群体对我的"权"便不会有那种强烈的敏感反应。

在我有职有权批钱、支钱时，从来没有一起故意"拖延"的情况，但却遇到过两起"敏感"的事件。

做企业厂长时，曾遇到过这样一件怪事。

每年财务年底结算，一般需要将供货商的货款基本或是按照合同计划如期全数结算清楚。到了财务封账的节点，几个供货商却围攻到我厂长办公室，言辞激烈，态度恶劣，说我是失信的小人，不能按照合同规定按时付款。我莫名其妙，很是委屈，明明已经早一个星期就将所有供货商的100多万元全数批了出去，怎么会拖欠呢？

"我会立即给你们一个明确的交待，你们就在办公室等我的答复。"我拍着胸部，信誓旦旦地对供货商保证到。

到了财务科，我向财务科长询问是什么情况，财务女科长面红耳赤，慌慌张张，张口结舌。

知道是什么原因了，这是她想要好处，故意刁难供货商。

我怒其不争，大声呵斥。10分钟后，女科长乖乖地将钱如数汇出。

在单位分管基建、财务工作时，遇到过一次类似的情况。

也是财务中心的一位出纳会计玩猫腻，与我当厂长时的情形如出一辙，严重影响了机关工作作风和形象，这都是对"权"过敏的"杰作"。

除对"名""权"不太敏感外，我对"利"也同样如此。

自工作起，我其实有过好多次可以获得提拔的机会，有过好多次可以获得全国性的荣誉，但一次也没有主动向领导、向组织伸过手，当面临有机会的时候反而以高姿态拱手相让。所有提拔，都是组织的关怀；所有荣誉，最高的也只是一些低层次的褒奖，没有一个大市级以上的。

正如有一"禅课"的信息"你以为你是谁"的说辞，轰动了整个朋友圈。

苍蝇爬在骆驼背上穿过沙漠，苍蝇以为很了不起，而骆驼压根就没有感觉得到……

著名艺术家英若诚，故意一次不在几十个亲人的家中露面共餐，这几十个人却丝毫并不觉得缺少了什么。

"老毕"离开了星光大道，朱军上来了，人气照样很旺，节目做得更精彩……

芮成钢可谓世界名人，锒铛入狱之时，他遍布全世界的"老朋友们"却都不见了踪影。

……

不要把自己（在工作岗位上，尤其是对"名""权""利"）太当回事，在匆匆人生行程中，你只不过是一个过客，在人类历史长河中，甚至还比不上一粒砂石的分量。

不把自己看得太重，是一种修养，一种风度，一种高尚的境界，一种达观的处世姿态。

这一点，我以前从不会让自己"神经过敏"；退岗以后，对此更是有清醒而深刻的认识。

但有时并不排斥或是根本就潜在，别人不会对我"神经过敏"，长期以往，别人可能常常忽略我的存在感、权威感，或是忽略我的价值意义。由此，往往又会使我平添烦恼，认为世不遂愿，有了不快的精神负担，也因此使我本可以轻松的处世神经而变得过敏起来……

北大教授认为我对自己"不敏感"，只是从心理学的角度对我的人格进行分析后所得出的结论而已。其实，我对自己的名利得失，因为他人的过敏而变得"过敏"，而且还有点"过敏"得厉害，"过敏"得别人难以理解，只不过这种"过敏"是一种内省的动力，是属于社会伦理道德的"神经过敏"。这可能是一直受父辈低调做人的教导，是毛泽东时代"满招损、谦受益"的引导的原因吧。总觉得自己不如别人，总觉得自己努力、做出一些成绩是职责使然，是人生价值的题中之义罢了。

因为这样的"过敏"反应，使自己活得好累。

如果说对自己麻木不仁而滋生的社会伦理过敏，会使自己相对比较自由，那"过于在乎别人"式的过敏，往往使自己像戴着枷锁跳舞一样的被束缚。

"对他人特别在乎"的那种"神经过敏"，总是让自己有一种躲躲闪闪、如履薄冰、心神疲惫的感觉。

对领导的在乎，近乎盲从。领导不说的话不说，不做的事不做，亦步亦趋；向领导汇报工作要反复斟酌思考，在自以为毫无瑕疵的情况才敢抛出主观意见；领导批评一句脸红耳赤，领导表扬一句激动半天；领导不高兴我悲情，领导高兴我开心……不敢点出领导的不是，不愿在领导面前暴露自己的任何不足。

这种"盲从"往往使自己陷入像是"跟班"一样无足轻重的被动局面。

对夫人的在乎，近乎"迁就"。她吩咐的事我照办；她发火我只当出气筒；她的不足或是做错了什么事，我闭口不语……在夫妻相处中总是以"她是对的，我是错的""夫妻间没有什么道理可讲"或是"免得制造矛盾，免得心中不快"等以退为进的策略来搪塞和掩盖心中的不快，很少发火，觉得沟通又是多余，这种迁就已经成了习惯。

这种"迁就"常常使自己的个性隐晦起来而郁郁寡欢。

对儿女的在乎近乎包揽。饿了烧给他们吃，天天要考虑如何改善伙食，加强营养；冷了劝他们加衣服；他们不高兴了自己就高兴不起来；缺钱了，拿点钱给他们用……他们想不到的事情我事先想好，他们想到的事我努力去做到位，几乎成了他们的保姆和附庸。

这种"包揽"其实完全背离了以"苦"养心、背离了教育靠生活历练、背离了儿孙必须靠独立方能健康成长的人生路径，这样，自己完全是在做一件事倍功半，甚至是南腔北调的蠢事。

对不友好的人也去在乎，近乎用热脸去贴冷屁股。记得我在做商业经理的过程中，前任经理因为嫉忌，为了贬低我的业绩，不遗余力地向上级组织诬告、诋毁我的生活作风，受到了领导的强烈质疑。我为了息事宁人，不去澄清事实，却绞尽脑汁、想方设法去讨这位经理的欢心，好像自己真的做了亏心的事见不得人一样。现在想起来，自己都觉得不可思议。记得我做一单位领导时，因为处分过一个人，他怀恨在心，采用了各种下三滥的手段，乃至动用了黑社会，不断地恐吓威胁，严重影响了我的生活，摧残了我的情智。我不敢挺直腰杆、理直气壮地去斗争，却一味以"哄"的方式，去说理、去帮助他解决一些难以解决的问题，以满足他一二再、再而三的无理要求，认为这样做是肚量大，是在做好人，以"在世上混，多一个朋友多一条路，少一个敌人就会少一堵墙"去抚慰自己。却不知，与不讲道理的人去说理，就像在对不会念经的和尚面前去讲经一样，结果使经越念越歪……这样的例子在我的生活和工作过程中，可以说遇到过不少。

回头重思，这样做，不仅不会使"不友好的人"感恩戴德，回归自己的阵营而顺应自己的道德准则，却会使关系处得越来越糟糕，烦心的事越来越多。

对路人的在乎，有时近乎"怒路"……

对朋友的热情在乎，有时近乎胜过自己……

对一切不顺心的事和人，或是对一切顺心的事和人，都会在不经意间，或是常常很经意地去十分在乎，曲意逢迎，哪怕是以牺牲自己的利益甚至是身心健康为代价……

仿佛自己的存在不是为了自我，而且为了他人，仿佛是为别人而活着。即使许多情况自己明白，有的情况其实是别人的错，而往往会在自己的身上找根源，甚至用别人的错误惩戒自己。

这样的在乎，往往掩盖了事实的本真；这样的在乎，使自己失去了做人做事的原则；这样的在乎，就丢弃了自己存在的底线，使自己的神经一天到晚绷得如拉满弓的弦，还在用力去拉，岂有不断的道理。

随过去、随他人而喜而悲，把自己的快乐寄于紧张的神经，"神经过敏"失去了一个度，时常使"神经"处于一种紊乱的境地，因而便常常出现了"神经官能症"的各种躯体反应症状，使自己处于极度的亚健康的状态，像笼中之鸟，乱飞乱撞，终难逃脱"牢笼之灾"。

过敏性体质已经使我躯体难以光鲜。

神经过敏更使我心里难以呈现光亮。

过敏性体质与神经过敏究竟有没有医学方面的内在联系，这是个医学专业问题，我肯定是弄不懂的，就连现在医学方面的专业人员恐怕也难以说得清楚。但是我的生活和社会经历告诉我一个实实在在的结论：过敏性体质可能会引发相关的神经过敏；神经过敏必然会使过敏性体质更加严重。

过敏性体质从医学角度是可控的。

神经过敏肯定会导致"神经官能症"的存在甚至是一种明显的病态，久而久之，必然会导致焦虑症、神经紊乱、恐惧症、强迫症等等一系列疾病，其危害显而易见、不可轻视。

我已经深受其害。

神经过敏的人很容易对外界的一切做出过度敏锐的反应，其神经末梢非常灵敏，就像含羞草一样，稍经外物的刺激，便立刻会使叶子卷起来。对于敏感的人，要十分留心，谨慎交往，才不至于触犯他们。一些细微不恭的言行，会刺伤他脆弱的自尊心，而他如果受到稍微的刺激，要比他人感受的耻辱更为反应灵敏和强烈。

神经过敏一般有两种含义：一是指患者神经系统的感觉机能异常敏锐导致感觉过敏，比如神经衰弱；二是心理疾病，指多疑、焦虑等。不管属于哪一种神经过敏，对于身心健康却是极为不利的，必须尽快加以改善或治疗。

神经过敏的自我治疗方法多种多样，没有程式，没有公式，因人而异。

我的基本体会是：

根本大法——回归自然、回归自我、回归简单。

基本方法——练字、写作、劳动、打球、练拳、唱歌等等，做自己喜欢做的事，做一些让自己开心的事，做自己能做成的一些事。

有效途径——靠自己在生活实践中摸索，去尝试、去总结、去调适。

缓解疲劳　因情而宜

"疲劳"，困扰了我 20 多年，现在仍然是我处于亚健康状态的突出表征。在心理、生活、运动系统、消化系统、神经系统、泌尿生殖系统和感官系统，时不时会有这样那样的反复无常的反应，给身心健康带来了较大的摧残：心情焦虑不安和急躁、易怒；容颜早衰无华，皮肤干涩粗糙；全身疲惫，有时关节痛；食欲不振，大便或硬或软的形状改变；精神不振和紧张；心悸，睡眠质量不高；排尿泡沫停留时间长久；眼睛干涩，视物模糊，对光敏感；有时会耳鸣，等等。

以前，我对"疲劳"的认知仅以为是工作压力大而导致的亚健康状态。

2016 年下半年起，我渐渐明白，"疲劳"可能是"焦虑症"的典型表征之一，根据有关专业资料可以得到证明；我被准确诊断为"急性焦虑症发作"后，充分证实了这一判断。经过很简单的药物疗程，有了一定的好转，大部分症状基本消失，但是"疲劳"的问题却始终没有得到根本改善。

自以为，中医应该对这个问题有好的办法，半年前，实在经不起"疲劳"的折磨，忍不住专门到中医院专家门诊就诊。

挂号时我向导医和挂号员询问："总觉得身体很疲劳，应该挂哪个科？"

她们毫无疑问地引导我："看神经内科专家门诊。"

进入神经内科专家诊室，看到了一位鹤发童颜的李姓专家医师。他端坐诊台，望、问、问、切，章法有序，一个个患者愁肠而来，春风而去，几分钟一个。

遇到了"大家"，我的疲劳应该很快就能水落石出，雨过天晴，迫不及待，满怀希望，心里充满着期盼。

"你怎么不舒服？"我坐在李专家的面前，他双目如炬地注视着我，大概他是在"望"我的气色。忽儿扬眉凝视，他在注意着我满头的白发，目光中闪烁出一丝的疑虑。

我心生快意，李医生不愧为是专家，"望"得仔细，诊得认真，一定是察出了什么端倪。

"别的没有什么，我就是觉得十分疲劳，尤其是下午，思想负担重的时候、遇到纠结的事情的时候、早晨起来的时候、外出的时候都比较明显，经常有这种情况，几乎天天有，其他的时间好像比较正常，一般不影响生活和工作。但是一旦疲劳出现，就觉得乏力，缺乏自信，不善交流，喜欢独处，什么事情好像都提不起兴趣……"我尽量客观、全面地把自己的病情向李医生作一个清晰的陈述。

"呵，那就去查一下血液肿瘤指标的检测。"李医生轻松自然地对我说。

"我体检都已经查过了，很好！"我认真地强调。

"你把手伸出。"李医生滑嫩的左手三指搭在我的脉搏上，接着说："把舌头伸出来看看。"

"看不出什么，还是需要做一些检查。"他果断地要求我，顺手拿起了检验单子准备填写。

我心中隐隐不快，但还是恳切地说："李医师，我觉得不需要做检查。"

"不检查怎么判断？不检查那你来看什么病……"李医生面有愠色地看着我，一连向我发出了几个问号。

我不知所措。

"下一个……"李医生看着下一个病人，对我发出了逐客令。

李专家专业的容貌，开始和善的态度、仔细的询诊，哪知，跟许许多多的"虎头蛇尾"式的医生问诊模式并无多大差别，并没有将我的病症说出个子丑寅卯。我高兴而来，败兴而归。

求人不如求己。

根据我身体反应的一系列症状，我在网上查资料，像是这个，又不像是这个；像是那个，又不像是那个。疑虑重重，难以判断，心乱如麻。

查找一些专业书籍。

渐渐有了模模糊糊的认知，有时渐渐变得清晰起来。

我的病症有可能是因为长期的神经官能症而引发的"慢性疲劳综合征"。

法国心理学家皮埃尔·比加尔认为："疲劳不可等闲视之，应当将它看作是一种求救的信号。"

真是醍醐灌顶，解决"疲劳"问题，是我重新趋向或是赢得健康的当务之急。

通过学习了解到，慢性疲劳综合征，又称为慢性疲劳免疫功能紊乱综合征，是一种亚健康状态，是以疲劳状态为主要表现的症候群，指在排除其他疾病的情况下，疲劳持续6个月以上（我已经有了近20年），并且表现出，在工作、社交或个人活动中能力有些下降，出现短期记忆力减退，注意力不集中等一系列症状，且不会因为休息后得到缓解。

引发慢性疲劳综合征的原因错综复杂：超负荷工作的因素（我自工作以来几乎一直处于这种状态，换过十几个单位，从事过30多个岗位，"工农商学兵"几乎全了，几乎都是从"新"开始，充满着挑战，充斥着压力，充盈着疲倦，几乎没有放松过的感觉），难怪近年来，关于职业人"过劳死"的报道时有发生；压力大会导致人体功能失调而导致疲劳；睡眠不佳会使人很少有轻松自在的感觉；环境恶化能引发人情绪波动或是多种病症；复杂的人际关系会引发人的心理紧张、恐惧（我在机关工作20年，这种感觉有过深切的感受）；饮食偏颇会使人心神不宁，比如维生素C缺乏则容易使人注意力不集中，缺乏恒心，糖分摄入不足（很多人因"糖尿病"谈虎色变的误导而从不敢碰糖）会使人情绪低落，郁郁寡欢等；长期大量饮酒（在工作岗位时经常这样），也会容易引起疲劳（对长期大量饮酒人群调查研究显示，出现智力疲劳、记忆力下降和逻辑思维能力减退的人占到85%以上）；生活方式不规律也是引发疲劳一个十分重要的因素，比如不吃早饭，不晒太阳，没有良好的作息规律，性欲过度，等等。

慢性疲劳综合征，是现代社会普遍存在的健康问题。我国流行病学调查显示，我国约有三分之一的人口处于亚健康状态。在北京、上海、广州、深圳等大城市人群中，慢性疲劳综合征发病率已达到10%~25%（在我对"中小学教师健康问题简单问卷调查总结报告"中反映，要远远高于这个比例）。

对慢性疲劳综合征治疗的前提应该是有效诊断。

"慢性疲劳综合征"的诊断，必须要依靠科学的依据，不能随心所欲，自以为是，"久病成良医"的说法，往往会给人造成错觉，甚至容易引向歧途，以致对自己的身心健康造成不必要的伤害。

首先，要注意学习了解一些相关的专业知识，正视和重视疲劳问题的客观存在。

其次，要通过医院的专业检查，排除有可能是因为器质性病症（比如，糖尿病、癌症等）而造成的疲劳因素。

第三，要找对专业医生诊疗判断（尽管有些医生不负责任，或可能有错误的诊断，但还是要对真正有水平的专业医生抱有信心）。

第四，可以尝试用一些标准判断方法，对自己进行必要的测试。

累了，倦了，这是每个人都会有的状态，程度各不相同，这并不能说明就是患上了"疲劳综合征"；就是证实了，一时也难以判断其轻重，或是很难找到适合的治疗手法。

如何知道自己"疲劳"的程度，采用简单方法进行自测，也许可以有一个基本的把握（自测方法见"附录2"）。

如果疲劳程度在"中度"以上，就可能需要找医生帮助了。

我试做两遍测试，其中"无"11个（11分），"有"27个（54分），经常的12个（36分），合计为101分。基本判断属于"中度疲劳"程度。

恍然大悟。难怪我总是觉得疲惫乏力，应该是惹上了"慢性疲劳综合征"。根据题义判断，我可能主要是以精神为主，而不是体力方面的原因（疲劳主要分为生理性和病理性两大类。生理性疲劳又包括躯体忙、脑力忙、心理<精神>性疲劳和混合型疲劳等。而病理性则属于十分复杂的机制因素了）。

这样的结论，从未有一次是从医生那里所获取的。尽管我为此曾经求医多次（除上海专家诊断我为"焦虑症"时有过提及和认同）。

近20年来，"疲劳"几乎天天伴随着我，困扰着我。试图改善，试图抗挣，也摸索过一些方法，经过实践有些是没用的，有些是有反作用的，有些方法可能是有用的，但都没有寻求到正确的理论支持和解释。

没有作用甚至起反作用的，使我走了很多弯路，更尝到过许多苦头。

根据网络养生、健康类信息的介绍，吃水果、补充维生素，进行一些食疗等，经常吃、经常换，并没有起到针对性作用，反而有时更疲劳，并且连带出现胃肠功能、神经功能紊乱的其他一些症状。

最明显的消极的应对方式是以下几种：

喝酒——

我从20多岁做企业厂长时，就开始知道自己还是有点酒量的。喝酒，能够使自己本来内向的性格变得开朗甚至是开放；喝酒，能够在社交场合拉近人际关系，使冷漠变得热络起来；喝酒，使自己在瞬间思维变得特别活跃、思路变得特别清晰、表达特别流畅，乃至使平常南腔北调的普通话，也变得十分的标准起来；喝酒，能让我办成一些喝酒前想办但又没有胆识办的事……总之，认为喝酒是一种娱乐，是一种享受，是一条纽带，是一种工具。有时候疯狂起来可以喝一斤多（当然，有一点还是好的，我比较懂得节制，从来没有把自己在酒桌上喝醉喝倒过），但到30岁以后，渐渐对喝酒有了一种不太好的感觉，总觉得晚上酒喝多了，翻过来一天，人变得憔悴和疲惫，当时并不认为是酒的原因，只认为是身体机理退化、肝功能消化酶减弱的缘故，不去在意。在意的是疲惫的时候，喝点酒，这种感觉会很快消失，又变得生龙活虎一般，便误以为，喝酒能够消解疲劳。

疲惫、喝酒，喝酒、疲惫，周而复始，怪圈成瘾，这种办法现在一直还在不断的尝试，只是略略改变了酒度、酒量和酒次而已。

近10年来，已经明显觉得，连续几个晚上喝酒，来天的几个下午肯定是会发生极度疲劳的状况。

慢慢摸索，渐渐明白，少量喝酒，可能对缓解"疲劳"确实有点小好处，但必须量少、质好、低中度、小口慢饮。

抽烟——

这应该是诱发"疲劳"的重大原因。

原来，常听人们讲，疲劳时抽抽烟，可以解乏，我确实也有过这种的感觉。但是现在越来越明显感觉到，只要一抽烟，就会有缺氧、心慌、眼涩、双肢发颤等一系列的疲劳症状（当然，年龄渐大，是一个原因所在）。

逐步戒烟，已是我必须要下决心去做的事，因为，抽烟引发的疲劳已经严重损伤了我的肤质和挫伤着我的精神状态。

除喝酒、抽烟外，还尝试"药"补的一些方法——

认为"西洋参"能抗疲劳，价格不高，也很方便，用它泡茶、泡酒都尝试过几次。结果大相径庭，四肢冰凉，疲劳异常。哪知我属于寒性体质，根本就不适合服西洋参，尤其是在春冬两季。

认为服"香砂六君丸"能够对抗因"脾虚"（因为我有时会大便变形，吃西瓜会腹泻……）而造成的疲劳；又认为服"补中益气丸"可以缓解疲劳；又认为服"六味地黄丸"很对路……这都是那些铺天盖地的广告、网络上的

"健康信息"、微信的共享和自作聪明惹的祸。结果可想而知：与服"西洋参"一类的情况如出一辙，开始几天觉得不错，几天后就觉得反而浑身不舒服，令我心烦意乱。

……

有些尝试，我觉得对"疲劳"的改善应该是有益处的。

效果比较好的，是以下几个方面的尝试。

独钓野湖——

钓鱼是我的一大喜好，小时候就会用最简陋的钓具：芦苇为杆、纳鞋的线、大头针弯钩，偷偷地到公家塘里去钓，小心吓胆，其乐无穷。走上工作岗位，去钓鱼有时成了一种交易的工具，要么我求人办事，要么别人求我办事，鱼塘精美，"收获"丰厚，但心中别扭，儿时的那种欢快荡然无存。

前两年，刚刚退岗，赋闲在家，早晨起床，无着无落，心中落寞，疲惫不堪。匆匆早饭，手抚渔具，驱车农庄。

到了农庄栅栏门口，却勾不起丝毫的"鱼兴"，下车蹒跚，抓耳挠腮。进？不进？踟蹰不决。

农庄鱼多、花钱、家养、水混、人杂、塘面小……以前，塘面垂钓时，钓友们"欢声笑语"、尔虞我诈的场景，像夏天飘浮在水面、已浸泡多时腐烂的死鱼，散发出阵阵腥臭，令人作呕。想到这一点，进农庄垂钓已勾不起丝毫的情趣，令人生厌。那种场景下钓鱼，就像是钓上来的鱼，必须要被农庄主称斤称两、讨价还价一般的意味，不是朋友的关系，不是消遣，而是一桩赤裸裸的交易，心怀叵测，味同嚼蜡。

果断改变方向，驱车城郊的回龙湖。

停下车，挎上工具包，穿过茂密的树林，顿觉神清气爽。在蜿蜒深处的湖边，找了一处僻静的地方，抛下鱼钩，席地而坐，慢慢等待，心无旁骛。什么都不用想，静静地坐在那里，目不转睛地盯着浮标，等着鱼儿上钩。此时此刻，平常生活中的闲事、杂事、烦心事，全部抛到脑后，一种从未有过的轻松。

早晨起来的困倦，以往到农庄垂钓的那中嘈杂和内心的纠结，和着春风飘到了天霄云外，随着湖波推向对岸。

"呀！"浮标突然全数沉到了水里，我在沉思中一阵高兴的激动。

用力一拉，空的，鱼钩上光光的，在阳光和波光的辉映下闪着银光。蚯蚓被鱼吞掉了。

是什么鱼呢？可能是大鱼吧，也可能是小毛毛鱼。我心中有着猜谜语一样的情调。这是在农庄钓鱼时从未有过的猜想，从未有过的情调，因为那里或是青鱼，或是扁鱼，或是鲫鱼，而且往往总是一个品种的鱼，鱼咬钩的方式基本上没有什么变化，浮标要么慢慢地动，要么慢慢地往下沉，要么慢慢地往上冒，基本没有什么悬念……

想着想着，浮标又动了，或上或下，时沉时浮，慢慢悠悠，好像是在吊我的胃口，又像是在与我嬉戏。

心里痒痒的，终于没了耐心，忍不住，迅速提杆。

像上次一样，又是空的。

有时用大力气，钓上的是一条人家用来喂猫的无名指一般的小鱼；有时是小鲫鱼；有时是虾子；有时是螃蟹；有时是……没有钓到一条大鱼。

鱼咬钩、浮标动的方式变化莫测，速度时快时慢，总会让我充满遐想。

不知不觉，太阳已经直悬头顶。

一个上午，呼吸着清新的负氧离子，闻着草木花卉的清香，听着阵阵的松涛和不时传来不知道是什么鸟的叽叽喳喳，盯着阳光下波光粼粼湖面，遥望对岸，模模糊糊的树冠在春风中向我亲切地点头示爱……

渔具入包，欣赏着渔网里五颜六色、杂七杂八、活蹦乱跳的鱼，惬意万分。收获了"鱼腥"，收获了宁静，收获了好心情。

此时，正如诗人张志和《渔歌子》中所写："西塞山前白鹭飞，柳花流水鳜鱼肥，青箬笠，绿蓑衣，斜风细雨不须归。"

野钓，独钓，杂钓，静钓。好几天，疲劳的感觉几无踪影。

打乒乓球——

每当觉得疲劳难忍时，经常用打乒乓球的运动来消解。原来，上班、下班前打；现在，基本上是下午4点钟左右打。打球前觉得心慌体乏，一到球台，顿时就觉得进入了战斗状态。经常在不同场合打，经常与不同的球友打，时常用正胶、反胶、变换着皮面打，抽、拉、冲、挂、撕、带、划、撇、劈、拧、挑、弹、砸、扣，各种动作都会一点，想怎么打就怎么打，打得随心所欲，打得大汗淋漓。

我一般只与水平相当的人打，这样有输有赢，很刺激，有成就感，有成瘾性，能提高一点点的水平；我从不与高手打，总成败家，会使自己心情变得沉甸甸的，会使疲劳难以消解。

我一般至少连续打30局，球友们常说我是"小老虎"，常常把年轻的球友拖得气喘吁吁，我心里洋洋得意。这个时候，我觉得身体特别好，精神倍儿棒，吃嘛嘛儿香，常常晚饭时会激动得用"小酒"给自己勉励鼓气，睡觉特别踏实，一觉睡到大天亮。

迄今为止，这是我觉得使我缓解疲劳的最佳方式。

专心写作——

原来在工作岗位，写论文，写报告，是工作，是任务，是苦恼，是应付，痛苦不堪，因此，从来也没有写成过像模像样的有影响的文稿。尽管我的讲话、报告从来不喜欢让别人代笔，但写作并不是我的强项，其"水平"连我自己也不敢"恭维"。

退岗后，痴人说梦，试图出书，因为这是我一直的梦想。退岗几个月，迟迟没有动笔，因为不知道如何下手，没有丝毫的写作技巧和水准，没有一点自信。终于有一天，下下狠心，冥思苦想，绞尽脑汁，斗胆动笔，如十月怀胎、一朝分娩般的艰难，开启了写作征程。

"你怎么总是像小姐一样，天天躲在楼上，窸窸窣窣，不肯下楼帮我做点家务……"

"你还准备写什么书？真是不会享受，真是老牛做嫩梦……你写书能生钱吗？你写的书会有人看吗……"

夫人常常对我埋怨和数落。

好友、同事不知可否，压根就不相信我会写出什么书。

别人怎么看、怎么说，我全然不顾。

一进入写书的状态，我一发不可收拾，难以刹车。炎炎夏日汗流浃背赤脚写，数九寒冬在取暖器旁哈着手写；早晨写，晚上写，有时写到下半夜；有时一天连续写上七八个小时。写教育、写人生、写自己、写他人，写成功、写失败、写事情、写心情……沉浸其中，遨游梦中。悲时潸然泪下，喜时开怀傻笑，自娱自乐，荡漾自己的心路历程，开怀人间的悲欢离合，重现过往的惊涛骇浪。自由着，奔放着，狂浪着，天是我的天，地是我的地，空气是我的空气，一切"静"属于我自己。那种意境，如神仙游荡，似神灵飘临，像天堂魂萦……

一年不到，竟然正式出版了《草言根说》。

迎来恭维者的喜赞，迎来同行们的礼遇，迎来陌生人的惊奇，迎来家人的祝福，尽管里面有很大的应付或本就是应付的成分，但自己觉得有了成就，唤起自信，喜不自胜，乐不可支。尤其是，那段时间根本就不晓得什么是疲劳，也许，这可能也是一种驱赶"疲劳"的方法吧。

于是，劲头十足。

事隔半年，我连续作战，几个月第二本书的草稿已经收官在即。

写作，出书，成就感似过眼云烟，稍纵即逝。冷静细想，写作水平，如饮水冷暖自知。高兴之余，惊喜发现，沉浸写作，"疲劳"尽失，这才是最主要的成就和收获。

当然，坐着时间长、过度的用脑，对身心健康肯定是有害无益的。

……

自我缓解疲劳的方法，还在不断地摸索，觉得有效的方法还有很多很多。

骑自行车上班。用力踏车能够锻炼身体，放目两眼，领略美景，注意力集中向外而不是纠结向内。

乡下踏青，晒晒太阳，种点蔬菜，侍弄花草，劳苦体力，兄弟聚聚，村民聊聊，古往今来，无拘无束，身心完全处于放松状态，无忧无虑。

听听音乐，排解内心的负面情绪。

练练健身气功"八段锦"，做一遍能使人浑身舒坦。

……

对付"慢性疲劳综合征"的方法多种多样，有的可能错误，有的可能正确；有的可能适合，有的可能不一定适合。一些方法的尝试，只是我的主观认识和感觉，既没有科学的依据，也没有请专家做过理论分析。

不同的人、不同的状态下，采用不同的缓解方式，那是肯定的；靠自己的实践积累和思考应该才是最主要的。因为"疲劳综合征"的不适反应，无论是生理尤其是心理都确实非常复杂，何况时好时坏，防不胜防；它善于伪装和隐蔽，给人以假象，它往往与神经官能症中的有些病症极为相似，有的重叠，有的交叉，纵横交错，捉摸不透，难以区分。即使自己再关注，也很难捕捉得全面和准确，很难掌握其规律，上医院就诊也很难准确表达。医生再有水平，他不是病人，往往也只诊其表、难及其里。

我算是个有心人，但再有心，也难以抵挡住这种病魔的"有心"骚扰；而往往太有心了，又有可能反而更加容易被疲劳所侵蚀。

对我而言，应付"慢性疲劳综合征"教训也好，成功也罢。即使对的方法（比如钓鱼、打球等等），也只是对"疲劳"的短暂的驱逐，好上一阵子，然后"疲劳"的状态又会赫然而至，使我重蹈覆辙。这种惨痛只有当事人深知其害，别人是难以理解的，因为它的存在，一定程度并不影响正常的生活和工作，并不影响在病态下的"强作欢笑"、虚伪的"若无其事"。

偶然在网上看到了有关"慢性疲劳综合征"的专业书籍，觉得自己的问题光是靠自己大概的、想当然的理解、调节，是不规范的，是不合理的，甚至是违背科学的。

其实，直到目前为止，我并没有真正找到适合自己的、彻底缓解"疲劳"的好方法。比如，我为什么会有"疲劳"，真正的根子究竟在哪儿？针对我的"疲劳"究竟应该采用哪些自疗、食疗或是药疗的方法，等等。这些问题我还在不断摸索，有一点恐怕是比较清醒的：还是要依靠专家医生的诊断和指导，关键在于自己的实践、积累和坚持不懈。

何况，据有些医学、心理学专家的判断：慢性疲劳综合征，如果有 3~5 年以上的历史，是很难得到根治的；而且，慢性疲劳综合症的原因往往可能是因为神经官能症的一种特殊反应。

负病前行　提增逆商

人人都希望自己的身心健康无恙，其实，人食五谷杂粮，岂有不病的道理。一辈子都完完全全健康的人，只不过是一种美好的愿望罢了。

随着时代的进步、生活的富足，凡上了点年纪、经历过生活苦难的人，年轻时没有吃、吃不饱、穿不暖，现在想提高生活质量，吃好一点穿好一点，是非常正当的想法，但往往又会矫枉过正。缺乏合理的营养搭配，多了精食，少了粗粮；加上环境污染，忽略或是根本没有什么精神寄托，甚至寄希望于迷信，便或多或少缺少正确健康的生活方式和态度，引发身心不适的患者反而比以往可能多得多。

大多虽然并不是器质性的病，但"似病非病"的亚健康状态比例却高达75%左右。

有"病"要治，这是常理，但"似病非病"的亚健康状态，怎么去应对，这里有个态度和方法问题。有的听之任之，有的如临大敌，有的无所适从。这些不同的态度和方法，必终导致个人有着不同的命运前途、生活质量和幸福指数，这样的境况，是很多人思考不多或是根本没有去思考过的一个大问题。

我不想也没有资格说如何对待器质性病变的态度和方法，这是一个十分繁杂专业的问题，只想说说在"似病非病"的亚健康状态下，自己有过的态度和方法的体会。

记得有人曾经给我发过了这样一条微信：对身体不要期望过高。现有一说："小病是福。"小病类似黄灯，可以让你警惕起来——要注意关照自己了。期望值过高，还可能引发过度的治疗、过度的锻炼、过度的老补，这样你的心就累了。心一累，结果会适得其反。想一想病没有，想保健得像小伙子一样，可能吗？还是把小病当作朋友，友好相处为妥。

这个信息说到了我的心坎上。在亚健康状态下的三四十年里，我的基本态度和方法应该就是这样，虽然时常还会犯有这样那样错误。实践证明，这种态度和方法应该是比较正确的，对人生的幸福追求应该是有好处的。

没有撕心裂肺的羁绊，太过平坦的路（事实上并不存在）反而让人彷徨。这也许就是"危机"感值得人拥有的一种正确的态度吧。

就像当下身处太平盛世的我们，一定要有居安思危的态度一样。遗憾的是，当下的年轻人最最缺少的就是这一点。

天有不测风云，人有旦夕祸福。事物的发展有必然性，也有偶然性，总有一些突发的偶然事件是人们预料不及的。比如日本曾经发生过的强震及海啸，2011年就达到了9级之强。客观来说，几次自然灾害所造成的人员与财产损失，相比灾害等级并不算大。这完全取决于日本人有强烈的危机意识——他们有世界上最先进的预灾系统，有完整的早期防震教育的体系。

人无远虑，必有近忧。温水煮青蛙的悲剧不应该在我们生活中再现，这一点其实很值得现在的学校教育尤其是家庭教育重视和反思。我们许多人喜欢讲风水，常常将"身病"尤其是"心病"的情况寄托于风水的迷信，结果，"迷信"经常会使人们更加的"迷茫"，直到失望。我也曾经为此随过大流，为此做过很多花样，为此付出过沉重的代价。但并没有发现"迷信"对我的健康带来过什么福音和好处。

其实，对命里的"病"，只有心存危机，与其为"友"，甚至是要感恩"病"的危机给自己带来的压力和动力，或未雨绸缪，或矢志不渝，即使有"病"的危机，也许可能引发些许美好的向往和未来。

进入恋爱年龄，我病过一次，是"相思病"。恋爱谈得到了谈婚论嫁的地步，几乎已经瓜熟蒂落，结果因为我家里穷，工作又是临时工，美美的婚事黄了。患上了严重的神经衰弱，严重失眠，夜夜无眠，浑身疲乏，脸黄肌瘦，沉睡三天，没有倒下。

与"病"抗争，挺直腰杆，改变窘态，找到一个好工作，找到一个好对象，像男人一样有尊严的活着，这反成了我的支柱和动力。终于做上了大队领导，做成了民办教师，找到一个勤劳的妻子，家里的日子逐步上了正轨。

做企业厂长，我病过一次，是"颈胃病"（后来证实并不是，应是神经症样疾病）。病得昏天黑地，自信尽失，甚至已经失去了生活的勇气，几乎想以自杀的方式了却残身，痛苦近三个月，终于"醒"了过来。

全身心投入工作，想方设法排解经营中的一个个难题，终于使企业起死回生，灰暗的心理渐渐调出了阳光的积极态势，得到了组织的信任和关怀，提拔进入了学校高层领导阵营。

到一个学校做主要领导，大病没有，小病不断，经常缠绵床榻，校医经常上门"问诊"，这是"压力病"（因为这所学校原来的"文革"斗人的遗风很甚，风云迭起）。

为了不辜负组织的期望，为了证明自己的实力，为了使学校重塑辉煌，没有使自己的腰弯下来，没有使身心垮下来，边疗"病"边工作。三年后，终于使学校面貌焕然一新。

进入机关工作，病得住过一次医院，查无实证，是"机关病"。低调做人，品位做事，从最低层一步步迈进了高层管理的"圈子"。

55岁年龄，被组织"强行"安排，进入一个新的陌生行业，几年下来，"病"得不轻，心神疲惫，这是"过敏病"。莫名其妙连续住了几次医院，后来才确诊为"焦虑症"，与"死神"擦肩而过。

这次与"病"抗争的方法，是调整了一个方向，决定从领导岗位上退下来，换另一种方式重拾自我，重新寻找自身的意义和价值……回归家庭，为家庭排忧解难；回归自我，专心致志的做教育老本行的一些课题思考；回归自然，自由自在的生活。一年多，终于能使自己正确定位家庭的角色，终于把一个成绩"空白"的社团组织带出一点希望，终于出版了一本拙作《草言根说》，终于能像儿时一般在大自然中自由嬉戏。重获新生，重新找到了自己的存在感和成就感，甚至渐渐找回了一些原本该有的健康的模样。

"病"的危机一直与我如影随形，我一直与"病"似敌似友，若即若离。值得庆幸的是，不管"病"到哪种程度，终究没有让我倒下去，往往还能坚强的站立起来，虽然站得很吃力、很辛苦，回眸反思，颇觉欣慰。因为它，磨炼了我的心智；因为它，使我体会到什么才是真实的人生；因为她，让我洞察到世间的人情冷暖；因为它，给了我面对未来的勇气；因为她，提升了我的幸福指数……

"似病非病"，虽然我知道它，长期以来并不认识它，也咬牙切齿地痛恨它，但更多的还是应该感恩于它。

"病"下的状态，我感触良多。大体以为：

别把自己"病"的磨难太当回事。尼采在《善恶的彼岸》中说："与恶龙缠斗过久，自身也成为恶龙；凝视深渊过久，深渊将回以凝视。对苦难，凝视久了，我们自己也会不自觉成为苦难本身。心怀恨与怨，那心里就会不自觉种下恨的种子，这颗种子会在不知不觉中慢慢发芽长大。而许多放不下的人，正在一直精心培养恨与怨的树苗，让它越来越茂盛强大，最终会心甘情愿地抱着这棵畸形的大树，与之相依为伴。"对待生"病"的人而言，如果一直在乎地精心培养它的"病"和"气"，忘记自己的生存、生活乃至生命的价值以及意义，就会病入膏肓，就会一蹶不振，失去方向，葬送幸福；对于那些所谓没有"病"的人，如果也是采取这样的人生态度，其结果也肯定会变得凄凉。

凡事往好处想就可以幸福快乐。让生了"病"的人往好处想，那是一件很不容易的事，尤其是那些患有神经症样的疾患者（精神分裂症除外），病态时常侵袭，心里总是纠结，经常会处于失望失落的状态，有时甚至会奄奄一息、末日来临般可怕。每当我身心状况发生问题的时候，就常常会有这种灰暗的心态。但常常又会在很短或一定时间内，这种状态消失得无影无踪（因为"似病非病"绝大部分时候都只是主观心理的一种错误状态）。面对这种情况，经过无数次的苦苦挣扎，我经常会去找一个比较好的"借口"：凡事往好处想就可以争取到快乐，因为大部分时候的"病"，并不会使人面临死亡，总是能够"起死回生""好死不如赖活着"。人活在世上，总会遇到不顺心的事情，有些人稍微遇到一些不合心意的事情，就会开始消极对待生活，他们就像一副慢性的毒药，把潘多拉盒子打开，把不满的情绪无限的放大并释放出来，在向世界上所有的人（尤其是亲近的人）散布着自己的黑暗与不满。实际上，悲观又消极的态度，除了让一个人变得更糟糕之外，没有任何好处。对于一般的"病"中之人，如果总是在病中折腾，慢慢地就会养成一个"无病呻吟"的真正的病态之躯，使自己的心智扭曲，看什么人都不顺眼，做什么事都提不起兴趣，从而使自己一直在"苦"和"难"的边缘徘徊，不但于事无补，且很少有快乐可言。

必须清醒地认识到，别人帮不上你什么忙。20多年前，我记得在一所学校担任兼职讲师的时候，就"人生趋向成功主要凭借什么"的问题，曾经专门向一个年级的大学生们做过现场提问调查。

在大学生眼中给出的主要结论，令人瞠目结舌，他们认为主要靠的是家庭背景、丰厚的经济基础和过硬的社会关系。其真实的情形，根本就不是像他们所想象的那样。纵观人生成因，大多社会精英都是靠自身努力，从基层拼起，在实践中跌打滚爬，在苦难中磨练，一步步成长起来。天上砸下的绝没有什么馅饼，只会有铁饼。

遗憾的是，当下的许多年轻人因为自己不肯努力，没有取得成功，仍然把这种状态怪罪到别人的头上，或是一味地埋怨苍天无眼、老天不公。

"师傅领进门，修行靠自身。"即使有别人帮忙，那只是客观外在条件。外因是变化的条件，内因是变化的依据。一个人的改变，最根本的动力是来自于"我"的强烈愿望和艰苦努力，外力可以起到一定的作用，但根本是靠自己。

人生说到底就是一次孤独、无助的旅行。我们生活在群体里，自己做的事情还是必须应该自己去做，快乐必须自己去寻找、去体验，痛苦必须自己去承受、去消解。虽然有亲人、有朋友，或是人们时常讲的有关系，但外人最多只能是借力而以，始终替代不了自己，一切还得靠自己去感悟、去拼搏、去改变。路在自己脚下，命运在自己手中。

生"病"的人，容易想多了、做歪了，因为可能有着比别人更多的苦、更多的难、更多的不快，何况自己生了什么病很不容易发现，很难说得清楚，总是期待靠医生，靠别人像用手术刀一样一下子切除，尤其是心理生病的人；生"病"的人，总是热切的期望得到别人的了解和理解，与自己共同分担痛苦，给自己带来怜悯。那是根本不可能的，就像"长病无孝子"一般，怜悯和帮助大多也只会是暂时的、应付式的。

就像我的"似病非病"的过程，家人能代我消除吗？医生可能根除吗？如果一直萎靡不振、工作成绩平庸甚至是懈怠，领导会可怜你、重用你？那不成了天方夜谭的笑话。

我教过的学生很多，也知道其实大部分所教的学生的智商相差不大，一个班的学生中，有的过目不忘，有的终生受用，有的玩世不恭、听不进、学不成，行为差异较大。我曾经有意对所教学生做过跟踪调查，结论显而易见，过目不忘者成绩斐然，终生受用者幸福人生，玩世不恭者与苦难（虽然并不一定是经济上的苦难）为伴，这固然有智商的差异，但较多的应该是情商的区别，而更多是属于逆商的因素。

逆商决定人生高度。如果说情商和智商是一个人成功的基石，那逆商则决定着一个人的格局和他的人生高度。逆商，是美国职业培训大师保罗提出的概念，指人面对挫折、摆脱困境和超越困难的能力。如果说情商是和他人相处的能力，那么逆商则是和自己相处的能力。

日本"经营之神"松下幸之助有一句名言："跌倒了站起来的只是半个人，站起来再往前者的人才是完整的人。摔了一个跟头爬了起来，人仍然是那个人，却比以前更加坚不可催。"人从"出生的睡——爬——扶着走——反复跌倒再走——会走——快跑"的过程中，谁没有跌过几个几十个跟头，谁没有跌破过手脚，没有这样经历的人，那一定是永远不会走路的废人。

曾经做过我"情商课题"研究的导师朱小蔓博士，我敬仰不已。她原先不过是上百万中的一个普普通通的下乡知青，第一届工农兵大学生恢复高考之后的一名普普通通研究生，毕业后当了一名普普通通的大学教师，她一生患过多种癌症，动了多次手术，但她靠自己的毅力，从普普通通做到鹤立鸡群，从南师大的教科所长做到大学校长，做到了中央教科所所长，成功走向了道德研究的学术巅峰。

每一个走向成功的人士，必然会有一个共同的特点：主要靠自己的努力；都有过与困难或是与病痛斗争的经历。这样的例子数不胜数。

"病"中之人，需要培养自己接受打击并且能够自我修复、不需要完全依靠外界安慰的"自愈能力"，一旦具有了这种能力，便有了与常人不一般的较高的"逆商"，就会有一种人生的高度，乃至可以获得一种令人称赞的精神境界。

以上一些感悟，尽管可能是主观的、片面的，尽管在生活实际中不断地去琢磨过、尝试过，真正要琢磨透当然不是一件容易的事，但只要用行动耐心地去琢磨了，我想，对"惩前毖后，治病救人"是一定会有很大的帮助的。

仅仅靠媒体、微信等上面的一些励志故事、心灵鸡汤，激动万分一阵子，而不屑或疏于在实际生活中努力感悟和实践，那肯定是没有用处的。

只琢"病"不磨理的人，肯定会变"非病"为"似病"甚至为"是病"的人，是一个难以走向成功的人。这也许是一部分人总是生活或是沉溺在怨和恨中，缺少快乐、很少幸福的缘故吧。

心理健康　把握自我

　　世界卫生组织统计数据显示，2016 年中国人平均寿命为 76.1 岁，排名全球 53，慢性病是第一大"杀手"。2018 年，82 岁的中国工程院院士钟南山首次以慢性疾病患者的情绪管理为主题，作了一次公开科普讲座。他表示，仅仅身体健康还算不上健康，保持心理健康才有可能长寿。

　　钟南山表示，以心脑血管病、癌症、糖尿病和慢性呼吸系统疾病等为代表的慢性病，是迄今世界上最主要的公共卫生问题。以我国为例，目前 18 岁以上居民高血压患病率为 25.2%，患病人数为 2.7 亿；恶性肿瘤死亡比例为 22%；糖尿病发病率为 10%；40 岁以上人群慢阻肺患病率 10 年间增长 67%。虽然姓"慢"，却是第一大"杀手"，慢性病导致死亡的人数，占总死亡人数的 85%，其中一个很有关联的因素，是因为"慢"病而导致了心理不健康状态。

　　正常情况下，人们虽然知道心理健康的重要性，却很少了解心理健康的判断方法和实施路径。因此，学习或是掌握这方面的知识工具，已是迫在眉睫。

　　"健康的一半是心理健康，疾病的一半是心理疾病。"这句话说得非常贴切。我有时觉得身体不适，去医院看病，常常不知道挂什么科室；挂了号，在诊室门口排上长长的队，等上比较长的时间，自己的身体状况反而觉得好点了，似乎又没有什么病。有过几次，急急乎乎，甚至需要打"120"急救车送医院，但进了医院，先前"自己很快要倒下"的那种感觉又消失了。究其原因，虽然没有就诊，没有开药，没有服药，但心理上已经感受到关心自己的人、救治自己的人就在眼前，心理就安定不少，那些症状不知不觉便消失了。

中医非常讲究的是"望、闻、问、切"，这第一项便是望气色，是非常有道理的。如果我们平时注意观察的话，就可以发现，人处于某种情绪时，会在脸色上有所反应，比如害羞时会脸红，惊恐时脸色发白，而生闷气的时候，人就会脸色一黑，随着情绪的消退，脸色又会恢复正常。

不过，当一个人长时间都处于一种相同的不良情绪中，就会慢慢致病，导致身体出现各种各样的症状。

中医认为，五脏跟人的七情六欲存在很大关联：心主喜，肝主怒，肺主悲，脾主思，肾主恐，当一个人过度沉浸在一种情绪中的时候，就会导致主管这个情绪的脏器生病，从而引发各种病症。

我想，这个理论也许能够比较好地解释负面情绪或是神经官能症一些病症的合理依据。

这完全有可能是一种负面情绪的缘故。

临床医学研究表明，小到感冒，大到冠心病和癌症，都和情绪密不可分。紧张、忧虑、烦躁、恐慌等情绪，刺激大脑皮层释放信号，促进肾上腺分泌出皮质类固醇和肾上腺素，长时间思想受刺激，可以导致血压、胆固醇增高，免疫功能、性欲下降，以及产生些器质性疾病，更多的是会产生神经官能症一类的心理为主的疾病。如果得不到调节，就会越来越重，严重妨碍着人们的生活和工作质量。

有过类似情况的人为数并不少，为了健康，就需要我们认真地去对待。

一、心理健康的研判

1. 适应性公式

人生活在社会中、群体间，总是一种双向或是多向的互动过程，不仅是单向的。当个人需求与环境发生作用时，若不能如愿以偿（常常或很多情况下都是这样），正常会造成两种情况：一是形成悲观消极心理；二是从失败中学习适应方法。久而久之，就形成一种习惯，这种习惯，就是适应型或适应习惯，成功的适应便能增进心理健康，养成健全人格；失败的适应就会造成心理不健康和不良的人格。

具体可以用一种公式进行计算，即适应公式：

$$B = \frac{E}{P}$$

其中 B 为症状出现率，E 为内外压力总和，P 为自我强度。若 P>E，则 B→正常；若 P<E，则 B→不正常。也就是说个人的心理健康，与自我强度成正比，与内外压力总和成反比；个人的心理不健康，与自我强度成反比，与内外压力总和成正比。

内在压力包括：生理压力和心理压力。

外在压力包括：地理因素、物理因素（如噪音等）、化学因素（如食品等）、人际关系、工作因素（如职责、能力、他人评价等），经济因素，舆论因素等。

自我强度指应付内外压力和解决问题的决心、能力等。

试举二例。

[例 1]

背景：我在担任校长（上世纪 90 年代）期间。

E：内外压力状态分析。

内在压力方面：生理压力较小，生理病变很轻微，年龄只有 30 多岁，属于年轻力壮，完全能够应对；心理压力不太大，刚接手时，虽然学校矛盾不容小觑，甚至有点积重难返，但自己有过多年副校长的经历，有和柔的人性风格，有自律的道德遵循，有权力支配的裁量，较大程度受人尊重，苦恼的负面情绪不算太大。

外在压力方面：基本不存在地理、物理、化学、经济和法制方面的不良因素；人际关系处理对我而言应该属于强项；工作职责非常清晰；教育是受社会尊敬的行业，基本不存在什么"舆论压力"，一定程度反倒有一定的优势；再加上能够年纪轻轻就当上校长，羡慕的人很多，使自己的虚荣性有点小小的满足感。所以，总体而言，外在的压力比较小。

自我强度：学校的发展在规划尺度之内，矛盾的存在和解决在自己的可控范围，三年多的努力，将学校打造成了在全省具有较大影响力的品牌学校，有较大的成就感和获得感。

结论：P 远远大于 E。属于较好的心理健康阶段。

[例 2]

背景：在某建设工程指挥部担任高管（2012~2017 年）。

E：内外压力状态分析。

内在压力方面：生理压力明显增大，年龄已经渐近 55 岁，已经渐近正常的退二线的年龄杠子，生理病变状态明显加大增强，觉得精力不济，体力不支，甚至要通过住院解决一些问题（尽管没有查到实质性器质病变）；心理压力从未有过的强大，自卑感不断滋生，需求对立矛盾扩大，很少有希望感、尊严感、成就感和支配力等等，似乎想什么、干什么，怎么想、怎么干，都不顺心，总难如意，与原来在教育岗位的轻车熟路的工作状态反差极大，压力与日俱增，乃至不堪重负。

像巨石压胸一般几乎让人透不过气来。

外在压力方面：地域生疏，人生地不熟，没有一点人脉积淀，完全是一个陌生的环境。环境糟糕，场所简陋，像打游击，经常身处野外、日晒雨淋。危机不断，此起彼伏，失火、爆炸、塌方、触电、中毒、工程事故五花八门，上访集访层出不穷等等，几乎没有一天安生日子。关系鱼龙混杂，上级政府要形象，不问过程，只要结果，对于明明看得见、摸得着、已报告、急需解决的一大堆问题，时常不问不顾，真是"皇帝不急急太监"；上级管理部门要数据、要质量，有的故意刁难，甚至明目张胆要好处；商人索利，讨价还价，刁钻尖刻，无所不用其极；下属求名，不吝恭维之能事；亲朋好友拼夺工程项目，工程现场上万人、场面宏大，辖区百姓扰乱市场等等，步步陷阱，防不胜防；职权不明，人少事多，僧多粥少，身兼数职，界限模糊，"管理之圆"永远难以闭合，仿佛总是张开着"血盆大口"；经济危机，向外要使钱，向内要支钱，项目要融钱，自身要控钱，如无水之源，似枯竭之井，如临深渊；法规制度，一穷二白，没有参照样本，没有一点根底，有的只是社会严管的一道道"紧箍咒"，如盲人摸象，似群雄逐鹿；舆论负面，媒体不断，上级监查，隔三差五，疲于奔命。

像泰山压顶，如蚍蜉撼树，使尽了力，直不起腰，抬不起头，喘不上气，憋屈得很。

自我强度：生疏的区域、陌生的领域、社会的杂役与自身的底蕴、经验、能力、人脉贮备和自身对危机的防范意识，形成了巨大的逆差，心有余力不足，即便有"大展宏图"的决心，但因非常缺乏面对现实、解决难题和复杂矛盾的能量，渐渐使自己的自尊心、自信心严重挫败，使自己对"逆商"和价值观趋向的积极心态明显缺失了原动力、承受力和毅力。

结论：E 远远大于 P。属于极度不正常的心理健康状态。

如何改善、调整，努力使"P>E"，使"B"趋向于最小值，这是我必须要做抉择的时候了。退出工作岗位，寻找新的追求方向和目标，已经成了我必然的选择。2017年3月份，我绞尽脑汁，竭尽努力，终于摘下了指挥部高管这顶厚重的高帽子，轻松地回到了全新的生活、工作状态。这可谓是我人生中作出的又一次难得的"英明"的人生减法，也是治疗"心理不健康"的一剂绝佳良方。

2. 简单自检

心理健康的定义和标准，理论界从来是众说纷纭，高深莫测，仁者见仁，智者见智，莫衷一是。但有些方法我觉得不妨借鉴，试着拿来做一做自我检验。

（1）从"健康人应具备的品质"方向简单检测

标准对照：

用"人本心理学家马斯洛认为健康的人应具备的品质"的条件要素，我自己简单检测（括号内为自评结果，下同）的状况：

①对现实有效认知。（好）

②自强自发。（好）

③能悦纳自己、他人及自然。（较好）

④在感性上能保持独立，有自己的私生活。（好）

⑤有基本处事与道德原则，不盲目附从。（好）

⑥对生活经常有新感受，有广阔的生活领域。（一般）

⑦深挚有选择性的社会关系。（一般）

⑧具有真正的民主态度，创造性的观念和幽默感。（前好后差）

⑨能承受欢乐和忧伤的经验。（较差）

基本判断：具有健康人的基本品质，心理趋向比较健康。

（2）从对环境的适应性方向简单检测

基本标准：心理健康的人应能和现实环境保持良好的接触，对环境能正确的客观的观察，并能作健全的、有效的适应，对生活中各项问题能以切实的方法加以处理，而不企图逃避。

具体条件要素和自测：

①一个心理健康的人虽未必都能解决他所遭遇的问题，但采取的方法是积极的。（好）

②能针对问题去进行应对，即使遭遇挫折失败，其适应方式也是成熟健

全的。（一般）

③对环境有正确的了解，运用它们以满足自己的要求，解决自己的问题，而不是以幻想来逃避现实。（较差）

基本判断：感性上有较强的积极性趋向，但实际中缺乏解决难题的勇气和能力。心理趋向一般健康。

（3）从别人的角度方向简单检测

方法对照：假使有人怀疑自己某种行为是否正常，不妨试着回答以下4个问题：

①那项行为有无明显妨碍你的工作，使工作效率显著降低？（有）

②那项行为是否明显影响你对自己的态度？使得自己讨厌自己？（没有）

③那项行为有无明显妨碍你和别人的关系，使别人不愿和你交往，或是你不愿和别人健康交往？（没有）

④那项行为是否妨碍你和现实环境的接触？使你不易辨识环境，或想远离环境？（有）

基本判断：属于心理不太健康的状态。

当然，以上检测的方法是不全面的，是主观的，不一定说明其客观性、公正性和准确性，真正的检测还是要依靠专业人士进行评估。

但是通过简单自检，大概有了一个基本的判断：自己的心理属于一般健康状态，而且内外有别、前后有别，虽然程度不太严重，但是可以比较合理地解释自己曾经有过的各种各样的不适症状。在实际生活中，实施一些自我心理干预和调节是很有必要的。

（4）成因简析

健康是一个整体，包含"身心双好"的状态，就像大多数夜景灯的灯泡一样是串联在一起的，要是坏了其中一个灯泡，就不会发挥夜景的作用了。一般人们常把"身体"和"精神"作为两个独立存在的东西，其实质只是一体两面，是无法分开的，"皮之不存，毛之焉乎。"身心交互着影响，当其中某一方面发生疾病时，另一方面也常受影响。"没有一种病是纯粹身体方面的，也没有一种病是纯粹心理方面的，当一个人生病时，就是他整个的人病了。"

由于"心身一体"的概念，对个人健康的管理，不仅在于良好营养、运动习惯、医学检查（这方面在生活实际中其实也很难做好）等方面，更应同时包括心理因素，如积极心态、压力控制、人生价值感与满意度（这些方面，一般而言，往往只知其表，不知其里）等。换言之，我们必须同时兼有良好健康习惯和健康人格，才是一个整体健康的人，否则，我们仅是克制自己不饮食过量、不抽烟、不滥用药物或酒精等，那是很不够的。我们还要尽力避免消极的态度，对压力过度敏感、陷于沮丧等状况，不然，就会使自己莫名感染上各种疾病或滋生一些慢性病症。尤其是负面情绪（特别是超越了自我抗压力的情形下）的感染，往往是人们感染疾病尤其是神经官能症类疾病的罪魁祸首，只不过它像锈蚀铁器一般，一点一点很不容易被人们发现和重视，一旦发现了，可能已临近"报废"的边缘。何况，神经极易过敏的人，往往习惯于抱怨未经证实的疾病，或对疾病表现出不明就里的恐惧，也就是说，患上了中医认为的"虚感症"。这种人因为神经质较高，常常有焦虑、自疑、压抑、冲动、低自信等等倾向，使之特别在乎自己的内在状态，过度夸张其身体症状，并常有想象性疾病。

根据一些理论支持，可以证实，我大概是属于一个"心理不太健康"的"似病非病"的患者，其产生的主要原因两个方面：一是缺乏"心身一体"的整体意识；二是患上了"虚感症"。

二、需要着力解决的对应性问题和改善策略

如果说增进身体健康的一个很主要的方法，就是"吃得明智"的话，那么，调适心理健康的主要方法，就必须要"量'心'定做"。

对照心理健康理论，揣测我心理不够健康的表现以及成因分析，根据在生活工作中别人对我的认知和评价，要使自己心理方面向有利于健康的方向发展，主要是要着力解决好"休闲、焦虑、压力、幽默、分享"这5个对应性问题（这几个问题对大多数人可能带有一定普遍性）。

1. 学会"休闲"

在工作状态下，我整天想的是做事做事，如何实施自己的工作计划安排，天天的事几乎忙不完，台历上的工作安排常常是满满的，工作一天下来看到安排的工作都打上了"√"，心里在有一丝放松感觉的同时，还在反思，甚怕有什么事遗忘了，甚怕有什么事做得不够到位，甚怕什么事没有做好给别人造成不好的影响。整天想的是如何学习提高，白天学，晚上也学，几乎难得有空余的时间，常常边学边议边思边写体会日记，光是继续教育方面的目标内容，学到了55岁才告一个段落。

学习固然不错，但是什么都想学，天天都在学，其方法未必就是好的，未必会有良好的效果，未必对工作有所作用，可能好多学习还是在浪费时间，如同学生时代的一些知识，现在根本就用不上，亦如我长年征订的《做人与处事》，心灵鸡汤一类的文章读多了，有时反而把自己的口味调得很高、很空，过于理想化、理性化，以致对实际生活中，客观的、寡淡乏味的、甚至令人倒胃口的、诸多的真实存在，往往使自己不能正确面对，手忙脚乱，似乎会乱了方寸、茫然失措。

生活过程中，我整天所思所想所作，几乎还是与学习、与工作脱不了关系，对生活只是程式化的应对，变得毫无情调乐趣，反而觉得别人的生活只是家长里短，絮絮叨叨，没有品位。

退岗、退休后，我对早已刻板的工作生活思维定势和模式，想竭力试图改变，但觉得很不容易，好像是在用扳手去扳那已经锈迹斑斑的螺帽一般，难以松动。

从心理健康角度剖析，如此这般，其实既是不会工作，更不懂得生活。根本是在于不懂得"休闲"对工作、对生活、对健康的重要性。

林语堂先生在《生活的艺术》中早就认为：西洋人以工作为生活，中国人以休闲为生活。他认为，有智慧的绝不劳碌，过于劳碌的人绝不是智慧的。我们其实心里明白：实际生活中，疲于奔命的人，肯定是没有效率、没有巧力、很少有成就、缺失幸福感的。正如古人所言："有福之人不用忙，无福之人跑断肠"，就像一些教师，工作中花的时间越多，可能产生的无用功越多，教学质量可能反而越差。各种岗位上，这样的例子可谓不胜枚举。而我，却总是闭关自守、特立独行、郁郁寡欢、一意孤行，似乎另类，非常缺乏"穷中作乐"般休闲式潇洒。

工作与休闲，应成为现代人生活的两大主轴。长期的工作忙碌，得不到休闲玩动的调剂，是构成心理失常的主要原因之一。

欧洲的许多国民的休闲方式丰富多彩，休闲时间占生活时间的比例相当高；我身边的许许多多的人尤其是年轻人非常懂得"休闲"之道。

就连我老家的村民，对"休闲"的理念也早已觉醒。

我有个堂兄，夫人常年生病，儿女生活平平，老母去世后只烧过"五七"，就很惬意地随老年团奔香港、玩黄山、游桂林，以此排解心中之苦。旅游回家，他由衷感慨："真是太高兴了，这辈子没白活，花钱又不多，见了大世面……"

他文化程度很低，对"休闲"都有很朴实而又丰满的理解，我却整天躲进小楼成一统，不是看书，就是写作，埋头苦干，冥思苦想，其实，并没有什么品位和质量。与之相比，真是自愧不如，真是枉读诗书。

事实证明，休闲的功能是十分强大的：可以松弛身心，可以使我们在工作以外获得满足；可以扩展我们的生活经验；可以增进个人的身心健康。比如，休闲活动中发展另一种才艺，弥补平日的角色挫折，也能使压抑沉闷、情怀不满的情绪，甚至是有可能产生的破坏性的冲动力量，以艺术化和升华的方式表达出来，以防止可能产生的病态心理或偏差行为。

"多才多艺"，是我周围好多熟悉人给我的评价。会唱唱戏，会跳跳舞，懂点书法，会玩好几种乐器，会打打乒乓球，会写点草稿文章……虽不敢说"琴棋书画"样样都通，但自认为我会的东西还真是比一般人要多一点。应该说，我"休闲"的方式和底子还是有的，但就是不知道什么缘故，总是舍不得在这些方面去花时间、去静下来、去深下去、去乐起来。

退岗以后，曾到老年大学学过画画、学过电子琴、学过二胡、学习唱戏，但总是以"工作忙"（其实，退岗、退休后又没有哪个需要我做什么工作，只是自作聪明、自作多情而已）为托词，三天打鱼两天晒网，半途而废，使"休闲"的冲动变成了"闲休"的僵局。

这一点需要改变，也正在摸索改变的方式。

一是时间上：休闲>工作。

二是内容上：新的项目为主，主攻一样；老的项目为辅，丰富多样，不拘一格。以音乐方面为主，以户外活动、旅游活动、常规运动为补充。

三是心理上：始终贯穿"乐"为主线。知足常乐，自得其乐，助人为乐，苦中作乐。与"乐"为伴，使"快乐因子"的脑内肽逐渐丰富起来，使自己心情愉快的果实丰满起来。这样，渐渐使自己开明起来、开通起来、开放起来、开心起来。

2. 克服"焦虑"

最近，生活中遇到了两个小小的事情。

一次吃晚饭，夫人做的小葱糯米饼香气扑鼻，令我馋涎欲滴，拿起一块塞到嘴里，慢慢品嚼，一不小心，把"假牙"给黏了下来，随手把它用餐巾纸包好放在旁边，继续有滋有味地品尝着可口的"小葱饼"。饭后，口留余香，兴致勃勃地陪夫人散步去了。路上，边走边说，总觉得口齿不太伶俐，嘴巴有点不关缝。回到家里，一看到没有吃完的"小葱饼"，忽然记起，我的"牙齿"不见了，难怪说话不关风。大惊失色，四处寻找，桌上、包里、厨房、浸泡"假牙"的杯子……都没有寻得"牙齿"的踪影。一想，不得了，肯定是被餐巾纸包着，当垃圾丢到小区的垃圾箱了。

说话不关风了，嘴巴瘪下去了，形象显老了，以后咀嚼怎么办……心里焦急万分。

到垃圾箱，对着混乱恶臭油腥的垃圾箱，胡乱翻找起来。

"怎么了，捡垃圾吗？不嫌臭吗？真是想钱想疯了……"昏暗的路灯下，散步锻炼路过的人，捂着鼻子，隐约透着鄙夷的眼神嘀咕着，不时用手向我指指点点。

我脸红、我慌张、我心急、我羞怯，一直洁身自爱的我，虚荣心受到了沉重的打击，如同铁锤敲在铁砧上一样，撞击着我的心胸，焦虑倍增。

还找吗？太臭了，太丢人了，算了吧。

焦虑万分的我，矛盾着，挣扎着，痛苦着……五味杂陈，脏兮兮的，但为了牙齿，并没有忍心停下在垃圾箱的翻动。

"哎，在这儿呢!"终于在深深的垃圾箱的底下，从似曾相识的"垃圾袋"里找到了。满手污垢的手像捧着金子般，呆呆地站立起来。

咳，要是找不到就惨了，重新做一个要一个多月时间，又要花几千元钱……心里仍在焦虑着，并没有从"找着了"的惊喜中挣脱出来。

焦虑，心慌……伴随了我一个晚上。

有一次，晚上睡觉，觉得大腿根部有点痒、有点痛，并向小腹、会阴部辐射开来，手一摸，不得了，摸到了一个五毛钱大小的、凹凸不平的"硬块"。

这使我一下子产生了联想。就在两个月前，到老家看望曾经做过我办公室主任的张某，因为癌症，他正手术后在家休养。他告诉我：当时很稀奇，就是腿上长了一个"硬块"，有点痒，有点痛，到医院一检查，竟然被诊断为骨癌，还是中晚期、恶性的……

我的"硬块"症状，与他描述的情况如出一辙。

于是，心里顿时紧张万分，要不要看医生，要不要让专家检查，要不要做切片化验，一旦患上了癌症，那就惨了……

隔了一天，忍了一天，稍微休整了一天，试着用消炎的药膏"益富清"涂抹了一下，两天后，症状渐渐消失了，好了。

虚惊一场。

经常对未知的或是生活中常常遇到的小事大惊小怪，对未来产生莫名的焦虑，是我生活中的一种常态，这大概也是许多人所具有的一种心态。

心理学家认为，生活中真正可能发生、与自己预测发生的不良事件一般仅占5%，而近90%左右的情况是不可能发生的，但我却对这90%左右的、不可能发生的情况，总会"焦虑"地认为有存在的可能，典型的杞人忧天、庸人自扰。

这是导致我神经性疾病的很重要的前提。

这是已经被上海神经内科专家所证实了的原因。

这也许是好多人引发心理不健康的原因所在。

"焦虑"，是一种特殊的恐惧与忧虑，是一种不愉快的情绪状态。焦虑的产生缺乏明确对象，往往只是主观或不合理的，是一种紧张与不安的情绪，如害怕失败的焦虑、缺乏安全感的焦虑等。

幼儿的焦虑一般只是客观性的现实焦虑，是过渡性存在，很容易消失。成人的焦虑往往属于"神经质焦虑（本能自求发泄），或是道德焦虑（如罪恶感和羞耻感），这可能成为人的一种特质，比较根深蒂固。

我应该属于神经质和道德双重焦虑的境况。

其危害毋庸置疑，我已深受其侮。但因为我有了长时间磨炼和积累，像上面那样的事件所引发的焦虑，一般不再会产生"过度"的迹象。

当然，焦虑对个人的影响利弊参半，适度焦虑可利于产生积极的动力，"人无远虑，必有近忧"，"生于忧患，死于安乐"，这方面的意识和实践体会，现代社会的年轻人是相当匮乏的；但过度的焦虑则会影响人的心理健康，需要正确的引导和积极的化解。

如何克服"过度焦虑"，正确引领自己的心理健康，是个很专业也是很个性的问题，一般没有标准的尺子和千篇一律的方法。就我而言，从"舒缓压力"和"心理预期"两个方面调适，觉得还是有益处的，会有所改善的。

3. 舒缓压力

现代社会生活愈来愈忙碌，生活步调愈来愈快速，尤其是对于有文化底蕴、工作背景的人更是这样，往往给人们带来心理上的压力，容易造成精神空虚、心情紧张和情绪不安，以前那种"日出而作，日入而息""采菊东篱下，悠然见南山"的悠闲意境，已然难以复存。根据理论界多次调查研究显示，平均每4个人中就有一个有感觉压力，而感受压力的人当中显现生理疾病和心理疾病的比例高达五分之四；换句话说，每5个人之中就有4个因为压力的困扰而产生疾病。在我的《中小学教师健康简况问卷调查总结报告》中就充分印证了这一点，可能不良比例还要更高。

如何使压力得到较好舒缓，我也做过一些努力，随着不断的反复，应该说效果渐好。

一是辩证地看待压力。

遭遇突发状况一般是难以预料和控制的，而一般的工作生活压力，尤其是长期处于压力之下，一定程度便会引发诸多不良的生活和心理反应，比如中度压力（毕竟遇到高强度压力是很少的），会使人注意力减弱，后机降低，断路感提高，工作效率降低，会产生重复、刻板的动作等等，长此以往，会一定程度改变人生价值观趋向，这肯定是有害的。

其实，生活中遇到压力是很正常的，压力过大，导致一定的不良后果是难免的。而如果忽略或不重视提增自己对压力的正确理解和积极应对的能力，其危害远远要大于压力给人们所带来生活、心理上的危害。

压力的积极意义是不可忽视的，而且应该将其摆在对压力认知和实践的第一位置。适度的压力可以促使改善自己的缺失，增加自己的动机和能力，改变生活环境，进而使得个人更加成长和成熟；可能许多压力危机的背后还会隐含着一些成长的机会（我多次的工作岗位变动和被提拔使用，就很好的说明这一点）。如果一个人能够保持一种"乐观进取"的态度，并把注意力专注到更有意义的事情上去，那么就可以化压力为动力，追求一个比较充实而美好的精神生活。

二是在实践中寻找一些有针对性的好方法。

我一直采用这些小方法，对自己的工作计划进展进行自我检测。基本上天天用日记的方式记录自己情绪的波动，能够使自己的负面情绪得到有效的宣泄。近20年来，我一直订阅《做人与处世》杂志，在刊中经常学习和记录各种各样的励志故事和生活感悟，激发自己的生活勇气（尽管看多了，可能会使自己过于理想化，但其积极作用远远要大于这一点）。在管理工作岗位的时候，总有两本常用常随的小本子，一本是记录身边能够令人幸福的事和生活情形；一本是《我帮你，你励我——励心篇》，专门记录别人帮我、我需要帮助别人的各种各样的诉求。用各种亲和的方式，用"宁可天下人负我，我不负天下人""吃亏就是福"的理念，建立良好的人际关系等等……通过这些细琐而有常规的小方法，一定程度能够舒缓自己的压力。

三是实事求是地评价自己对压力的承受能力，懂得一些尽可能回避（不是躲避）的方法。

世界上不可能有真正的万能钥匙，不可能存在"无限的承载力"的物质，更不可能有"包治百病"的良药妙方，再坚韧的钢筋，在超过高强度、低温度的限度，总是会折断、会变形的。比如，我十几岁因为家里没有劳动力，跟着大人们挑河，承载了发育期难以承受的压力，始终没能长成一个伟男子；有些任人唯亲的领导，竭力提拔自己毫无能力的亲友，违背了"才不胜不可居其位，职不称不可食其禄"的古训，结果使工作搞得一塌糊涂等。这样的事例比比皆是。

人生中难以承载的压力和解决的问题有很多很多，这是谁都无法避免的事实，自己必须要正确地认识和对待，千万不可"死要面子活受罪"，一旦超越了自己心理承受限度，崩溃的必然是自己。

比如，我学会开车时间很短，技术上是半吊子，现在开车虽然路况好了，交通管制严了，但开车的年轻人很多，冒冒失失的居多，甚至飙车的也很时髦了，常常令我魂飞胆破、惊心动魄；退休了，眼力神又在退化，但时间上自由了、宽裕了，为了尽量避免开车给自己带来高度紧张的压力感，改成骑车、坐公交车、散步的方式，这不妨是一个舒缓压力的好方式。

在生活中，经常会遇到"头脑一根筋"的人，认死理，你非得让他顺应到自己的思维轨迹上，那只会自受其辱，给自己的心灵蒙上无谓的阴影；在工作状态下，总会有些问题是自己解决不了的，那就要懂得放弃或是改变用另外一种策略和方式……

对于压力的舒缓方式，我觉得要学会认识它、利用它，在实践中增进自己的积极姿态，选择适合自己的路径和方法，提高自己的应对能力，放大压力正能量。同时，可贵的也是极为关键的一点，就是要懂得拒绝，要会说"不"，懂得放弃。我认为，这才更应该是我们对待压力、舒缓压力的应有的客观态度和正确方法，这个方面我做得是很差劲的。

"摆脱压力其实有很多方法，比如看个影片、运用言语和想象放松一下自己，多想点美事、读点有益有趣的书、养只宠物，想想家庭、换个环境、多做运动、想哭就哭、找人倾诉等。我们就是要学会平衡生活、合理地搭配生活要素，累了就停下来，这样不是偷懒，而是让自己轻装上阵。善于释放压力和平衡生活，才会让我们在人生的道路上走得更踏实，走得更长久。"这是哈佛的幸福箴言。我要是早点读到这段话，早点懂得这个道理，早点去这样做该有多好！

四是有"心理预期"是减压的好方式。

由于这样或者那样的因素存在，我提出的要求不一定会被满足（别人对我提要求也往往会有一样的情况），如果我们不承认这样因素的客观存在，而是一味地认为自己的要求一定会被满足、一味地为难朋友，那么只会让身边的朋友都离你远去。相反，如果我们能够留下一个理解的空间，为对方着想，降低自己的要求，必定会使自己内心深处换来一片宁静和安逸，使自己不至于产生不必要的焦虑。

生活中，这种现象存在得非常普遍。

我希望琴棋书画样样精通，希望人生之路平坦无坎，希望得别人的极大尊重……

别人往往认为我混得不错，借钱的、要求办事就必须成功的……认为只要找到我，事情就必定可以成功，认为我万事通，认为我无所不能……

这里所说明的是一个心理预期的问题，过高的心理预期必然会使自己焦虑万分，希望越大，失望可能就越大；爬得越高，可能会跌得更重。

而对神经过敏易患焦虑的人，降低心理预期是一剂很好的治理良方。

4. 懂些幽默

幽默是一种优美、健康的品质：幽默始终是有知识、有修养的表现，是一种高雅的风度。幽默，人人喜欢，因为它给人带来欢乐和幸福；幽默，人人向往，因为它能使人气质非凡、魅力独具。世界上不少著名人士都具有幽默感。幽默来自良好的心态和乐观的个性，一个具有幽默感的人在与别人的交往过程中更容易获得信任和喜爱。法国作家布拉尔说："使人发笑的，是滑稽；使人想一想才发笑的，是幽默。"一个具有幽默感的人能从自己不顺心的境遇中发现某些"戏剧性因素"，从而使自己达到心理平衡。

难怪有的科学家把幽默生动地比喻为强壮体魄、调节情绪的身心解毒剂，是最忠实、最省钱的贴身保健医生。学会幽默，可减轻心理上的挫折感，有利于内心的安宁。幽默是一种"自我"的保护方法，也是一种很好的修养之道。

幽默是教师提高教学质量的一种重要手段。我记得上中学的时候，有一位仅是高中学历、教高中数学的洪老师，他在教"圆周率"的时候（那时候教材内容没有现在的深度），将"圆周率"编成一段京剧在课堂上教唱，我们学得很开心、学得轻松，课堂气氛异常活跃，连我对数学不感兴趣的人，听他的课也总觉得有趣有味。因此，他教学的班级，与平行班的老师（南师大数学系的高材生，"师道尊严"的忠实者）比较，总是遥遥领先。

幽默是领导提升凝聚力的一种艺术。我工作过很多单位，有些领导确实很有水平，但大概是因为在领导岗位做得时间长，总是一副"板板六十四"的样子，仿佛只有这样才能体现自己的权力，才能提高自己的威望。虽然人们很"怕"他，但我发现许多下属和我一样，内心深处并不喜欢他，更不会亲近他，因此，对他的"发号施令"往往也大打折扣。与之相反，我在某指挥部与一位徐姓领导都是平级的副总，他身边总是会聚集着一帮人，家长里短，谈笑风生，妙趣横生，其乐融融。细细琢磨，不管什么时候，总会看到他笑容可掬，总会听到他的风趣幽默，在办公室是这样，在食堂是这样，有时在沉闷的会议室时常也是这样。他的话听的人多，他的周围聚的人多，他的顺心事似乎也很多，工作也顺畅得多，仿佛一天到晚在他的生活中始终没有烦心的事……

扪心自问，我可能因为从小受父亲的训导，"坐如钟，立如松"的姿态充斥着工作和生活，总是正儿八经，总是沉默寡言，总是喜欢谨记、记录和背诵以及表达那些哲理味很深的名人名言，提醒自己，教导别人，连开会时也很喜欢用很严谨的"一二三四"，力图准确而又充实的表达。久而久之，使自己的生活、工作、交友乃至家庭生活变得单调、苦燥、乏味，很少有丰满感、艺术感、趣味感，自己背负压力，别人敬而远之。

我是一个地地道道的极不懂得幽默的人（当然，高兴时偶尔也会），除个性以外，我对幽默感没有正常的认知，更主要的是没有注意对幽默感的培养。

美国第16任总统亚伯拉罕·林肯一生历经磨难，大起大落，可以说挫折、压抑是他人生的关键词。

面对自己的苦难人生，林肯从来都是用幽默来积极化解。林肯曾经努力学习幽默，他每天坚持不懈地在睡前看上一段笑话。事实上，最初的时候，他也只是在强迫自己笑，可到后来，慢慢成了习惯，他的笑容成了本能的反应，自然而然，由心而生。

"道格拉斯指控我是双面人，大家说说看，如果我有另一张脸的话，还会带着这张丑脸来见大家吗？"林肯在与政客道格拉斯的辩论会上的这句话，使在场的人被他逗得捧腹大笑，连道格拉斯也忍不住笑了起来。

放眼生活和工作，懂得幽默的老师有可能是好老师，懂得幽默的领导有可能是好领导，懂得幽默生活的人就有可能是幸福的人。

这正是我欠缺的，应是我要努力学习的，更应成为改善亚健康状况的又一剂很重要的良方。

5. 懂得分享

我为什么要学着写《焦虑：飘然面对》这本书，把我亚健康尤其是神经官能症的过程的体会努力告诉别人？通过对"中小学教师健康简况问卷调查"，中小学教师的亚健康状况堪忧，但又非常缺乏应有的手段和行政管理方法，证实了我的这一初衷是有一定意义的。

我已经在亚健康的状态中受尽了折磨的痛苦，作为一名教育人，将些许成果（这是我自己的认为）奉献给别人，应该是一种责任，一种担当。

成果分享，好比一份幸福两人分，两人都会得到幸福；把一个人的成果（或是感悟）分享出来，通过互助、互动，那意义可能要远远超过一项成果所具有的本来价值。

我力图为此做一些积极的努力，在努力的过程中，也将会使自己更好地破解那可恶的"神经症样疾患"。

飘然 "退岗年"（2017）

　　绵山脚下，高等学校。青灰色的群楼鳞次栉比；花草树木，葱绿苍翠。室内，书声朗朗；室外，喜气洋洋。"前有照，后有靠，中间有个大官帽，人人来了想拍照"……

　　红杉湖畔，科欣大学。山上，百花齐放，争奇斗艳；湖中，波光粼粼，千帆竞发。傲立船头的学生军人，英姿飒爽……

　　商业一条街。灯火璀璨，色彩斑斓，人声鼎沸；少男少女，成群结对，青春洋溢……

　　京江大学……

　　商校、职业学院、高师学院……

　　一所所崭新的学校拔地而起，在绿水青山的映衬下，美不胜收，目不暇接。

　　环园大道，车水马龙，观光游客，川流不息。

　　长山园区，已然成为文化高地、科技重地和旅游胜地，成了城市特质的新地标。

　　……

　　红旗招展中，我，戴着大红花，站立在欢送园区建设功臣的彩车上，泪水婆娑，挥手与夹道热情的人群依依惜别。

　　车渐渐离开园区，回头看去，园区建设者欢送的队伍变成了一条彩带，又像是一团红色的火球。

　　回到教育单位，迎我凯旋，并顺祝我提拔为正处级的庆功宴已摆开了阵势。一块块熟悉的铭牌，一个个亲切的脸庞，一句句热情的话语，我，已然置身于幸福的海洋……

我，回"家"了！

……

"叽咕咕……"

"咯嘎嘎……"

隔壁公鸡的打鸣，搅醒了我的好梦。

惺惺忪忪，南柯一梦。

终于美美地睡了一个踏踏实实的觉了，很沉，很香，很甜。

我起来，推开卧室的窗子。

金鸡三唱，东方既白，旭日东升，逐退群星。

迎来了新的一个非常特别的日子——2017 年 3 月 21 日。

再见了！长山园区。

再见了！工作岗位。

迎着朝阳，向着工作过的方向轻轻挥手致意。

3 月 20 日，在第 5 个"国际幸福日"特殊的一天，我与她们微笑着告别。

工作 42 年，热情、追求、理想、价值，如同定价的商品标签，尽管工作中走马灯似地换岗位，一次次成功的喜悦，一个个失败的教训，一轮轮同事的变换，都没有改变和舍弃，只有涨价从未让其跌过价。

工作的经历像电影镜头在眼前清晰地闪过。

工作岗位常换常新，每每皆苦。我这棵工作之树，根是苦的，叶是苦的，皮是苦的，仿佛上帝赐予我的礼物就一个字——苦，使得我与"苦"结下了不解之缘。然而，树上开出的花是艳的，结出的果实是甜的。"苦"的历练，给我烙下了责任的印记，无怨无悔，成了滋润我人生丰富的养分，从而使人生演绎出甜津津的果，有滋有味。

早饭后，拎上公文包，急匆匆往门外走去。

"喂，你干吗去?"夫人大声喊。

"上班啊。"

"笑话，班还没有上够?"夫人诡秘地指着日历。

我一拍脑袋，恍然。

我已经不用上班，也无班可上了。

白天，闲得无聊，在客厅里，手足无措，团团转……

晚上，看着记事的台历，空空如也。想写日记，无从下笔，心里也是空的。

退出工作岗位，弃事业不忠，弃朋友不义，弃责任不信，弃社会不智。

难过。挣扎了几日，像婴儿吮不到奶、狼逮不到羊一样，狂躁不已。

工作成为全部，上班成为自然，吃"苦"成了习惯。

我就是这样的一个"贱人"。

身心在报警，年龄在提示，家庭在需要，"自我"在召唤。

纠结了几天，慌乱了几天，心终于渐渐平静下来，思来想去，觉得我竭力辞去园区副总职务、主动退出工作岗位的决定，是我人生中又一次十分正确的选择。

尽管——

辞了，"穷"了——口袋里的钱少得很快，有时，找一只打火机都不容易……

辞了，"空"了——没人请示，没人诉求，没人恭维，没人看我的脸色；没有了专车；再也不能发号施令；名字那三个字，以往可以说是字值千金，现在只能是三个字的特殊符号而已……

辞了，"闲"了——听到门铃，是快递，并不是以往习惯的堆满笑脸的来访者；站在窗口，看外景，并不像以往那么自然亲切；太阳落山，心中升起一种莫名的惆怅；晚上睡觉，手和脚像打摆子一样，怎么放都不舒服……

辞了，静下来却很不容易。

逛图书馆，东翻西看，心不在焉；练习隶书，觉得字写得特别丑；拉拉二胡，觉得旋律很不入耳；夫人命我做家务，我一点也不耐烦……

整个身子像房子塌掉顶梁一般，快要散架了。

"《首席高参》!"

偶然在图书馆书架上，一本黑标题、黄封面的书印入我的眼帘。随意翻了翻，1、2、3……乖乖隆嘀咚，一共16册。

"自给人生二百年，会当水击三千里。"封底的一句话，何等的气魄，何等的哲理。

主人公，赵国栋，农家穷孩，警校毕业，30 岁不到，就做上了厅级领导，还成了一帮社会精英的高参。故事引人入胜，深深地吸引了我。

我像是发现了新大陆。

一册近 400 页，两三天一本，着迷入魔。走进了情节，走进了主人公的心灵，走进了那个时代，整个人沉浸其中，难以自拔。

16 册，一个多月看完了。随记了上万字的卡片。

意犹未尽。怎么没有 17、18……

书看完了，人也渐渐静了，并且似乎有了文化的充盈。

再看一遍，只花了半个多月。人真的静了下来，并且真正有了文化人的感觉乃至是自信。

往日的喧杂、烦闷、忙碌、名利、完美的色彩，终于渐渐淡去；自然、自家、自我，像春风一样扑面而来，沁我心脾。在家里有了宾至如归的、从未有过的亲切和踏实。

心静了，人"归"哪儿？

回归平淡——

心中如晨曦，赶走了凌晨的黑暗，拨开云雾见太阳；迈出的步伐似模特一样轻盈而富有弹性和美感；放眼望去，旷野里那翻滚的金黄色的麦浪，像迎风招展的旌旗，召引着我飘逸天空。

回归自然，回归自我，回归自由。

这也许就是我今后的人生方向和乐趣。

居家过日子，开门七件事，柴米油盐酱（姜）醋茶。

盘点 2017，我居然恰恰做了与此相通的七件大事。

拾柴旺火

拾柴旺火——梳理积累的资料。

工作过程中，积累了很多资料：日记 20 余本，工作笔记 50 余本，资料汇编 10 余本，文摘卡片千余张，书上百本，沉睡在那里只是一种摆设，就像柴禾不用来烧火，一点用处都没有。亦如好多学校里的图书馆、机关单位走廊里书架上的书，常常是布满灰尘，无人问津，反而侵占了地方，弄脏了环境。

在家里不上班，两个来月，无所事事。根据"断舍离"的理念，把资料整理一下。整整花了十几天时间，翻阅、筛选，去伪存真，去粗存精，去他存己。可用的视为"得"，无用的"舍"弃废。

结合才读的《首席高参》《季羡林散文》等30多本书，边读边选，边选边记，边记边思。把前后的、过去与现在的、他人与自己的事件、思想脉络和心理状态，尽力用一根带子连起来。这些"宝"如同添向灶膛的一根根禾柴，使我本以为平波无浪的人生似熊熊烈火旺了起来。

真可谓"众人"拾柴火焰高啊！

下米煮饭

下米煮饭——写书、出书。

5月18日，在破旧的老宅，半个晚上时间，写出了《忆人生　说教育》的自序。动笔前，其实就一直有写一本人生回忆录的想法，但总觉得想法很美好，水平太有限，犹豫不决，踌躇不定，不敢下笔，担心、恐慌。我怎么可能写出一本书呢？没有一点自信。

有了"序"的成就，也有了积极性，有了自信。人生的大河在奔腾不息的流淌，人生的记忆像旺火上锅内的米开始膨化起来，溢出的米沫带着"噗噗"的响声，散发出诱人的清香。

各种各样、大大小小的原始资料，如同煮饭的小米、大米、黄米、黑米，有时是混杂的米，不同颜色，不同味道，不同营养。

沉浸在"写"中，真有找米、淘米、煮饭、上饭、扒饭的感觉。写得一泻千里，写得一往情深，写得香味浓郁……

一天至少五六个小时，看到的"成果"如一碗碗上桌的米饭，津津有味。

炎炎夏日，汗湿衣背；蚊虫叮咬，浑然不觉；电闪雷鸣，落日西下……置身事外。

我与书已融为一体。

100天。

近100万字（包括4轮修改或是重写的）。

心中如奔马、似锦湖，如雷鸣、似梦幻。

一本书的草稿像魔术一般变了出来。

好同事在炎炎夏日同步伴随，打了改，改了打，反反复复，整稿打印。又是我感动的一件事，又是我感恩的一个人。

为了这本书，好多人给予了帮助和指导：有的对第一稿提出了修改意见；有的对教育思考部分斟字酌句；有的在作两次通篇修正的基础上还写了一篇专业水准的序；有位同学虽身居高位，但礼贤下士，欣然命笔，写出了一篇富有哲理、情真意切的序；有位年轻的"学究"同事，更是竭尽全力，反复修改和校对，尤其是费尽脑力，将《忆人生　说教育》的初书名修订为《草言根说》，既是与我的名字谐音，更有放低了姿态说教育的寓意。凡读了这本书的人都一致评说，这个书名有水平。为书的出版，有同事两次跑南京磋商，出版社以低价高质出了书样。

这些人，这些事，在我的"感恩簿"上又添加了浓墨重彩。

这些人，这些事，充分印证了"世间还是好人多""你帮别人，别人才会帮你"。这是我一贯信奉的观点，这样的观点，在我的生活经历中，给我带来过无尽的欢乐和幸福。

这本书，如同烧饭，不管是杂优米，还是粳米、糯米……有了米，加了水，添了柴，烧了火，饭总算是煮熟了。可能夹生，可能太硬，也可能太烂，勉强可以自饱，诸味只有让他人去品尝了，毕竟各有各的口味。

再者，我写书的目的并不是为了迎合别人的口味，而只是为了对自我人生的咀嚼和品鉴。

我完成了一项"伟大"工程，如同干柴烈火上的锅里不至于"滚"得清汤寡水。

加油戒糙

加油戒糙——尝试上老年大学。

书稿完成，一下子又空了下来，闲在家里又变得无所事事，觉得静是静了，但离开社会却远了，变得太静了，有点寂寞起来。

回归自我，并不是脱离社会，闭关自我，囚禁自我。

记得小时候，吃炒的青菜，少有一点油腥，糙得很，苦涩得很。人离开了社会的滋味就有点像这种感觉，不圆润，躁得很，闷得很，没了情调，没了乐趣。

9月份，老年大学开学了，匆匆忙忙报了名：学绘画。

我老了吗？怎么上了老年大学？心有不忍。

开学第一天，人山人海。白发苍苍，步履蹒跚，脸上写满了过去的故事；有"50后"，有"80后"；有名噪一时的商界大亨，有曾叱咤风云、位高权重的官员，有默默无闻的底层百姓……不管什么年龄，不管什么身份，不管什么性别，走进来的人都有着一个同样的身份——学生，都有着一种同样的心情——开心。

老年大学，我曾来过多次，只不过以前是以所谓领导的身份、考察的名义，我也帮它解决过好多问题。时过境迁，今天，我与别人的身份一样，成了这里的一名学生。

以往的"考察"来去匆匆，不愿为伍，乃至有点躲躲闪闪、不屑一顾。今天却别有情趣，充满新奇，充满期待。穿过楼宇，注目教室，舞姿轻盈、歌声嘹亮、书法挥洒、画卷飘逸……整个校园是欢乐的海洋，充满着青春的活力。

坐进"花鸟画"班教室，结识了一帮新同学、新朋友，有的是厅级干部，有的是环卫工人；有的80多岁，有的50岁不到；有的硬硬朗朗，有的自己说是癌症晚期患者；有的已入学七八年，有的像我一样是新生。同学一起，不分上下，毫无尊卑，其乐融融。在这里没有烦恼，没有寂寞，因为从此有了新的起点和新的追求。

处在这样的氛围，如同吃到了炒得油汪汪的青菜，爽口入胃。人顿时变得年轻了，自信了，快活起来。

学习不是初衷，快乐才是根本。

几个月的学习，基本没有什么收获，但收获到了一种新的活法。

因为色弱，觉得绘画不适合我。

插到了电子琴班，都是老太太，没了激情。

换成了二胡班，是初级，又觉得很委屈。

当初入学的热情开始消散，迷茫了，彷徨了。

觉得我还没有到这个时候，还不该用这种方式来散漫和懈怠。

为此，在老年大学消失。

重新寻找添加新的"油"料，戒去本不该有的粗糙和枯燥。

"撒盐入味"

撒盐入味——任职社团组织。

岗位、职务、法人、权力，对我已经没有丝毫的吸引力了。原单位主要领导关心，提出让我到学会任职，开始真有点不愿意，既然花气力退出工作岗位，就不想再烦其他的事了，只想定定心心做自己想做的事。

考虑到与领导曾是好同事，领导真是一片热心和好意，用农村人的说话，是看得起你，如果我一味推辞，未免就有点作秀和不识抬举了。另外，在写书的过程中，在与原来教育同事的闲聊中，在教育外孙女的实践中，尽管我还是比较注重学习，但已明显觉得，自己所说的话、表达的观点和写的东西，时常会滞留在过去的知识点或主观经验上，没有贴近当下，既没有底气，也没有深度，没有与时俱进，有的孤陋寡闻，甚至与已经变化了的政策法规相背离。如同母亲在世时，年纪大了，总是想吃（实际是喝）点烂的、淡的，几乎没有一点咸味的汤面（也叫烂糊面），我很讨厌，一点没有味道。

凭借学会平台，重温教育旧梦，融入新的群体，改变闲在家里有点无聊的生活，如同在烂糊面中撒点盐，提提味，也提提精气神。

11 月份，经组织批复、理事会正常选举，我"荣幸"当选了副会长。

又当"官"了，虽然只是无职无权的"官"，但一段时间的实践，觉得这个"官"与以前的那种"官"比较，绝无争名夺利的烦恼，有的是有盐有味、咸淡宜人的口感：自由、自主、对味。

嚼姜散寒

嚼姜散寒——做个"模范"丈夫。

在工作岗位，是领导，只要开开口，难得动动手。

回到家里，夫人、外孙女都是领导，我被她们呼来唤去，"寒心"，不习惯，我变成了下人。

做起家务来，笨手笨脚，烧的饭不是硬就是烂，洗碗不是不干净就是破个角，拖个地不是潮就是糊……

对外孙女的教育，我这个曾经的教育者，时常黔驴技穷，火冒三丈，哭笑不得。

……

本地人吃锅盖面，有撮姜丝的喜好，我初从外地调来，开始有点不适应，辣得很，渐渐嚼多了，感觉别有风味，且身上会涌出一股暖流，少了它反而觉得不够味。

回归家庭做家务，恐怕也是这个理，慢慢适应了便会咀嚼出它的味道。

我已经不是领导，而是被领导了。放下架子，放低姿态，发自内心地走进，心甘情愿地融入，谦虚谨慎地学习，慢慢的，做多了，习惯了，也就不会手忙脚乱了，甚至有一种得心应手的练就，萌生出一种能够为家人付出后的快感和欢欣。

夫人再也没有"训诫"，外孙女也很少再"捣乱"。

慢慢有了一种"姜"还是老的辣的味道，有了一种"模范"丈夫的感觉和乐趣。

按"模范"的标准做家务，成了我一种新的价值驱动。

添醋去腥

添醋去腥——翻修老家的房子。

老家的房子是上世纪 80 年代侄子建的，1998 年我买下来后，女儿结婚办喜酒时住过一晚，后来就一直没有住过。

室外粉墙驳落，室内霉尘满垢，没有装修过，显得有点破旧，尤其是房子周边，断垣残壁，路口狭窄，野藤瓜草，随心所欲，张牙舞爪，看上去一片败落萧条，令人很不舒心。

几十年的改革开放，老家的日子已经比较富裕，再也不是"文革"时的穷困潦倒，好多人家的房子并不比城里的别墅逊色。有些退休的、或有些名望的、或在城里住腻烦的人，在老家乡下住着一所新的大房子，有"采菊东篱"式悠闲，如闲云野鹤般逍遥。

以往只是忙工作，无暇去观察，更没有这方面的感触。

现在，看到这些房子是如此的精致，看到住在房子里的人是那么的享受，而我家的房子、我的心境却与此反差极大，心里很不是滋味，不时泛滥出一阵阵的"腥味"，不时冒出了一股浓浓的酸意。

11月份，下决心把老宅翻修一下。不到两个月，花了近8万元，将屋内屋外装扮一新。

室外。宽阔的水泥路临后门穿过；环宅绿带，花草树木，品种多样，枝繁叶茂，像个敞开的小花园；四周的墙壁，淡粉色的涂料粉刷一新，中间勾画了一条浅红色的带子，看上去有点像古时候的官腰带；新按上的防盗门锃亮气派。

室内。电路重新修整，墙壁重新涂抹。地面除原来的瓷砖外，全部用草绿色的油漆披抹滑亮。一楼中堂，正中间挂了一幅由夫人用了近一年时间亲自绣的十字绣山水，气势磅礴；左侧挂了一幅书法名家的草书作品，如行云流水；右侧挂了一幅颇有韵味的乡村油画。东边一间，精心布置成了照片墙，家人（包括两个姐姐）具有代表性的照片艺术性地挂在墙上，张张笑脸记忆着家庭的喜庆和欢乐；正中间上端，我用隶书学写的"三元会"——"源之养　缘之阳　愿之根　为之本"，以"三元会"（也称"三会堂"）命名，意即源、缘、愿乃人生成就的三大根本元素，也有我已退职了，可以做闲云野鹤，有时间会亲、会友、会自己了，而养、阳、根是嵌入我的曾用名和现在的名。西边一间，中间挂着由同事美术老师绘就的极具功力的山水画，美不胜收；左右侧分挂着书法家协会主席曹秉峰的作品，一副是"出门走好路，出口说好话，出手做好事"，另一幅是"有不为"；地面中间摆了一张老式的小方桌，供亲戚朋友来聚时打牌娱乐。

二楼。西边和中间是我们夫妇和女儿她们的卧室。东边一间，原来只是砌了地下一层，这次改造成了阳光房；北半间全封闭，摆了一张藤式的牌桌；南边全开放，站在上面，极目远眺，村外美景尽收眼底。特别是在夜晚，阳台上，月当空，清风中练一套太极，那真如身处仙境一般。

一时动意，老宅整修一新。优势的地理位置（村的东北角，地势最高，屋后是村道和一个5亩多地的水塘），单门独院的"别墅"，环绕的绿带，再加上这次充满诗情画意的创意设计，可谓赏心悦目，独领风骚。

来往的人透着一汪艳羡的眼神，频频点头赞许。有的老人很直白地说："这是村上最好的了。"有的与我家私交好的老人们会深情地说："要是你父亲、母亲在，就享福了，他们不知道会有多高兴啊！"

我在村上转了转，整修后的房子还真是最好的（当然，不是指值钱，而是指环境与设计）。我的这些"醋"意、"醋"味的举动也许显现一些文化、显现一些乐趣、显现一些以后的人生境地的设定，除去一些黏土沾泥的"腥"味，变得有些玩味了。

品茶赋闲

品茶赋闲——修身养性。

以前在领导岗位上，说实话，能尝到很多稀奇古怪的好茶，不懂得、不珍惜，也没有时间去品。要么例行公事，一上班先倒一杯茶，要么口渴了或烟抽多了，用茶大口地喝甚至是灌，不管用什么泡的茶，并不知道是何滋味，心思压根没工夫放在上面。

退出工作岗位，没了杂芜的事务缠身，没有烦心的矛盾冲突，闲了，静了，有时间了，轻松了，压力像断了线的风筝，自由似迎面扑来的春风。

拾柴旺火，下米煮饭，加油戒糙，撒盐入味，嚼姜散寒，添醋去腥，品茶赋闲——农家之事，心中之乐，一锅腊八粥，营养丰富，黏稠滑舌，味道鲜美。

今年所做的 7 件事，用"农家七事"作比是何等的贴切。相比过去工作的烦恼揪心，我这一年好似进入了"世外桃源"。

做这些事无意间品着人生、回味人生。有趣的是：有的是闲情逸致，有的是慢条斯理，有的是品出了茶如人生。

家中积存了一些好茶：普洱、龙针、大红袍和本地的一些名茶……一样一样的试，一样一样的品，清纯、爽口、暖胃、降脂、升阳……着实品出了滋味，品出了快乐，品出了不一样的生活方式。

口中的味道或苦、或甜、或香、或涩……只是过眼烟云，稍纵即逝，而留在心中的那种悠然自得的感觉，却是清醇永驻。

闲暇之余，经常约些朋友小聚，品品茶，说说话，悟懂了以前一些苦涩的道理，谋划着如何对过去的眷恋，着力去追索美好的明天，真乃其乐融融，快活似仙。

2017，拥有了"柴米油盐姜醋茶"，因此过得比较富足。

2017，我辞了"官"，静了心，省了自我：醒来阳光，心中亮堂；享受自我，似获新生；夫妻恩携，儿孙绕膝；写书出书，自娱自乐；勤做杂务，心无旁骛；褪去面纱，真心会友。

2017，钱"贫"了，心"富"了。

"竹影扫阶尘不动，月轮穿沼水无痕。水流任急境常在，花落虽频意自闲。"

《菜根谭》中的这四句禅语既是我乡下老宅的绝妙写照，更是描绘出了我这一年来"自在身心"的富态心境。

2017，细细品味主要的收获，远不是"柴米油盐姜醋茶"这些小事小节的小成就，最令我惬意和欣慰的是，在新的生活实践中，无意中逐步摸到了如何改变自己亚健康状态、改善自己"退岗"后被"佛系思维"所笼罩的一些小门道、好处方。

2018 年元月

飘然"退休年"（2018）

送走了闻鸡起舞的鸡年，迎来了神犬驱邪的狗年。

过去的 2017，是离开工作岗位的第一年，是忙活"柴米油盐酱（姜）醋茶"（做了与此相像的 7 件事）的一年，是归顺家庭、找回自我的一年，是体味别样工作和生活方式的一年，是成果"富"足的一年，是值得回味和拓展的一年。

2018，戊戌狗年——我的本命年。

本命，意味着我已经活了一个甲子。

回眸，觉得自己虽然紧张忙碌，体现了一些价值，得到过一些认可，但大多是泡沫"经济"，瞬间必成过眼烟云。

细想，40 多年，工作，生活，应该说有长度、有宽度，但缺乏纯度、深度，除已摘下的一顶多如牛毛的"副处级"的帽子，还偶尔会被别人提起外，其他似乎很少有留下的痕迹。

后面的人生如何调适？

身体健康，充实快乐。这应该是大致的方向。

不能多，不能忙，不能杂，不能乱，也不能一事无成；有点成果，有点价值，宽松、自我、健康。这应该是基本的原则。

有了方向和原则，年初，有了一个大概的思考。

一年已过，仔细检索，出入稍有，成效尚可，萌生了一点丰收后的喜悦和幸福。

细细品味，与狗的精神品质倒有几分相似。

简而言之："静"也！

静静地为主人守候，静静地为主人欢笑，静静地为自己觅食，静静地为自己寻找乐趣，静静地等待克敌制胜的机会……这是狗呈现忠诚乖性那最宝贵的品质。

杂乱、吵闹、喧嚣，外表忙碌，本质浮躁，是人们内心急躁、失衡、不沉稳的表白。浮躁，是丧失定力，随波逐流；是心急如焚，投机取巧；是虚浮夸张，一汪泡沫；是忽略过程，只重结果。

韩国的一项长期跟踪实验显示：长期处于节奏过快、喧嚣的环境，少年易生注意力不集中、多动症等疾患，成年人逻辑推理能力会弱化，主管短期愉悦的细胞会活跃。美国的脑科学研究也证实：长期守静，有利于神经细胞轴的延长，有利于信息在脑胞中的存储、分辨、比较和联系，有利于提升记忆力、分析力、判断力和决策力。这些恰恰应验了"水静极而形象明，心静极而智慧生""非宁静无以致远，非淡泊无以明志"等诸多古训。

《道德经》里讲："重为轻根，静为躁君；轻则失根，躁则失君。"人活一辈子，要想给社会给后人留下东西，要想实现自我价值，就必须避开社会的喧嚣，拒绝外来的诱惑，祛除内心的焦躁，静下心、定下神、扎扎实实、聚精会神地做事，而不被外界的喧嚣浮躁所裹挟。

明代洪应明《菜根谭》说："从静中看物动，向闲处看人忙，才得超尘脱俗的趣味；遇忙处会偷闲，处闹中能取静，便是安身立命的功夫。"

偶读《说静》一文，真如醍醐灌顶，如梦初醒。

2017年，我开始"静"，但只是学了狗的表面静的样子；2018年，我基本"静"，但与狗那种内在"静"的实质还相差甚远。这自然成了我的一种新的向往和追求。

静中求新，静中求情，静中求心，对我而言，无论是客观环境还是内在需要，无论是当下还是今后，"静"都该是我最重要的法宝，尤其更为重要的是关乎着我的身心健康。

以往，我并没有领悟到这一点；往后，要做好这一点，把握自己的命脉。狗，其实就是很值得我效仿的朋友，何况，它本当与我就是一家人。

"三学""三会""三书"，是我2018年用行动体会和践行狗的品质的三条路由。

学习·学"脑"·"学会"

狗，之所以会一直持有饱满的热情和旺盛的精力，重要的一点是，因为他在不同的场景、不同的心境下，会自然展示其适应"新"的肢体语言，使自己活得从容自若。

狗虽然大部分时候身体卧着、眼睛眯着、在主人门口候着，静静的，但一见到心中的人或心仪的物，就一定会热情地狂奔而至；它会争取每一次走出户外的机会，用它的欢娱和兴奋，传递它的快乐；它会毫无缘由的不时地跑两步、跳两下，展示它充沛十足的旺盛精力。

这正是人们尤其是我当下或缺的，也是启发我该努力追求的。

学习。我渐渐静中有度——
保持良好习惯的温度，保护潜心学习的热度。

良好的生活习惯伴随我一生，不因退岗而抛弃。去年，稍作微调，主要还是巩固和强化，以前是只工作，几乎不懂得生活，现在是重生活、轻工作，两者相权取其重，添加了厚重的生活色调。早晨6点多钟起床，洗漱、烧水，给家人弄早饭，小步锻炼兼买菜；上午或上自由班、或写作、或学电脑；中午小憩三四十分钟；下午一般学习两小时后接、陪外孙女，有时打二三十局乒乓；晚饭后陪夫人散散步，或写日记，或学习，或看电视；保持10点30分上床睡觉。双休日一般到乡下老家，劳动，踏青，会友，垂钓。没有特殊的情况，很少打乱自己的生活节奏。

每月有要事设定，每周有重点考虑，每天有细小安排，基本都是紧紧围绕"健康、学习、写作、家庭、社交、学会"六方面展开。

看书，摘记，一直是我的宠爱。去年，我的阅读量超过以往任何一年。主要涉猎心灵类、小说类、教育类和工具类，仅纸质书（不含报纸杂志）读了近60本，约1200余万字，剪贴和摘记近千张，约10万字。

心灵类，主要是自订的《文摘报》，自费订阅几十年的杂志《做人与处世》。常常读，睡前读，车上读，作为资料读。抚慰心理挫折，解释心里疙瘩，寻求幸福通道，力图静化、净化、美化自我。

小说类，社会政治方面居多。如，《首席高参》（1~16），（再读）《平凡的世界》（1~3）《出牌》（1~5）《班底》《底层官员》《纪委书记》《人民的名义》等。快速读、消遣读、结合过往的经历去读，读得入神、解乏、充实、感慨。

工具类，主要是两个方面：一是为写第二本书《焦虑：飘然面对》做知识储备用，如《图解心理学》《健康心理学》《精神焦虑症自救》（病理分析卷、演讲访谈录）以及《哈弗幸福课》《重复》等；二是《新手学电脑》和《四十八式太极拳》等，主要是掌握电脑工具和进行神经平静调节。边啃边学边用，每每都会产生些许的心得。

教育类，主要是为教育学会寻求工作方向、方法，为学术研究打点基础。如，《中国德育》《德育》中有关校园文化建设方向的内容，了解教育政策，增加理论知识，有益工作思考。

一年来，读了很多，学了很多，摘了很多，但记得住用得上的很少。除工具类外，其他方面存有量多质轻、面广专窄的倾向，方向不明，重点不清，效用不高。为读书而读书，为消磨时间而读书，耗时费力，做了很多无用功，"沉没"成本，获益较小，不够"经济"。

"沉没成本"，事倍功半，阻碍人生决策，羁绊行动效能。在以往，我的行为方式体现比较明显。年少时喜欢做梦、充满幻想、装载憧憬，想得多、做得少、选择多、抉择少，眼高手低，缺乏做好做成一件事的毅力和方法。到了今天，回想起来，成就寥寥，终难有一技别于他人、引以为豪，悔之憾矣。如过往之失可以推向客观、幼稚、被动或是岗位使命与责任，那"退"后的依然如故，就完全是自己的人生规划和谋略有失水准了。

诚然，正常的、自由的、快乐的人生，不该强加明码的功利，但没有功哪来利？何为功，要辩证地看，泛读小说，浸淫其中，也是放松身心的绝妙之法，大有裨益，不可简单看作是消磨时光，尤其像我神经功能长期有点失衡的人，多读些情节跌宕起伏的小说，更是与"病"抗争的灵丹妙药。

学"脑"。我渐渐静中跃动——
盘电脑。玩游戏。
电脑，我在上世纪90年代初期就基本会用了，那是为了评中级职称，通过系统培训，获得了中级证书。后来，到了校长岗位，文章由文印员打印，加上得了较重的"颈椎病"，休息了近3个月，就不愿也不敢碰了；到机关做办公室主任，曾倡导无纸化办公，自己却退避三舍；到了长山园区，亦曾想"重拾旧好"，尝试几次，觉得麻烦，现成的秘书不用，何必自己跟自己过意不去，需要我做的大事还忙不过来，哪有闲工夫去做那个低层次的劳活。因此，拿证后十几年了，电脑只是标配的工具，摆上办公桌上掩人耳目，做做样子，形同虚设，束之高阁。

退岗以后，附庸风雅，写了一本书，连同几次修改，将近百万字，如果自己用电脑敲，还不知要到猴年马月，只好凭张老脸，恳求同事帮助（我写的字很潦草，别人根本就看不懂，她打我的文章已经习惯了，不但快，且能改），连续忙了3个多月，给她添了很多麻烦，很是过意不去。

愧疚之余，清醒了"电脑是新时代的写作工具""我现在已不是所谓领导，必须自己服务自己"的认识，激起了我必须要会使用电脑的强劲动力。

太专业的书看不进，也觉得没这个必要，请女儿网购了《中老年学电脑》和《新手学电脑》，有不懂的，请女儿或旁人现场指导，一点点摸索，边学边练，扶墙走路，跌跌爬爬，虽常常腰酸背痛，却也趣味浓浓。逐渐掌握了基本常识，一小时勉强敲打上千字，每打出一篇文章，都会涌动一股成功的喜悦。

敲敲学学，渐之练熟。去年，陆续为开写的第二本书和随写的散文稿，敲了近20余万字（当然，为了速度和质量，其实大部分文章还得靠同事的辛苦帮助）。一坐到电脑前，已然没有往日的畏惧而变得信心满满、全神贯注，一离开或是一天不去碰它，就会觉得少了点什么。

打印文章，眼见一股股带着温度的薄雾，如同仰望傍晚农户烟囱里的袅袅炊烟，散发着稻草的幽香；看到一张张载满我心声的文稿迤逦而出，如同儿时站在灶台旁呒吸那米饭的醇香；稿子装订成集，久坐的腰酸背痛亦如炊烟般飘腾九霄云外。

电脑，我只为写文章、搜资料、听音乐三件事。从不去玩那些无聊的游戏。

说到玩，我喜欢的倒是很多。太极，乒乓，唱歌，跳舞，锡剧，二胡，打牌，喝酒，垂钓……不一而足，丰富多彩。退岗后，解放了，自由了，按说事情少了、时间多了，但"学会"、写作、电脑、小说、家务，反使我觉得时间很紧，不够用了。

游戏的项目和时间只好从紧：买菜当晨练；一周练球不超过两次；下午有时间就快步一小时；钓鱼，只能利用到老家时偶尔乐之，已然没有以往几乎上瘾的劲头；难得陪夫人短途旅游。其他，只好忍痛割爱了。

"学会"。我渐渐静中恋旧——

教育，是我的立命之本，为之忙碌了整整近40年，积下了深情厚谊，每每道说，三句不离本行，但也乏善可陈，不乏腻味。"艰难"退岗，曾信誓旦旦，解放自己，调养身心，享乐生活，不问旧事，修行"宅男"，做回"陶渊明"。

组织关怀，领导抬爱，奉劝不便退岗太快、不宜离"教"太远，做点事，找点精神寄托，发挥点余热，到"学会"担纲常务。开始，忸怩作态，犹豫不决，"勉强"为之，一旦进入，倒也有些重拾旧趣的意味。

初到不熟悉乃至原先曾鄙夷的"学会"，寥寥几人，无人问津，令人不屑，鸦雀无声，死气沉沉，了无生机，像是被抛弃到寸草不生、鸟不拉屎的荒野般的寂寞；尤其是按新规定，连汽车油钱都不好贴补的分文无着的"待遇"，顿时，觉得自己变得"一文不值"，与以往的字值千金有天壤之别，有点失魂落魄。

既来之，则安之。

秘书长的全心投入、殷勤筹划感染着我。

恋旧的情结感化着我。

组织的厚爱感召着我。

工作状态下，要么不做，要做就要做得比以前好、比别人好，要对得起自己的良心，惯性的思维模式又在挑逗着我。

杂陈五味，开启新征程。

宽松、自由、宁静、温馨，与以往纠结、烦琐、紧张、惶恐的工作境况相比，别有洞天。虽少了以往的激情，但工作氛围的温馨，像煲汤般渐渐溢出了淡淡的清香。没了为名所累、为利所争的硝烟，有的是旧行当、旧人脉、旧感情派生引发的新思维、好心情，渐渐萌发出被忘记、被抛弃的重拾感。

慢慢融入，乐此不疲。

每周上3个半天的班，静中恋旧，静中寻梦。

一年来，在秘书处的陪伴和努力下，"学会"有了场所，有了经费，有了规划，有了规章，有了健全的机构，有了明晰的研究方向，渐渐在基层有了声望，在教育有了声响，在省里有了声息。尤其是"4A级中国社团组织"荣誉牌的斩获，打破了本系统的历史纪录。

有心人，天不负，三千铁甲可吞吴；

静如水，辟荒芜。

教育"情人"温兜肚；

趿拉铁鞋有觅处。

身不变，心依旧，

身心交融，神乐嬉嘘。

会亲·会友·会己

工作岗位，莫名而喜，无常而怒，沉闷致哀，虚妄中乐，云雾飘渺，左顾右盼，叹天唤地。

退出岗位，自由而喜，自情而怒，自怨不哀，自成中乐，落地生根，左自右己，仰天俯地。

相比之下，云泥之别。

难比狗。真情实感，始终如一，从不伪装，喜怒哀乐，情不自禁，自然流露。

儿时一幕，依然毕现。在我家的前面，邻队一位爷爷临终垂危的一个深夜，他家的老黄狗，面对着一轮弯月，悲鸣长嚎，撕心裂肺，晶莹泪珠，串串滑落，为主人哭诉，为主人挽留，为主人送行，为主人尽孝。自然流露的纯情，人鬼亦愧难企及。

它的秉性，我的追寻。

去年，我将农村老屋自命为"三会堂"——会亲、会友、会己。

平时的节假日，大多生活、快活在这令我魂梦萦绕之地，践行"三会"初衷，重温儿时美梦，重拾少年率真，重注亲友温馨，重树纯情自我。

会亲——

会家亲。

以往只是与家人一起生活，并不一起"工作"，家，只是当作宾馆、饭店，视家人为佣人。现在，逐步意识到自己的主阵地不是在外边，而是在家中，自己是家里一分子，不光有家长的权利，更有义务和责任。换个角度，重行审视，深刻反省，方知家人之亲和"港湾"的温馨。

夫人，平时总以为是絮絮叨叨的妇人，头发长见识短，懒得计较，烦人，呛人，一点也没有单位女同事的温柔可人，甚至会冒出不如"换了"的闪念。回归家庭，细细品鉴：她天天起得最早，洗漱、洗衣（5个人的）、洗菜，等我们吃完早饭她才匆匆吃过，洗碗抹灶；上午忙中饭；下午忙卫生、忙晚饭（尤其是外孙女的晚饭还要天天弄出花样有营养），收整衣物；晚上有时陪孩子。难得锻炼，难得玩手机、电脑，难得聊天，难得放松……似乎都是小得不能再小的鸡毛蒜皮的事，但总是有忙不完的事，是一般人都不愿碰、不屑做的事。长年累月，日复一日，她乐此不疲，总有使不完的劲，她的时间和精力都奉献给了家庭，她的存在似乎只是为了家人。

她总是把家里收拾得一尘不染、井井有条、窗明几净。

她难得牢骚，除偶尔对我发泄外，大多隐忍不发。

家里如果离开她，一定会变成一团乱麻。

平常？很平常。

天天？才觉不平常。

设身处地，自己应该做、想做，不屑去做，偶尔心血来潮去做，当做得不顺手、不到位时，方知其非同寻常。

这才使我感觉到对她的依赖，由衷感激她的无私和深情。

与女儿、女婿共同生活，不再为付出财力、精力而怨言。被他们时代的气息感染，被他们先进的"工具"感召，被他们节日赠礼、病时侍床的拳拳孝心感动。

陪伴外孙女，不再为她不姓"我的姓"而冤屈。享有童趣，享有快乐，找到了儿孙绕膝的欢愉。

家亲，不是解渴灌茶，而是茗茶；不是爆火炒菜，而是文火熬汤。只有这样，才能品出家亲的滋味和醇香。

会家魂。

"母亲在里头，我在外头……"余光中的《乡愁》时常在耳萦绕，到父母矮矮的坟前拔拔草、培培土、修修树、磕磕头、说说话，告诉他们，我们的变化、我们的幸福、我们的美好、我们的期待，告慰他们的在天之灵，护佑在外头的家人平安美满。

会近亲。

经常探望抚我成人、含辛茹苦的两个耄耋姐姐，唠家常、感恩情、送温暖。

会远亲。

小时候常听老人说："一代亲，二代表，三代了。"长大了，才真正知道是什么含义。父母远游，我又早年到外地工作，大部分远亲、老亲基本上也就不怎么来往了，只是做什么大事才走动，渐渐变得生疏了。每每想起，小时候家里的窘迫，我能有点出息，与这些亲们有着不可或缺的渊源，愧疚之意，难以言表。现在有空了，抽时间串串门，露露脸，叙叙旧，帮帮忙，谢谢恩。虽事过境迁，沧桑人老，至少可以补续旧情，无愧于心，也寄托父母之念。

会亲中，我有心做了一个简单的统计，得出的结论与"书中自有黄金屋"的古训惊人的相似。一个人，出息的因素是多元的，读书未必有出息，但不读书就基本上没什么好出息，这是我对所有"沾亲兼故"家庭找出的能改善命运的唯一通道，而"凭老本、靠关系是发展快速通道"的想法被彻底颠覆。家庭的下一代或下下一代，不管做什么、怎样的变化，喜欢读书的人（并不一定有高学历），向上、向好的境况比不读书的人总是要好得多。

会友——

工作岗位，会友方式五花八门，频繁生厌，喜忧参半，几近会"有"（有报销、有私欲、有陷阱、有利用），烟酒伤身，佳肴伤胃，隐忍伤心，透底伤情，用心伤己。席终人散，"混"则使然，过往之人、之事、之诺、之情，渐已锁入雾霾，飘至云端。

经营人生，涉猎社会，友情之谊，势必存储。如何存实，放大效应，有个选择的方法问题。实践告诫，多、乱、杂，耗时费情，应该像读书一般，有的书只能泛读，有的书要弃读，有的书要反复精读、诵读，如此，才能有滋有味、有情有义、受益良多。

以前是应酬，现在是应答。用真心唤真情，走进心灵，提升"共情"，美妙人生。

去年，挚友之会，选择5拨：有恩于我的领导和师长；无名利相煎的同僚；长山园区的开园同事；好友般的同学；一些学校的"同党"。

一年来，大多相聚在我的"三会堂"。没有好酒，没有豪宴，没有察言观色，没有卿卿我我，没有虚与委蛇，没有豪言壮语，有的只是惺惺相惜，心灵大餐，不亦乐乎。

其间，感悟颇深的是与一位在我当校长时还是个普通老师——秦君的交往。他先我进校，我是校长，他是老师，没有一点情感基础。打球不"喂"我，喝酒不畏我，说话不惧我，他是数奥名师，带学生获得过全国银奖，反倒衬我。我离开学校，换了工作单位，他依然是普通老师，我对他并没有栽培之恩。

时隔20多年，他已是资深的校级领导，一路走来，不离不弃，从未间断往来，打铁不离火星，发自内心的纯情，像是往炉内源源不断地添柴，火势越来越旺。

尤其是当我退岗后，没有了原先人们畏惮的官帽，失去了原先人们觊觎的权力，他几乎隔周邀约一些心仪的朋友相聚我的"三会堂"，谈天说地，欢天喜地，喝酒、打牌、钓鱼、品人生，可谓乐哉、快哉、美哉。

他无求于我，我有愧于他，凡在老家有需要解决的事，往往第一个想到就是他。虽然我还可以找其他很多的同学、同事、朋友、老领导、老部下，但往往心里会觉得没那么踏实。这也许是我们之间并没有那种"相互利用"、混杂"功利"元素的缘故吧。

论地位，他不高；论年龄，他不大；论资历，他不深。但是，论酒量，他不小；论水平，他不低；论朋友，他众多；论品位，他不俗。如此好友，可圈可点，屈指可数，有缘深交，人之大幸。

如此友人，有几位，可遇难求，几位足矣！

友者，前世缘，今生份，心有灵犀，彼此存照，坦荡如砥，甚少，挚者，值也。

会己——

从临时工变成正式工，从农村走进城市，从基层迈入机关，时代变迁，脱胎换骨，简单变成了复杂；退岗，如世时轮回，由复杂变回了简单，脱帽换衣，回归自己。

酝酿已久，"三堂"会己，是为良计。

走户串巷，老人说起我儿时的顽皮，忍俊不禁；同伴聊天，游嬉情形，捧腹大笑；野外池塘，赤身裸体，龙腾鱼跃，活力四射；踏进农田，抢锄舞镰，挥汗如雨，少年风华；攀登沟渠，号声震天，挥斥方遒，意气风发（做大队干部在工地现场指挥）；进入礼堂，戏曲宛转，锣鼓喧天，蹬靴舞袖，青春洋溢；迈进教堂（在大队中学代课教书），书声朗朗，充满向往……这里有太多的记忆，太多的自己，太多的遐想，太多的美梦。

从出生到 20 多岁，我，在这里快乐，在这里与父母陪伴，在这里劳作，在这里做梦，在这里向往，在这里扬帆起航。

时常会己，不忘初衷，遨游梦想，拨动情场。

对"镜"照我，已然"花甲"，白发苍苍，内心深处，时代印记，铭心刻骨，简单畅想。

拾趣童堂，热情奔放，自由遐想，简单清香，适逢甘霖，心旌招展。

"三会"——会亲、会友、会己。如"三堂会审"：会出了恩，审出了亲；会出了情，审出了谊；会出了自，审出了己。

"三会"——我心中的"康王"（康王，是滇江药业旗下知名品牌，亚洲五百强品牌。品牌理念：用科技关爱健康，让生命更加美丽；品牌个性：和谐博爱，仁厚进取；品牌形象：矢志不渝追求健康的一种坚定信心，一股强大力量；内涵诠释：专业、时尚、自信。这里喻指我追求健康的良方）。

销书·写书·退"书"

狗有良好的睡眠习惯，起来之前要先打个哈欠，再伸懒腰，充分地享受赐予它的生活；很憨，很容易满足，很容易打理，很容易有成就感；他很懂得呵护自己，天热了知道多喝水，乖乖的找个凉快的地方小憩活得放松、真实、潇洒、惬意。

我懂得这一点，期盼这一点，追求这一点，却很难做到这一点。在乎他人，在乎成败得失，在乎完美，在乎……。活得纠结、紧张、虚空、缺失美感。

"退"了，学学狗，力图放松，呵护自己，用简单寻觅真心。

退，其实也是一本书，退出以前的杂"书"，做好"退"的功课，这本身就是一本人人必读的学问高深的书。

因此，有了出书、写书、退"书"之念。

去年，3 个月，自传体散文《草言根说》正式出版，第一次印刷 3000 册。本意是填补退岗后的空虚，反思人生得失，勉励晚生后辈，绝无沽名钓誉、赚钱发财之意。奈何，出书是要成本的，将近四五万，公开发行恐又不配，为求平衡，只好腆着老脸，尝试自销。

我曾在企业跑过供销，那是推销公家的产品，是工作任务，实在是没有办法。兜售自己的拙作，像我这样一个脸皮薄、很爱面子、又当过几年所谓领导的人，实在是没有一点胆识和勇气。

勉为其难，倒也收获"颇丰"：售书的同时却意外读到了一本世间人情冷暖的"天书"。

"哎哟，出了一本书？"曾经的下属很是惊讶。

"呵，出书了，现在还有谁看书？"年轻人不屑一顾。

"全是手写的？难以置信。"同事们不可思议。

"三个月，怎么可能？"作家将信将疑。

"用自身的经历，渗透教育的发展和思考，好像还没有人这么写过，我一定认真拜读。"教育人似有共鸣。

"退二线的领导都时兴出书，但大多是发言稿的装订，读来枯燥乏味……"小说迷、追星族们相对无语。

有的像模像样地看看；有的装模作样地翻翻；有的当面瞄了"序"，聊赞几句；有的忙碌于接待他人，并不觉得我的存在，至于书，视而不见、言不由衷；有的发自内心地说，等他退了，一定向我学习云云……

曾经的同僚，曾经的下属，他们的脸、他们的话，有的与共事时一样热情，有的却变得十分的清冷。不就是书么，我又没想占谁的便宜，恭敬呈送，试图分享，无以为求，也许还有可能多少给人有所启发？我这么想着，百思不得其解。

机关的一些老部下，捧着我的书，一番恭喜，脸上写照着真诚，言谈举止饱含敬意，与工作状态时有的矫柔造作浑然不同，心生慰然。

让我最感慨的一次，是到县里一个机关去送书。

主要负责人原先与我关系很好，我还对他有过间接的提携，可以说是过从甚密。考虑在职领导忙，事先约定，上午一上班到他办公室。

9点前，我提前到他旁边的办公室坐等。

他先开个短会。

他接着接待两批来访者。

静静等待……

办公室工作人员给我倒的茶已经没了热气。

一个半小时后，见他闪进自己的办公室，我尾随而至。

俩人站着，像没了温度的水，不温不火捎带着冷气地寒暄了几句。

"你忙，我没什么事，送一本书请你指点。"我热情地消解着些许的沉闷和尴尬。

"喂！你马上把车子停到门口，我15分钟下楼到政府去向领导汇报工作。"他站着，一边瞄了一眼我放在他案头的书，一边抓着电话，表情木然而又凝重。

接着，他又拎起电话："你们怎么搞的，什么事都被你们弄砸了！"一脸的严肃和愤懑，大概是在训斥着他的下属。

我在他眼前，似乎只是一股飘荡的空气。

他眼睛不时地瞄着对面墙上的挂钟。

"你忙，就不打搅了。"我自觉无趣，索然乏味，一脸茫然，悻悻而出。

"老领导，不好意思了，实在太忙了。"他依然站在办公桌旁，热情而又无可奈何地挥动着胸前的手，如释重负地与我满脸歉意的道别。

我步重语塞，落荒而逃。

……

使我最感动的一个人，却是我前面曾说起过的秦君。他主动帮我售书，自己取，自己送，过程简洁，付钱时还不住地打招呼："领导，对不起了，我只有这点小能耐，帮不上什么大忙。"我很清楚，他并没有多少资源，是勉为其难，是古道热肠，是给我寒冬赠衣。

我工作过长山园区的一位领导，当成自己的事，义无反顾地帮了我。

与我素无往来的人帮了……

与我朝夕相处的老部下，应允过，却杳无音信……

销书，意外地读了一本"天书"：读出了世故，读到了冷暖，读清了虚伪，读懂了真实，读会了买卖。社会，人情，真假，是一本永远读不完也读不透的书。

"售书"，又一次历练了我，丰实了我，更进一步佐证了我"把什么事都看得简单，把什么人都想得美好"（这是心理学专家分析我人格时给过的结论定性）的幼稚的人格特征。

尽管，我写书并非为了炫耀，只盼能够分享，绝对不是为了良心的出卖。

至于书的价值如何，我付出了，就体现了价值，哪怕是微不足道。其余的，还是随由他人去评述吧，何必去在乎那么多呢。

独善其身，方为本源，由此释然。

《草言根说》，忆人生，说教育，我的处女之作，就此告罄。

这也许往往就是人们不愿"退"、或是"退"了以后必须经历的缘故吧。

第二本书《焦虑：飘然面对》，9月18日开篇了序言。旨在忆人生，谈健康。

静在其中，苦在其中，真在其中，乐在其中。

书分为上下篇：上篇"病魔缠绵"；下篇"飘然面对"。

20岁后的40年来，身体之恙，包罗万象，求医看病，吃药问诊，家常便饭，不堪回首。

边回忆边反思边学习边写作，真实描绘、再现那些"亚健康"的状态。写作之余，惊喜意外，让自己在沉思中回眸，在沉思中安静，在沉思中摒弃了许多的焦躁，在沉思中如梦方醒。试图让自己"不幸"的经历，告知那些还正在因焦虑而恐惧、正在被亚健康折磨着的"无知"者们，为此而积德行善。

写着写着，不知不觉，时常侵袭我那"焦虑"的紧张，渐渐稀释，渐渐变得从未有过的松弛，一直在"无知""无助""无奈"的亚健康境况，开始逐步肢解。

3个多月，草成了近10万字的上篇。又是在同事帮助打印第一稿的基础上，我用电脑进行修改，使得电脑打字也渐渐熟练起来。下篇的纲要和必要的知识储备已基本成形。

忙碌之余，年底，又迎来了一件大喜事——正式退休。

退休，在别人看来，可能是一件痛苦的事，失去工作，失去权力，失去光环，失去荣耀，失魂落魄，孤独寂寞，无所事事。

我内心却一直在等待，在期盼。

我有像走马灯一般换岗的经历，我有4年退二线的过渡，我有两年"退岗"的预演，我有过被繁杂的工作曾弄得身心憔悴的厌烦。因此，退，我已有了比较充裕的准备；退，只是我人生的又一处驿站；更主要的是，自以为，有了"老伴、老屋、老友、老本"的原始积累，心安理得。

退得从容，休得当时。

自然就成了一件幸事。

退岗两年，出书写书，效力"学会"，盘弄电脑，助力家人，踏青怀故，走亲访友，运动锻炼，无忧无虑，潇洒自如，真情实感，宁静致远。节奏慢了，做事实了，吃饭香了，身体棒了，心里乐了。

为自然的退休，做了自己的准备。

拿到退休的文件，拿到第一个月的退休工资，我已经有了"给自己的每一天注入力量"的精神支柱，有了扪心"十问"的方法思考：

我有了什么？

我应该为什么感到自豪？

我应该对什么心存感激？

我怎样才能充满活力？

我今天能解决什么问题？

我能抛下过去的包袱吗？

我怎么换个角度看问题？

我怎样过好今天？

今天我要拥抱谁？

现在就开始行动？

退是醒，退是新，退是进！

退了，可以让我真正做一个自然的、精神的、品位的、人们喜爱的民间"狗"；绝不去做那现代的、总是被人牵着、哄着、供着的、已经把主人蜕变成"狗"的宠物狗。

2018，我的本命之年，古传的"本命犯太岁，太岁当头坐。无喜必有祸"，对我毫不灵验，灵验的是"祸兮福所倚"。这可能是因为我女儿逼我随戴的"貔貅"手环的佑护，也可能是因为我"自由"生活方式的回应。

2018，我的花甲之年。

卸岗归来鬓发残，芒鞋竹杖步悠然。

登山最喜险峰跃，临水尤思巨浪掀。

雨落三秋枯草木，风吹四海卷云烟。

邀朋网上磋诗句，月挂枝头又夜阑。

隋鹏南的《七律·花甲之年》是我"退"中生活意境的写照和向往。

我会续读"退"之"书"，也会努力用新的快意的生活方式写好"退"之"书"。

2019 年元月

路在脚下，伴行亚健康

"诊断与处方（后改为'飘然面对'）"之篇如何收笔，一路走来，我自己对"神经官能症"之类的认识和尝试的效果如何，总得有个小结。为此，昨天晚上喝了点酒，想用酒精冲击或是洗刷一下混沌的脑子，理理思路。然而，越喝越糊涂，晚上越睡越朦胧，加上我同事有一事相托的纠结，两件事似平行路、似十字路、似三岔路，一堆乱麻，竟然完全迷失了方向。失眠了，焦虑了，烦躁了。

迷糊醒来，懒得起床，觉得无力。

想做点什么，然而又找不到什么好的思路，时常就会睡不好觉，早晨就会疲乏，这样的情况似乎已经成了一条有规律的老套路，在这条路上我已经坎坷蹒跚惯了。

好就好在在这条路上走习惯了，如同农民雨天穿着草鞋，踏走在泥泞的路上，一步一个脚印，倒也迈得比较沉实，渐渐对焦虑所造就的"伎俩"少了许多往日的紧张和惧怕。

一如往常，洗漱完毕，给家人做好丰富的早餐。

为了消除因失眠所带出的疲劳，尽量让精神回驻我的驱壳，突发奇想，决定用步行的方法走路去上班。

挎上背包，迎着朝阳，6点30分，无精打采地从家中出发。

路上，已是一派喧闹的景象。电动车、共享单车、五颜六色的汽车，车水马龙；买菜的老人、上学的孩子、晨练的少妇、追公交车的行人，步履匆匆。

我避开主干道，迈步风景带，景色诱人，花香扑鼻，清新的春风沁人心脾。我无意欣赏，心中还在念着昨天晚上想不通、找不到路的两件事：用什么路子办好同事的事？"收官"之篇有什么好的思路和办法？

走着，看着，想着，时不时哼着小调……

可能是爽人的空气，也许是明媚的阳光，可能是悦耳的鸟声，也许是草木的芬芳，头脑变得异常的清醒，快走的步伐一点没有了晨起时的沉重。

奇怪，走路不到半个小时，百思难得其解的两件事豁然有了清晰的路子。

同事所托之事，本以为按照"找关系"、凭面子、通过行政命令的路子才能解决，这样可能让自己困扰，让领导为难，即使将事情办成，也会让事情办得非常勉强。何不妨另辟蹊径，找一找合理的政策依据，把个人的诉求变为组织的需要（其实生活中好多事就可以按照这个路子去解决，只不过许多时候，往往会对解决某个问题时思路闭塞，会一条道走到黑、不撞南墙不回头，而使许多事情办得被动，做得艰难）。想到了这条路子，一下子就有可能将一件勉为其难的事，顿时可以变得冠冕堂皇、顺理成章（事后证明，事情解决得很顺利、很圆满）。

收官之篇也有了基本明确的框架之路。

70多分钟，近七八公里的路程，走到了办公室，微微出了些汗，昨晚令我焦灼不安的两件事，在路上都想到了好思路、好办法，一身轻松，疲劳之感烟消云散。

走了一个多小时的路，感慨万千：踏青观光嗅花香，沐浴春风晒阳光，爬坡登高强健体，悠哉乐哉斯人忙，脑烦力乏成空气，清清爽爽乐思量。

走路上班，方法独特，练体增力，精神倍爽。

走路上班，一举多得。更为欣喜的是：我又找到了一条克制"焦虑"情态的光明之路。

两年前退岗以后，组织安排我在一个"社团"上班。平时，上班之路有过好几种方式：开车、骑车、乘公交车。

开车上班，路上的时间比较短。我的开车技术很一般，视力不好要戴眼镜；上班的年轻族新手多、新车多、豪车多，装货超载的重型车开的是加速度；电动车如蚁群闪电般流动，有的在机动车道上横冲直撞，如入无人之境，有的甚至逆向行驶也毫无顾忌；到上班的单位又必须经过一个弄堂，我开车虽然只是匀速，但总要左顾右盼，总是担心有什么安全事故发生，心里十分紧张，一遇紧张情况心慌得很，临下班开车仍是心有余悸。这种方式对我那

"焦虑"的情绪是十分有害的。

骑自行车上班是我的另一种选择。骑车可以晒晒太阳，看看风景，练练肌肉，但要经过两处很陡的坡面路，蹬得很是费力，使本来就有点莫名的关节酸痛加重，尤其是膝盖不堪重负，非机动车道上的电动车，像风一般毫无声息的从左右两边疯过，自行车上又没有倒视镜，有几次差点让电动车人被逆风掀开的衣服扣住我的车把，使我胆战心惊。

坐公交车应该比较安全，但时间太慢了，来回大概要一个半小时。车上的乘客放音乐的、打电话的、家长里短的"幸福卡""长寿卡"的老人们，声音像打雷，喧闹不休，震耳欲聋，让你一点也不得清静。清晨起来的好心情常常被搅得心烦意乱，刚刚填肚的早餐往往会使胃里翻江倒海，有时会使一上午的工作难以进入良好状态。

有"神经官能症"的人，很容易"情绪中暑"，常常会有各种各样不适的症状，尤其是心理不适的反应，好比在三伏天，骄阳似火，不少人容易出现中暑现象一样。三伏天，除了会"生理中暑"外，炎热的环境也会使人的心理产生变化，情绪同样也可能"中暑"。心理医学专家研究发现，人的情绪心境、行为与外在环境条件关系很大。

开车、骑车、乘车和走路的方式，对上班而言，虽是殊途同归，但各有利弊：神经官能症患者（比如像我一般是以焦虑为主要特征的）而言，开车使神经高度紧张，骑车难免被电动车惊扰，乘车时车内空气沉闷、环境喧闹，我觉得是弊多利少。

相比而言，走路上班，轻松自在，神经放松，又使锻炼和思想兼而有得，有利无弊，应该是一个最佳的选择。

生活之中，人生之路，各不相同，或异曲同工，或十字交汇，或背道而驰。但不管走什么路，出路出路出门才会有路，只要走正路，只要自己去走，只要选择向前、向上、向好的方向和目标，曲径通幽，总会蹚出一条适合自己的好路。

健健康康的活着，这是每个人从一生下来就瞄准的人生方向和人生路径。因为我"过敏"的体质，因为我"脆弱"的神经，因为我追求"完美"的生存方式，使得我在迈向健康的这条路上蜿蜒曲折、坎坷前行。有的路走对了，有的路走弯了，有的路走叉了，有的路甚至走反了。

"神经衰弱"——一条盲路。

20来岁。父亲病逝，大学落榜，恋爱受挫，负债累累，代课教师，社会工作负担沉重，阴霾笼罩，欲罢不能，人生迷茫，身心交瘁。失败了，失眠了，不知往何处，茶饭不思，疲惫不堪，没了儿时的欢快，失了学生的情趣，丢了希望的魂魄。

什么原因？怎么办？毫无头绪。

3个月后，稀里糊涂，好了。

当初的神经衰弱，它侵蚀我，我不认识它，惧怕、躲闪、抗争，没有一顶点的应对方略。

这条路不知是怎么走过来的，如盲人摸象。

"颈胃病"——一条弯路。

30多岁。这条弯路差点让我魄飞魂散，心灰意冷，对工作没了兴趣，对追求没了欲望，对家庭没了规划，对亲情没了温馨，对自己没了信心，对未来没了憧憬。

让医生针，让器械吊，让野郎中敲，让药水灌……让别人的冷眼瞧。

折腾3个月，丝毫不见分晓。

这条路走得弯弯扭扭，如春蛇出洞。

"血管造影"——一条"灰暗之路"。

40多岁。心慌、气短、胸闷，医学指标检查一切正常，医生怀疑冠心病。从大腿根部插进一直长长的管子，在体内血管的黑暗中的游行。

结果心脏功能比正常的40多岁的人还要强健。

这条路走得莫名其妙，如锦衣夜行。

"清晨急救"——一条"濒死"之路。

60岁不到。

心跳188，一小时抢救，从"地狱"走了一遭。

花费3万8，3次住院，医生说，没有毛病。

"濒死"感觉，时常降临，生不如死。

这是一条"不归"之路，如盖棺定论。

"三分钟的诊治"——一条幸福之路。

60岁。

上海神经内科专家，3分钟，3分钱，3种药，诊出我为"急性焦虑症"发作（专家说，从20岁那时起的不良反应，其实就是这个病），解开了我多年身体不适的心结。我激动，我高兴，打开了心里之窗，迎来了幸福时光。

这是一条幸福之路，如同重返人间。

"退岗调养"——一条希望之路。

退岗以后，压力小了，自由了，轻松了，自作聪明的食疗、药疗、音乐疗法、运动疗法、专心读书和专注写作，一样样随心所欲的尝试；寻找一些专业书籍研读，对应自己的症状，努力从理论上认知，在实践中对照，用适合的方法改善。

效果比较明显。

现在，基本不吃药、不上医院、不求医生（偶尔为之，与原有病态并不相关），心情像春天的花蕾慢慢舒展开来，渐渐透出了浓郁的芳香。尤其是在夜深人静的时候，打开农村老家的窗户，看到的是：月光微笑，在向我注视，星星眨眼，在对我调皮的示意；听到的是：虫鸣声、蛙叫声、狗吠声、风吹树枝的沙沙声；闻到的是：泥土的清香，草木的芬芳，空气的清凉（有人说，人只有在体质状态或是心情好的时候才会有这种嗅觉，否则，嗅到的常常是异味）。更主要的是，原有的头晕、心慌、易怒……那些令我痛苦不堪的功能失调的一些种种假象和征兆，几乎是难得再发生了。

这条路唤起了我的童心，焕发了我的精气神，也唤醒了我的希望。

负"病"前行——一条康庄大道。

负"病"前行，这应是神经症者与"病"争强斗胜，斗智斗勇，真正通向身心健康的智慧大道、希望大道、幸福大道、康庄大道。

红军不怕远征难，万水千山只等闲。
五岭逶迤腾细浪，乌蒙磅礴走泥丸。
金沙水拍云崖暖，大渡桥横铁索寒。

更喜岷山千里雪，三军过后尽开颜。

40 年，"神经官能症"，我走了一遭漫漫长征之路，有过快乐，有过悲伤；有过成功，有过失败；有过自卑，有过自强；有过希望，有过失望……尝遍了酸甜苦辣，丰富了人生百味。

人生之路，总有九九八十一道弯，大概这就是上苍的恩赐，大概这就是人生的常态。

关于"神经官能症"，我还在观察、在学习、在反思、在实践、在积累。

我始终有一个信念，人只有向往希望才会尽可能减少失望，才会尽力找到通向幸福的小康之道。

路漫漫其修远兮，吾将上下而求索。

2019 年 5 月

在 2019 年 6 月至 9 月的日子里

快乐是什么？对贪玩调皮的孩子来说，快乐是玩；从父母的角度来看，快乐是看见孩子茁壮成长；对奉献者来说，快乐是给予别人美好的事物。快乐像阳光、像雨露，播撒在世界的每一个角落；像清风、像雾岚，萦绕在我们身边。

快乐无处不在。

初夏的早晨，我站在农村老家的阳台上，空气中散发着诱人的风味，一大片一大片的青绿衬托着姹紫嫣红的芬芳，一大块一大块秧苗在晨光的映衬下碧绿晶莹，宛如一幅美丽的风景画，柔和而迷人。放眼望去，心中的欣喜和快乐泛起了阵阵涟漪。

我手捧着《焦虑：飘然面对》——退休后花时近 10 个月撰写的第二本书稿，像贪玩的孩子，如见孩子茁壮成长的父母，似将给别人带去美好的奉献者，扬眉吐气，心醉神迷，舒心而快乐。

此时的我，忘却烦恼，忘却痛处，忘却寂寞，唯有心花怒放般的快感。

想到从去年 9 月份起笔，整整 10 个月的艰辛写作，第二本书即将面世，想到写作的过程中自己对亚健康的状况有了新的认识和比较系统的反思，迎着"飘飘然"的曙光，想到竟能把折磨我近 40 年的亚健康状态和启示，即将呈现给那些被无知、无奈所煎熬的人们，就像在最后一公里仍能坚持百米冲刺而引以为豪。

10 个月，虽然每天学习、写作要花上至少五六个小时，虽然时有疲惫、迷糊、酸痛、寂寞的痛楚，但生活却过得异常的充实，对退岗后"一年一本书"的目标充彻着韧劲和追梦般的心境。

5月28日，这是一个值得纪念的日子。我洋溢着快乐和喜悦。

《焦虑：飘然面对》的草稿装订成三本，分别送给了医学专家、文学专家、文字专家和初读者，请他们给予指导和斧正。

如释重负，我轻松了，自由了。

然而，一下子从繁忙充实而又紧张的写作中解脱出来，闲了，空了，无所事事，变得茫然起来，一下子便不知道要做些什么了。

几天来，清晨四五多种就会早早醒来，辗转反侧，勉强起床，脑子一片混沌，没有饥饿，没有食欲，没有香味；晚上睡觉，要将近一个小时才能慢慢吞吞进入浅睡状态，梦魇不断，有时甚至要借助酒的魔力；中午只是睡下来例行公事，根本就睡不着；下午书读不进，运动也没有兴趣和精力。赖床不起，哈欠连天，无精打采。做家务、看电视、看书、偶尔打打球，也是心不在焉，手脚慌乱得无处摆放，做什么事都提不起兴趣和精神，连平时很喜欢钓鱼、朋友相聚的事也变得了无情趣。

心里莫名的恐慌起来。

今年的初夏，气温比以往要高许多，骄阳似火，几乎天天在30℃以上，到了中午时分，几乎擦一根火柴就会使空气燃烧起来，闷热憋气，没有小时候常常见着的雷阵雨，令人难受。

这样的鬼天气让人心情变得很糟糕。

我那"成书"后的喜悦、快乐、成就感，被这样的鬼天气一扫而光，心里愈加的疲惫起来。

5月下旬，省里来了通知，6月上旬要进行换届，我被推荐为省理事。这本该是一件有点高兴的事，退休后很少有外出的机会，很少有什么工作上的荣誉了，很想会会省里的老朋友、老领导，很想听听省里领导的"声音"，也可以借此机会出去散散心，放松一下紧张、无聊的心情。

6月3日，我期盼着这一天的到来。

前几天，就好像迎接什么大事一样，积极做一些准备。是开车去还是坐高铁去，是一个人去还是与同事一起去，是早一天去还是当天去，心里纠结，拿不定主意。开车去，是不是路上会出什么安全问题；一个人去，万一有什么情况没人照应；早一天去，晚上住宿是否会到新的环境下影响睡眠质量……心里莫名的焦虑起来。

秘书长短信、微信、电话反复与我联系催问：怎么去，什么时候去，希望我带队去，要不要开车。这么一件很平常的事，我始终拿不定主意，迟迟没有给他一个准确的信息，我自己都烦躁不安得莫名其妙。直到 6 月 2 日晚上才告诉他，我决定当天早晨自己一个人坐车过去参会。

这天晚上，睡在床上，怎么也睡不着。夫人很奇怪，我在床上翻来覆去搅得她也睡不着。"怎么了，有什么心思，近来不是睡眠还比较好吗？"夫人担心地询问，我不知如何回答。

6 月 3 日凌晨 4 点多钟，我朦朦胧胧中觉得心里不适：隐痛，心慌，心跳不规则，开始焦急起来，紧张起来，感觉越来越强烈，心跳像高铁上的火车，呼啸而过，越来越快，刹不住车，有时又会突然停顿，像急刹车一般难受，有时心脏好像要从胸膛里蹦跳出来。头开始晕，浑身燥热，手心显觉得汗涔涔的……

不好了！又像两年前那种"濒临死亡"的感觉一样可怕。

一直折腾到将近 6 点钟。

这一次，我虽然难受，但并没有像两年前那样惊慌失措，迅速起床服了半粒"阿普唑仑"，半小时过去，似乎没有什么好转，又起来加服了一粒，睡在床上 10 分钟后，心跳速度有所减缓，不规则的情况间隔有所延长，渐渐安稳了些。

南京会议肯定是不能去了。于是我打了个电话给秘书长，告诉他身体有点不舒服，让他向省里领导代为请假。

也许是"阿普唑仑"的作用，也许是我摸对了面对"濒临死亡"的脾性，也许是与秘书长打了告假电话，消除了去南京参会的种种担虑，身体变得安静了，心里变得平静了，在床上沉沉地甜甜地睡了过去，一觉醒了，已是上午 10 点多钟。

起床吃了早饭，一切安然如初。

刚安稳了几天，遇到了一件悲情的事——我老家门房里的婶婶突然心脏病发作去世了。

我们老家有个规矩，凡一个门房里的长辈去世，要在家停尸 3~5 天，门房里的人都要去帮忙料理后事，我作为侄子理所应当，责无旁贷。早年我父母去世，我作为独子，年轻又不懂事，那些繁琐的风俗礼节，全是仰仗门房里的长辈和兄弟们帮忙打理，再说，我在人们眼中混得还算不错，我去与不去，人家是很在乎、很看重的。

去吧，天气太热，时间太长，又要从外地开车过去，身体是否挺得住。不去吧，如何回报人们以往的帮助，如何在礼节上有所交待，如何对得起小时候婶婶对我的点点滴滴的、现在仍然记忆犹新的关爱。

心里一纠结，身心就紧张，一紧张就心慌，呼吸急促得喘不上气来。

下定决心，狠狠心，还是开车前往。一路开车，一路忐忑，随着汽车温度调到25℃，音响中传出的悠扬的旋律，起伏的心情渐渐平复。

车子还没有进村，"滴哩哒啦……米里马啦……"高亢、嘹亮、悲怆的唢呐声如泣如诉，呜呜咽咽灌向耳边，心如刀绞。联想到自己哪一天也会走入这样的境地，心凉似冰。

开门下车，阵阵热浪扑面而来，眼前模模糊糊晃动的全是一个个"雪人"（穿着白花花的号衫），神色凝重，在酷热下奔忙穿梭。哭声、喊声、唢呐声，声声催泪；忙碌人的汗味、屋旁池塘里传来的腥味，伴随着阵阵袭来的热浪，阵阵作呕，使我本就紧张的心情如穿着湿漉漉的紧身衣般难受。头晕晕乎乎的，迷迷糊糊的，勉强与认识的、不认识悲悯的人点头示意。

不能待下去，否则马上就要栽倒在这里。我心想着如何用"谎言"来向农村繁缛的礼节作个交代。

瞄了一眼脸上盖着白纸、身穿红衣裤、安详睡在冰棺里的婶婶，晃晃悠悠恭敬地鞠了三个躬，低头的一瞬间，身子一阵眩晕，差点跌倒，幸好我扶住了冰棺的一只角。

喝了几口水（这是家乡的习俗，去奔丧时必须这样，大概是为了祛邪的说法），顾不得别人的招呼，撒了一个谎，说我马上要赶回去接待一位省里来的领导（以工作推脱，别人不好说三道四，如果说身体不适，别人很难原谅和理解），在兄弟们的竭力搀扶下，匆匆地偕夫人愧疚逃离了炙热天气下悲凉的场景。

离开现场不到3分钟，刚才还在的心慌、头晕的感觉顿时烟消云散。迈开轻松的脚步，开着返程的车，在悠扬的旋律中，一切又恢复了常态。

从结束书稿以后，入夏以来的10多天时间，不知是怎么回事，身体好好坏坏，好像又回到了2017年前的起起落落的状况。

不敢打球，不敢开车，不敢站到塘边钓鱼，不敢站在烈日下，不敢住在乡下，不敢较长时间弄电脑，不敢参加一些正常的聚会活动，不敢出差……

最主要的担忧是怕外出……

最突出的身体反应是"疲劳"：看书时间稍长一点眼疲劳；走路稍长一点腿疲劳；打球局数只是以往的二分之一，就觉得腰疲劳；写文章脑疲劳；睡不着觉，烦得心疲劳……采用种种前面文章中叙述过的关于缓解疲劳的办法，也尝试了一些新的办法，基本上都无济于事，疲劳像魔鬼一般阴魂不散，有时候可以达到"极度疲劳"的量极，生怕自己会"过劳死"，甚至时常有一种苟延残喘、朝不保夕的忧愁。

2017 年前，我的"焦虑症"引发身心的各种不适，通过近一年的药物治疗后已经基本康复。近两年来，各种不适的症状已经基本消失，少了病魔的缠绕，生活过得还是很舒心的，即使偶尔有些与以往相似的不适反应，比如一阵阵头晕、心慌等等，基本上内心深处可以"飘然"的方式去面对。

知道这些症状如同同伴间做着不同的游戏，开着不同的玩笑；知道这些症状只是一会儿工夫，不会长时间骚扰；知道这些症状并不是什么器质性病变，不会死人；知道与这些症状为伍，会是一种"你弱他就强，你强他就弱，你哭他就笑，你笑他就哭"的结局。遇到这种情况绝不会像以往那样匆匆地、频繁地去医院、找医生、买药吃。如果有时心跳不规则时间长点，就用一粒"阿普唑仑"顶一顶，似乎就会慢慢好转起来。

但是，频繁出现这样那样不适的侵扰，心理再强大，还是会像猫抓心一样难受，有时甚至站在月光下，有那种将背影疑似鬼影一般的恐惧。

不想让自己总是这样疑神疑鬼的兜圈子，忍不住还是挂了上海长征医院神经内科的黄专家的号（前两年就是他用了 3 分钟诊对了我的病）。

我把情况用不到一分钟向他进行倾诉。他不假思索地给了我一句话："你的焦虑症复发了，这完全是你近期因写书用脑过度、太累的原因所致，必须重新服药。"

我垂头丧气地与黄教授告了别，心中却有另外一种思量：这两年基本上好好的怎么会复发呢？焦虑症看好了，控制了，难道还会复发吗？另外，也很惧怕服"草酸艾司西酞普兰"那种药，开始服和停药时的那种可怕的副作用反应，会搅得心境天翻地覆。

黄教授也只是从常规的经验判断，也许并不适合我，专家并不是百分百的正确。复发？服药？顾虑重重，举棋不定。还是等等，观察观察再说吧。

6 月 23 日，星期天，从早到晚，整个一天，神魂颠倒，没着没落。

早晨起来，像往常一样与夫人快走锻炼，刚走到小区的大门口，脚还没有迈过大门的门槛，觉得天气很闷，大脑缺氧，头紧绷绷的，血管不时有抽筋似的阵痛。不敢到外面去跑了，拉着夫人的手说："天太热了，还是就在小区转转吧。" 10 分钟不到，再转到自家门口时，头一阵阵间隙性的眩晕。"你一个人走吧，我回去烧早饭。"我不忍心告诉夫人实情，免得她担惊受怕。到了家里，忙着早饭，动作利利索索，状态好好的，心一点不慌，头一点也不晕。

中午，按照预约，要到老家去参加一个专门宴请我的小范围聚会活动。邀请人是我 20 年前当校长时的一位普通女教师，与她本没有什么很深的交情，20 年来从未见过一面。当时她书教得好，又是我领衔的省级课题组的骨干力量，做出过许多成绩，为我当好校长也长了很多脸。她听人说我要正式退休了，要约一批人聚聚，请我吃个饭。已经通过别人约请了几个月，我很感动，再不赴约，有点拿巧作秀了。我已不当官了，没权了，她又不图我什么，吃顿饭而已，不去未免不近人情，太不懂人情世故了。

早晨起来的身体状态好坏不定，像大山深处的天气，时晴时阴，内心波涛汹涌，总是担心这担心那。整个一上午，对已是定好的活动要不要去，心里犹豫不决，去还是不去的念头在交织、在打架、在厮杀（以往这种情况可以说司空见惯，但近两年几乎很少出现这种困扰）。总是在担心：开车在路上头晕怎么办？假如聚会时坚持不了怎么办？岂不是很丢面子，让别人很扫兴？

为了不辜负同事们的一番盛情，为了已经答应邀请不能出尔反尔的信誉，实在找不到任何理由推托违约（以往对待这种聚会，哪怕是领导的邀请，也会编出种种谎言不去赴会，几次反复，以致使原来关系好的领导和朋友对我产生极大的误解，认为我孤傲、不给面子，很不满意，交情也就渐渐淡薄了）。

下定决心，顶着烈日，开车上路，车内的空调调到 20℃，心仍然静不下来，握着方向盘的手紧张得渗出了细细的汗，车子开得摇摇晃晃，音响中传出来的、平时听起来高兴得会随口哼哼的锡剧王子周东亮的《玉蜻蜓》唱段，今天却听得忧心烦躁……

"慢点！红灯……"

"嗤，嗤……"急刹车已经来不及了，夫人刚才的提醒已经迟了，车子的后轮已经过了等待黄线。闯了一个红灯，头上惊出了一身冷汗，夫人被急刹车刹得身子已经撞到了我的右肩上。我，走神了，心里一阵恐慌，心跳开始不规则起来。

11点多钟终于赶到了赴宴地点。先到的教师们已经簇拥在门口迎接。遇到几个近20年不见的老师，我欣然吟起"人生不相见，动如参与商。今夕复何夕，共此灯烛光。少壮能几时，鬓发各已苍……"难得一见，大家不分男女年龄一个个相拥而笑，激动得流下了开心的泪水，这是唯有在基层同事过的人才有的盛情，在机关的同事是不可能发生的。

嘘寒问暖，我应接不暇，脸涨得通红，不知去接哪个人的激情话语，心潮澎湃，嘴唇微微颤动着。一激动，头晕起来，脑子糊了起来，心跳加速。激动过后，各自入座，我被众人硬推到了首席主位，坐在那里，心慌慌的，浑身不自在，手脚不知如何摆放，双手一会儿放在腿上，一会儿放在桌上，一会儿想配合表达的语言却做出不太协调的细碎的动作……

这时的我，肢体语言与游离的心情不相呼应，眼神飘浮，言不达辞。老师们饱含感情的喋喋絮语令我不知所措。

我的手脚由开始发烫渐渐开始变得发凉，背上渐渐僵硬起来，板结得像农妇纳鞋的老粗布上糊上了一层层厚厚的糨糊，硬邦邦的；双脚微微发抖，双膝关节发胀；说出的话像无牙的老翁从嘴里飘出来一样含混不清……我的心思已明显不在相聚的情谊，而在焦灼地担忧自己的虚弱的身体，急切地想逃离这样的场景。

众人觉察到我的"冷淡"，热烈的场面一下子变得莫名的死寂，如在暖烘烘的夏日一下子从西伯利亚刮来一股强烈的西北风，刺骨寒心。他们的表情我看得一清二楚，心中满怀愧意，是我的一盆冷水浇灭了他们的炭火。但我的注意点在担心自己的身体，明显觉得身子在椅子上晃动，头晕晕乎乎的已经难以支撑，脑子里一团乱麻。

不行，得赶快离开。

我在拎包里摸出手机，佯装仔细地看着（其实什么也没有）："哎呀，刚才手机摆在静音上，有几个领导的未接电话，我出去回个电话。"

勉强晃动移步室外，将电话贴在耳边，装腔作势，心里在想如何撤离现场的"谎言"，身体渐渐放松下来。

"嗨，不好意思，今天各位一片盛情，刚才领导召唤，令我立即赶回，说有什么要紧的事，要扫大家的兴了，改日我再邀约各位赔罪……"

他们原来都是我的下属，对我平时为人的真实性又基本认可，谁也不会认为我会对他们撒谎，纷纷以充满了信任而又深表遗憾的神态说："没事，没事，领导忙，领导忙，今天难得见到你已经很高兴了……"

我"神气活现"地一一握手，歉意道别，在众人深情的目光中快步逃离了现场。

如释重负，长嘘没了短叹，终于"解放"了。

发动好车子，娴熟地开着车，哼着悠扬的乐曲，享受着从未有过的轻松和自在，像孩提时代游戏一样欢畅。

中午混过去了，晚上怎么办？

下午一直在思索着这个简单的问题，愁肠百结。因为晚上是我为了表示谢意，宴请别人。无论如何，前一周预定的活动是不能取消的，人都一个个约定好了，宴请的中途肯定不能像中午那样"临阵脱逃"。

担忧得很，恐慌得很。

出发前，服了一粒"阿普唑仑"，让焦虑的心尽可能平静下来。半个小时，烦乱的心绪确实平静了许多。

宴会如期举行，活动在欢乐融洽的应酬中热闹得很。

席已过半，坐在主位的我又开始出现了像中午一样的"不良"倾向。心里默念：坚持，坚持，不要出洋相；快了，快了，不能对客人有失礼节。

晕乎乎、颤巍巍地坚持了两个多小时，有位领导提出来要打牌娱乐一下，我刚刚有点平静的心一下子提到了嗓子眼，生怕一拖又要很长时间，好在大家酒都有点喝高了，没有响应，匆匆散席。暗自庆幸得很。

回到家，忙乱了一天，我终于睡了个"踏实"觉，尽管觉中梦扰不断。

这是一个极不寻常的一天：早晨起来不敢晨练；中饭仓皇逃离聚会现场；晚饭在惶惶终日中勉强坚守；睡觉一直是睡睡醒醒。

我的身体状态可能又回归了前两年的旧路。虽与前两年的有些表现形式差不了多少，但是我应对的方式却有了很大的区别。比如像今天这一天的表现，如果摆在前两年，不管是早晨，还是中午，或是晚上的情况，肯定会进入"紧张——心慌——更紧张——恐惧——难以支撑应对——进医院"的恶性循环。但这一次，因为对"焦虑症"种种拙劣的表演已经反复领教过，从意念和认知上都有了一个比较安静的准备和相对清醒的面对办法：晨练头晕，当即回家用做家务去冲淡；午餐聚会觉得难以支持，主动找借口早一点撤退，使自己安静下来；晚时心慌意乱，就用腹式呼吸的办法强迫自己安定气息。

一系列飘然面对的办法使自己对"发作"的状态控制在"紧张——心慌"的阶段，而不让它很顺利地跨踏"恐惧"的红线。

但不管怎么说，上海长征医院黄专家"一语道破"的判断——我的焦虑症毫无疑问的"复发"了。

不能再用自己的"无知"怀疑专家的"睿智"了，不能完全靠自己的精神意志与病魔相抗衡了，更不能用网上的五花八门、零零碎碎的烂信息引诱自己错误地去做无谓的"牺牲"了。专家断言：乱求医、乱吃药、不着边际地试用所谓神乎其神的民间处方，往往是导致焦虑滑向深潭、越来越焦虑的一大诱因。

当日深夜，经过"梦"中激烈的思想斗争，终于下决心，重新开始起服"草酸艾司西酞普兰"这种药。

这种药，前两年服的时候，各种副作用令人揪心般难受；这种药，看到说明是抗抑郁的（尽管我不属此类），看到"抑郁"二字就心中发毛、望而生畏，发自内心地排斥它；这种药，价钱不便宜，一颗要几块钱，有点舍不得。

几十年来，精神类专家预言：当尝试过各种"飘然面对"的方式，比如运动、社交、娱乐、用意念控制等，一旦起不到很好的效果时，服药是一条科学的、有效的乃至是必须的控制路径。

一个月来，为改善自己的疲劳、改善自己的焦虑，尝试以前曾经尝试过的、或未曾尝试过的一些简单办法：补品、茶饮、维生素补充、用安定类药抵挡等等，期求找到什么捷径，结果都没有起到什么好的作用，有的反而更加重焦虑的症状，使自己反复进入漩涡的"痛苦"，又像是陷入了沼泽，越陷越深，难以自救。

重新起服"草酸艾司西酞普兰"，是一个很折磨的过程，尽管心理上有了比较充分的准备，但药物的种种反应的危害和对身心的破坏，还是令我始料未及，防不胜防，甚至难以抵挡。

上海长征医院黄专家叫我每天晚上服一粒，我到本地另一家医院配药，偶然听说该药有一种新规格，是 5mg 包装，很方便，我跃跃欲试，觉得 5mg 的剂量小点，副作用定然也不大。

晚上，服了一粒 5mg 的药。心里默默祈祷，老天保佑，千万不要有什么强烈的反应。

服药后，所有心思全部集中在"药——反应——入睡"的焦点上，心无旁骛。越是想，越睡不着，心里一点也静不下来，身上像一堆蚂蚁在爬，越发心慌，越发焦灼。没办法，凌晨起来，加复了一粒"阿普唑仑"，半小时后，才朦朦胧胧地睡去。

第一天，跟往常一样，没有什么感觉。

第二天起，除睡觉状态慢慢有所好转（中午也能迷迷糊糊睡上半个小时），身体的其他不适却越来越严重，最明显、最强烈的反应是：皮肤出现了类似湿疹一样的斑斑点点，很像夏天的痱子，痒得难受；眼睛模糊不清，看一会儿书把眼睛镜脱掉，看到的外景像泥石俱下后小河里的水，混浊不清；有时脑子里也像塞进棉花一样；胃肠功能失调，没胃口，大便不成形，不定时；更可恶的是有时人经常发呆、发慌，一点也提不起精气神……

这些反应跟当初（2016年）的症状有过之无不及。

5mg的药服了半个月，基本起不到什么作用。还是遵照上海长征医院黄教授的处方要求：每天晚上服10mg。起服10mg后的近一个星期，药物的各种副作用反应还是像"鬼影"一样跟着我跑，但已经渐渐没有那么强烈，心里明显可以逐渐平静下来，一星期后，这种反应才渐渐淡去。

从服药5mg的半个月到10mg的一个多星期里，焦虑症的各种反应（躯体的反应和药物的副作用混杂在一起）使我备受熬煎，最可怕的是不敢外出又想尝试或必须外出时近乎刑罚般的折磨。

最无礼的是一次聆听作家指点时的表现。

我的书稿请作协主席修正，他已主动约了我几次，想面授机宜，我推三阻四，借各种理由却迟迟不去。一次，在他家门口遇见，"躲"不过，只好硬着头皮去了。他从全书的谋篇、目录的设计、体载文风到遣词造句，侃侃而谈，悉心指教。我像个小学生一样拿着纸，握着笔，在纸上写写画画，在他面前假装出一种恭敬、虚心和倾听。其实，当时我脑子里乱哄哄的，头上像套了孙悟空的紧箍咒，心里像吊桶般七上八下慌慌的，只想早点脱身令我紧张的氛围。他讲了什么，我基本上没有听进多少，真是枉费了他的一片良苦用心。

最纠结的是每天下午必须要开车接送外孙女去上课。

暑假期间的气温一直在35℃以上，人只有在空调下才觉得清凉和心静，尤其是对"焦虑症"而言，更需要这样的环境，一暴露在炙热火烤的环境中会加倍的心慌意乱。但接送孩子是任务，没办法躲避。何况，我也想通过这样的方式，身处这样的环境，让自己适应和面对。想法是美好的，事实是残酷的：一到要上车送之前，心里就开始紧张得不得了，身上的汗直冒（并不是高温下那种冒汗舒适的感觉）。上车把空调温度打到21℃，试图用冷气帮助自己冷静，但开了几分钟又会心如脱兔，心跳很不规则，有时甚至像是心脏要从千米高空坠落一般，坠得胸口闷痛，恐惧得难以支撑，有一种"掉头不去"的冲动。尤其是堵车等红绿灯的那一刹那，眼睛死盯着红灯，看着以秒计跳闪的红灯，如跳蚤袭身一般难忍，巴不得红灯一闪而过好让我迅速冲行。送到学校后，在回来的路上人有会像常人一般，轻松自如，气色复原。去接时，这种情况又会再重复一遍，直到将孩子接到家，才会像卸下千斤重担一样松口气。

十几天的时间，天天都是这样，但一天也没有出过什么特殊的状况，心里担心的"那种事"（"不行了""要瘫了"……）一次也没有发生过。

最恐惧的一次是偕夫人到西津古渡去游玩。

开车去时好好的，心想可能吃的药确实起了作用（这次去的目的就是检测一下自己的身体在服药后的状况）。下车后仅仅走了几分钟，心突然像跳到嗓子眼，头晕眼花，急需大小便，脸上赤色，身体已经完全不受控制，看到游人是糊的，看到商贩的吆喝声特别的心烦，闻到烧烤孜然粉的味道作呕不断，耳朵像上飞机般轰鸣，身子像微风拂动下的树枝摇摇晃晃。游人们纷纷投来关注的眼神，只好一手搀扶着夫人的手，一手摸着沿街商铺的墙壁，跌跌爬爬上了车。心想这次完了，紧张得要命。

上车几分钟，平复一下心情，又开始"活"了过来。在音响传出的婉转的轻音乐的民歌声中，自如地开着车回家去了。

在这十几天里，试着喝酒，越喝越兴奋（焦虑症本身就是会引起交感神经特别兴奋），兴奋过后寂寞难耐，而且心跳总是在100次/分以上，很难减下来；试着到乡下去劳动，劳动不到半小时，就会体力不济，眼冒金星，头晕目眩；试着钓鱼，眼盯着波光粼粼的水面，头晕得全然没有以往那种钓鱼的乐趣和鱼上钩后的兴致……

好在我对"神经症样疾病"，尤其是对"焦虑症"有些认识和经历，有一定的知识和实践的储备，尽管在这段时间里，有着前两年一样的躯体煎熬的感觉，但却慢慢有了不一样的情感态度和对待方式。虽然也十分的纠结、异常的紧张，但我尽量用比较清醒的方式去面对，那就是"飘然"，决不让这种症状肆无忌惮的蹂躏而把我卷入"恐惧得难以自拔"的深渊。

我"飘然"面对的主要方法是尽可能避开诱发"焦虑"的因素（比如，把每天紧张写书几小时的工作暂时停下来），不使它雪上加霜，尽可能使自己"静"下来。

我找到的方法就是没有功利性地看杂七杂八的小说，悬腕抄书练字。

看小说，本来只是想让自己在跌宕起伏的故事情节中被吸引，使自己从"焦虑症"的各种症状中寻求解脱，并没有什么其他的目的和意图。但读着读着，每一本书中不同领域和时代的故事情节，每一本书中的人物内心活动的精彩细腻的描写，不知不觉地把自己带了进去，产生共鸣，使心灵受到了荡涤和净化。

梁晓声的《雪城》中，对返城知青姚玉慧（曾是知青点的营指导员）返城后的第一天内心活动这样描述到："她心中此时萌发了一种巨大的委屈，在这返城的第一天，她就开始隐隐觉得，城市，包括自己的亲人，对她，对她们，对十一年前敲锣打鼓、轰轰烈烈送走的长子长女们，竟那么缺乏认识，缺乏理解。她真想扑入母亲怀中，将脸贴在母亲的胸前，感受母亲充满柔情的爱抚，然而她没有这样。她又一次控制住自己内心的冲动。为什么？为什么要时时控制住自己的感情？连她自己也不能明白自己。这种对自己内心里强烈情感的控制，不是造作的，也不是自觉的，更不是虚伪的，仅仅是一种习惯而已。不，她并否习惯如此，她从来不习惯如此。这是疾病。是的，是一种疾病，一种长期被生活禁锢所至的心理疾病。她是在完全不知不觉的情况下染上这种疾病的，它不损伤人的机体，却销蚀着人的心灵，它仿佛已成为她身体内的一种素质，溶入于她的细胞和血液中了。她希望有一天能从自己体内排除这种不良的东西，却常常对自己感到无可奈何……"

这一段虽然是说姚玉慧返城后的内心，却栩栩如生地道出了我多年的那种"焦虑"压抑的心境。反复咀嚼这段文字，内心的"焦虑不安"，仿佛在做B超时，医生令我长长的憋住气，然后允许呼气后，把长长的气呼了出来，顿时轻松多了。

练小楷毛笔字，并不是为了做书法家，主要使让自己在静态中运气调息。一开始，随意找些内容，觉得很无聊；有时候，悬腕站立十分疲劳，用笔粗的换到细的，笔尖常常开花；有时墨蘸多蘸少了，有些纸张大小、好坏的规格和滑润度不一，写出来的字十分丑陋，反而滋生了挫败感。常常写了揉成团，揉了再写，越揉越乱，越写越糟。此时的心情，如同睡实后被嗡嗡的一只蚊子在头上、耳边骚扰醒来，又对它无可奈何。

"瞎练"几天后，把笔、墨、纸、砚按小楷的要求选择好，专门抄写《菜根谭》全书（包含"原文""译文""人生智慧"），每天写两张废报纸，一般需要两个小时，雷打不动。这样的练习方式使自己全神贯注、心无旁骛。《菜根谭》的智慧像涓涓细流灌溉着我已然杂芜的心田。

用自己"对未来憧憬而不是沉绵于经历"的境界去读书，用自己边参禅与渐熟技法的方法练字，这种意境是以前的"忙碌"所完全体悟不到的闲情逸致，更可喜的是，又让我在生活实践中找到了一剂治疗"焦虑症"的神奇妙方。

古人说得好："流水之声可以养耳，青禾至绿可以养目，观书驿理可以养心，弹琴学字可以养脑，逍遥仗履可以养足，静坐调息可以养骸。"

《菜根谭》中"躁极则昏，静极则明"一文中说："时当嘈杂，则平日所记忆者，皆漫然忘去；境在清宁，则夙昔所遗忘者，又恍尔现前，可见静躁稍分，昏明顿异也。"

8月上旬的一个晚上，实在拗不过以前同事的热情，参加了一次聚会活动（在前两个月中，这种活动是绝不敢去参加的）。下午进行了两个多小时的打牌娱乐，饭桌上大家说起共事时趣事其乐融融，充彻着深情厚谊、谈笑风生，不知不觉到晚上8点多钟，仍然余兴未消，带着愉悦的心情驾车向家中驶去。回到家中兴致勃勃地记录下活动的全过程。

5个多小时，没有一点不适的感觉。

这是距离6月23日服药后一个多月（10mg的剂量服了不到20天）的难得一次开心的活动。活动过程中我的躯体反应正常，说明"焦虑症"的症状已经渐渐消失，身体像修理过的机器，已经基本上复原到正常的运转状态。

到了9月底，也就是服药后的3个月，身心健康可以说基本回归正常，似乎又重现了活龙鲜健的状态，拨开云雾见晴天，生活中的一切变得美好、光鲜起来，心情随之变得格外敞亮。

心情好了，看到的自然现象也随即自然起来。头上一顶花白的头发，感觉到是一种资历的象征；身体里不时蹦出的一些不适，像是交通道口的红绿灯，是保障安全的常规警示标识；读书中跟随着主人公的喜怒哀乐，品味出生活的精彩；写字时，偶尔写出了几个像贴上拓下的好的字会雅然的欣赏一番。

濛濛细雨清凉着我的心田，鱼塘里满目是欢腾雀跃的鲜鱼；餐桌上偶尔飞来的苍蝇，花圃里星星点点的野花，床上难得嗡嗡的蚊子，都觉得这是生命自然的跃动；妻子的喋喋唠叨，孩子的叽哩噪唠，似乎也已成了磁带里传出的美妙的旋律……

一切不再像病态中对各种自然存在的厌恶，一切都像日月星辰、山水奇异般的美妙；一切都不再使我惴惴不安，一切都让我古波不静、气定神闲；一切因怨引发的种种不如意的错念，像鬼影一般现于阳光下，唯有"只有心怀感恩的人，才能视万物为恩赐"而救赎着我。

这样久违的心态，在我2017年退岗后、病"愈"后有过，但这次体会得更为从容、更为充实、更为丰富、更为精彩。

肆虐的焦虑风暴过后，一切回归了平淡。

这次"焦虑症"的复发，判断和治疗是上海专家的点醒，但更多的是基于自己对其有了比较充实的认知、充分的准备，更主要的是在实践中去感知和求索，得益于"飘然面对"的精神大法。

这次复发，医生专家告诉我的只是"是什么"，专业书中读到的只是泛泛而谈，有的高深莫测，网上搜索的又使人莫名其妙。而真正的"怎么办"，需要自己在实践中去摸索和尝试，尤其是对"神经症样的疾病"，因为医生虽然"见多识广"，但却不知道每一个患者的真正的感觉，也不可避免的"张冠李戴"，何况个人的心理状态千差万别。一位心理学专家曾经说过：世上万物可能都有可以摸到的可循的规律，唯独人的内心是看不见、摸不着和猜不透、难以驾驭的活物。

3个月来痛苦的实践摸索，进一步丰富了我对"焦虑症"的认知和应对措施。

把"焦虑症"作为客人，不要把它视为洪水猛兽，在变中求不变，友好相处，尽力化敌为友。

世界上万事万物变幻莫测，"神经症样疾病"也是一样，其中的"焦虑病"也不是一成不变的。2016年被专家诊出我有"急性焦虑症发作"的征兆后，通过服药一年不到，自己采取一些相应的方法调整（前面文章中已都有详细的描述），渐渐有了好转，认为万事大吉，痊愈了，销声匿迹了。但是，当 2019 年 5 月初步完成近一年紧紧张张、忙忙碌碌的写书的任务后，一下子闲了下来，心里顿觉空空落落，像以前的那些躯体各种不适又卷土重来，大有"黑云压城城欲坠"的感觉和"狼真的来了"般的惊慌失措，虽没有狂风骤雨般的惨烈，却总有"绵绵细雨湿衣裳"的不爽；那种不适就像是身上的跳蚤或上或下，或里或外，躲又躲不掉，抓又抓不住，捏又捏不死，令人讨厌甚至狂躁；又似蚕食桑叶，已经渐有的健康心理和完书后的兴奋劲一点点地被蚕食掉了。

为了观察全过程，我开始备了一本"身心专辑"的日志，把身心的各种不适一点点地记录下来，以便自己对照、分析、思考和寻求对应的办法，有了一些系统的心得。

"焦虑症"，不要企图用"康复"和"痊愈"的光环去粉饰它，这是主观的、唯心的美梦，终究难以成真。因为它的形成，像一块常年累月置于荒野中的铁块，不知不觉慢慢地被锈蚀，即使通过磨砂和清洗也不可能恢复成原有的光滑。

"焦虑症"来袭，像夏天大雨来临之前，往往家中的墙壁会渗水一样，事先会有一定的预兆，虽然不像天气预报那么基本准确；又像是鬼子悄悄地进村，烟雾弹后可能是狂轰烂炸。

躯体的一些特征很明显（如果是初发，在不知道病症的情况常常会误断成大病来临）。

首先光顾的是"疲劳"：这种疲劳并不是劳动后、运动后或是睡懒觉后的那种，是一种琢磨不透、可能是随时随地、一般发生在早醒和黄昏的时候，眼睛常常失神无光，心中常常六神无主，走路拖拖沓沓没有一点弹跳之感，懒得动身和活动，说话、做事提不起一点兴致。

结伴而来是"咽喉不适"：经常干咳，说话声音低沉，嘶哑，有时好像是从大山里传出来的回音，瓮声瓮气，时常发生噎食（有时连喝一大口水也会呛着或难以下咽），由不得自己认为可能是患上了食道癌。

令人很难接纳的是"心悸"：散步时、睡觉时、开车时，它神出鬼没；心脏时而慢，时而快，快得像脱逃的兔子，时而强、时而弱，强得胸口生痛，弱得摸不着脉搏，它像一只天空时刻准备啄鸟的老鹰俯拾自如，天马行空，独来独往，毫无顾忌。总让我觉得是早博甚至是冠心病、心肌梗塞的前兆。

如果说"疲劳""咽喉不适"和"心悸"是领兵的将军，后面还簇拥着一批端着刺刀、喊喊杀杀的虾兵虾将；穿着迷彩服的"头晕"（尤其是手上抓着东西，不停地左右晃动的时候，比如说，握着锅铲炒菜时），炮兵轰阵地时身体在强烈震动下的战栗，铠甲般坚硬的便秘（有时也会像泄泻一般），烟雾弹过后的混沌，失败时的焦灼，噩梦连连下的失眠……令人防不胜防、胆战心惊。

这时的我，往往会像行走在沙漠中般孤独、饥渴、无助，像战斗在枪林弹雨中的新兵惊恐无措，像重度抑郁症患者一样心情压抑、阴暗，像溺水者一般想拼命捞到一根救命的稻草。

怕外出、怕开车、怕社交但更怕孤独，在矛盾中、斗争中、纠结中像钟摆一样左右不停地晃动，始终停不下来。

每当这个时候，如雷贯耳的大名叫"消极"的程咬金，也会半路杀出来凑热闹。

"消极"，很大一部分因素是由于长期的亚健康，尤其是焦虑状态下的折磨而形成典型的一种心病。它导致心情灰暗无生趣，汹涌如排山倒海而来，充彻着恐惧、疏离感以及令人可怕窒息的焦虑。长此以往，会引起充满慌乱的扭曲思绪，自觉思想被无以名状的潮流吞没，再也无法感受随处可见的生活乐趣，陷入一种麻木、衰弱以及奇怪的无力感，食物感官味同嚼蜡，各种希望灰飞烟灭，心中渐渐生出一种恐怖甚至绝望。

正常人所具有的兴趣、愉快、惊奇，只是偶尔像麻绳般的小溪，断断续续的流淌，这三种情绪虽然一直主宰着我正常的工作生活状态，而悲伤、厌恶、愤怒、恐惧、轻蔑、羞愧的负面情绪，却像瀑布一般倾泻如注，使自己像自由飞翔惯了小鸟突然被关进小笼子里拼命挣扎。

然而，这一次近 3 个月来，不管是各种躯体不适的骚扰，还是种种负面情绪的侵蚀，自从上海专家指出我"焦虑症"复发的可能后，我已基本上没有两年前的那样长期的"惶惶不可终日"的感觉，没有像没头的苍蝇般四处去碰壁乱撞。因此，也没有到医院做过一次检查，没有到医院看过一次医生，没有去翻找网上的垃圾信息，没有随意的用什么药物去"改善"。而是像一名有备无患、勇往直前的斗士，有的放矢地向着"焦虑"敌人的阵地冲杀，拼力杀出重围。

像打仗一样，有了主攻方向，关键就要靠战略和战术的运用。我的战略是要有"在敌人面前畏惧不前，结果只会使自己灭亡，唯有智勇双全才会占领高地"的精神支柱，我的战术是"长驱直入"和"迂回包抄"相结合。

"长驱直入"的方法就一个字——"药"。

首先是"心药"。"焦虑症"尽管会引起许许多多、难以琢磨、毫无防备的各种不适，但是一定要知道，这是很普遍的，是很多人共同具有的，基本上是不会影响生活，更不会踏上死亡之路。惊慌无济于事，只会引发更多的莫名的不适，一定要相信只是暂时的、会好转的。这个东西像鬼影一样，你越是怕，它越是跟你跟得紧，甚至要附着到你的身上。与其这样，还不如勇敢地回一下头，它就会怕你，就会完全在月光的映照下而逃之夭夭。

关键是"医药"。当"焦虑症"已经钻进你的躯体时，除了心理上藐视它，但又不要过高估计自己的精神战斗力。当一个人长时间处于亚健康状态时，平时以为坚强的精神如同赤手空拳的士兵，往往没有什么强大的战斗力。这种时候，如果过分依赖自己的"飘然面对"的方式去宽慰自己，就意味着在宽容乃至是放纵"焦虑症"这个任意蹂躏你的敌人。医学界普遍认为，治疗"神经症样疾病"，一定程度上还是要靠"药物"治疗的。尽管有些药物尤其是精神类药物的副作用对人体有一定的危害，但这种危害与疾病危害相比是微不足道的，尤其是在现在医学比较发达，药物在不断改良的情况下。当我的"焦虑症"复发后，我通过服用"草酸西酞普兰"，一个多月就明显得到改善，"三个月就已经处于药效的稳定期"（证实了药物说明中的这一点）。

"迂回包抄"的方法就是，知己知彼，以逸待劳。

任何病的产生，总是有其自身与他人不同的原因的：有的是遗传造成的，比如高血压、消化系统疾病、乙肝携带者易得肝癌等等；有的却是由于不良的生活方式和生活事件而后天人为所造成的。如果说先天的难以改变，那么后天的因素应该是自己必须或是通过努力力图克服的。

当然，引发焦虑的原因深不可测、千差万别，恐怕这是一两个专家或是一两本书难以说得清楚的。

对"焦虑症"而言，消除各种的诱因，应该是改变它的一种有效方式。

我长期工作在不断更新变化的压力状态下，因为这种惯性的生存方式，退岗、退休后，为了体现自己存在的价值和一直在寻求着的所谓生命的意义，力图想以"一年一本书"的目标成就新的自我。这样的动机是好的，但在实施过程中明显就有蚍蜉撼树的感觉，太自不量力了。文学本不是我的专业，工作过程中也不是我的主业，底子很薄；原来虽对生活的轨迹有一些记录，但大部分都是一叶障目、坐井观天的东西，很难被他人所接受，也经不住现实所检验。因而，写作过程中，像抹灶布一样，什么污物都抹进来，又像啃泥萝卜一样，揩一段吃一段。写着写着，往往把自己带到雾霾里、滑进深沟里、陷到沼泽里，一会儿兴致盎然，一会儿迷迷糊糊，一会儿又茫然失措。心情起伏不定，如二八月的天气，晴雨变化不定，常常令我处于烦躁和焦虑之中，坐立不安，心浮气躁。

明知难为而为，这是一种极其愚蠢的行为，如同只能秤起5KG的手提弹簧秤却要去秤10KG的物品一样，秤簧岂有不坏的道理。

有时候用一种"不服气""不服老"的勇气去抗争：已经很怕外出，却要勉强去开车、出差、游游、聚会；散步一小时打打太极应该是适合我这样的年龄比较好的方式，却偏要用专业运动员打乒乓球的方式连续打四五十局，像马拉松运动员一样去跑步几公里；退休以后，应该可以用陶渊明式的田园方式，悠哉悠哉地安排生活，却觉得这样的生活与退休前反差太大，用各种任务把自己压得死死的，没有时间娱乐、没有时间放松，一天到晚呆板的、紧张兮兮的、神经绷得紧紧的，独处的时间太多，交流自然、社会的时间太少。细细想来，有些时间和精力的投入，其实是毫无意义和质量的，只不过是做给自己看而已，大有掩耳盗铃、自欺欺人的感觉。

这样，一贯的紧张生活方式，很大程度上不自不觉地引发了内心的纠结而导致过度焦虑的萌发。这样去对抗"焦虑"的办法只会是碰得头破血流。

"久病成良医""好了伤疤忘了痛"，往往可能会使患有"神经症样疾病"的人，尤其患过"急性焦虑症"的人重蹈覆辙。

"疲劳"是亚健康者的一个共同特征，更是"神经症样疾病"的一个显著特点。面对"疲劳"，人们往往会凭传统的、自我的认知去对待它，比如服一些人参、药茶等营养的办法，可能会有一时的缓解，但并不能有效解决问题。关键是要弄清楚是什么原因导致的疲劳，如果是劳累过度，自然是多休息就能消除；如果是"神经症样疾病"，就要有对症性的药物，别无他法。我知道焦虑复发后，服药一个多月，原有的疲劳就再也没有发生过。因此，疲劳的缓解方式必须因情而宜，在这一点上，我走过很多弯路。

我喜欢喝酒、喝浓茶。喝酒助兴，培养生活乐趣；饮茶提神，使人神经容易兴奋。有时间写作、看书困沌时，冲上一杯浓茶，顿时让自己变得清醒起来。这3个月中，我做过多次反复的实验：晚上喝酒后，下半夜清晨醒得早、烦躁；平时喝浓茶（红茶、绿茶、乌龙茶都试过），一刻钟后马上会心悸、不安，对睡眠有很大的影响。原来的嗜好，一旦身体好转就想重拾旧趣，不离不弃，结果对身心健康招来了伤害。

初发"焦虑症"，通过适度治疗好转后，"痊愈""康复""健康了"，使我对原有的痛楚逐渐遗忘，写它时往往以一个局外者的身份去记忆，仿佛与我并不相干，这次"复发"使我铭记刻骨。对待"焦虑"，虽然恨它但不能怕它，虽然会过去但不能忘记，虽然不会死亡但不能藐视。否则，会误导自己，甚至会让自己"吃二遍苦，受二荐罪"。要在人生旅途中等待，在丰富生活中接待，在健康道路上学会记忆、分析、思考和判断，找到适合自己的正确的方法。

时间可以淡化过去，时间也能重复历史而启迪新的人生。

从6月份起，我对自己身心的各种比较明显的不适，用一本台账详细地记录。

记录过程中寻找适合自己的方法，同时清醒地认识到，不能有"焦虑是个框，什么都往里面装"的错误做法。以前，我没有认知"焦虑症"，凡身体不适都认为是器质性病变；诊出"焦虑症"后，走向了一个极端，认为凡身体的各种不适都是因为它的原因，这3个月来，我渐渐学会辩证地、实事求是地去看待它。

每个人每个年龄阶段都有可能发生一些器质性病变，像受凉后感冒，破伤后发炎一样，稀松平常。何况，年龄大的人，机体渐渐衰退，出现器质性病变再正常不过。如果将一些器质性病变仍然视为"焦虑症"的一部分，那就会步入歧途，对健康是不利的。

比如，我一次腹泻（这也是焦虑可能引起的一种普遍反应），自己觉得可能是多食螃蟹引起的，我当晚服了"肠炎宁"后很快就好了，这样的例子很多。

对待"焦虑症"中的一些躯体不适，还是需要配合一些治疗器质性病变的治疗方法。比如，对待皮疹反应，我配合使用"地塞米松软膏"涂抹后，两天就解除了令人骚痒难忍的痛苦。

"焦虑症"不管"初发"还是"复发"，用药是必须的一个治疗方法。不能挑战自己的耐心和信心，这样在特殊阶段可能是有害无益的。虽然有些精神类药物会有各种不同的甚至有可能是强烈的反应，其实，应对它，这本身也是对自己耐心和信心的一种挑战。对于服药的时间（早晨或晚上）、服药的剂量（5mg、10mg、15mg、20mg）、副作用的反应情况、要不要配合服用"阿普唑仑"等等，医生也说不清（我接触过诸多医生，几乎都是一样的说法，要靠你自己判断），只有自己凭观察、记录和感受去判断。服药要有1~2年的周期，像我2016~2017年服了几个月就停药（当时只为了减少副作用，并不是为了省钱），今年的"复发"就是对我自作主张的错误行为的一种惩罚。

"服药"虽然是一个必要的措施，但"飘然面对"的健康心态和积极方式也是一个十分关键的要素。

在自然中摸索自我的"飘然"心境，是比较适合与"焦虑"友好相处的情态。

飘然心境的培育，不是像风吹树叶升空的一般自然，晴朗的天空也不会一成不变的，像彩云飘飘那样赋有色彩和美妙，而是要在生活的实践中，找到适合自己的方式去修炼和锻造。

走出家门，驱散孤独，飘向自然，比如开车、钓鱼、旅游、散步；社交聚会、访亲走友，改变离群索居的陋习，喝茶聊天，轻松地记忆和传播那些闲趣逸闻；用时间消磨，用时间等待，用时间观察，用时间记忆，改善总想对什么不顺心的问题或急于知道答案的事，那种毛毛躁躁、一蹴而就的草率和盲动；多读一些《阳光心态》《哈佛幸福课》和《做人与处世》一类极赋正能量的书刊和一些情节跌宕起伏、引人入胜的小说，坚决屏蔽网络类的垃圾信息，尽量减少以前那种"学以致用"的压迫感，这样一定程度上可以驱散心中的阴霾，唤醒乃至可以驱动自我的良好心态；多看一些喜剧性、娱乐片甚至是少儿片；静静的练字，默默的笔耕……

一旦找到适合自己的方法，选择少数几样或是一两样可以出成果的方式，坚持去做，让自己有获得感、成就感，这样也许可以真正让自己飘然起来。

正如苏霍姆林斯基所言：人的内心里有一种根深蒂固的需要——总想感到自己是发现者、研究者、探索者，在儿童的精神世界中，这种需求特别强烈。但如果不向这种需求提供养料，即不积极接触现实和现象，缺乏认知的乐趣，这种需求就会逐渐消失，求知兴趣也与之一道熄灭。

神经症样患者（尤其是焦虑症），就应该在时间和实践中，以儿童般的精神，不断去补充有用的养料，做一个真正的发现者、研究者和探索者，以此去"飘然"生活。

亚健康的人一旦真正飘然了，就会渐渐悟透宋代禅宗大师青原行思的"三重境界"——参禅之初，看山是山，看水是水；参禅有悟，看山不是山，看水不是水；参禅彻悟，看山仍是山，看水仍是水。

神经症样患者，如果能够飘然到"参禅彻悟"的境界，那一定能够峰回路转，柳暗花明，快乐人生了。

验　证

"各位旅客，本次 G360 次列车，是由上海开往西安北站，请在南京上车的旅客核对好车次，以免坐错影响您的行程，车门马上就要关闭。"

10 月的一天清晨，秋风徐徐，微带凉意，飘来阵阵的浓郁桂花香味，深深地吸上一口，直入肺腑，沁人心脾，情绪随之变得舒畅起来。我和夫人一早起床，背上行囊，直奔南京，开始了西安之旅。

列车开始徐徐滑行，不知不觉中，对面停泊的列车、不相识的旅客以及静静而挂的站牌风景，从眼前瞬间倒去，一场酝酿已久的旅程就这样在车轮有节奏的咣当声中拉开了宽大的帷幕。

一会儿，列车就如脱缰的野马狂奔起来，风驰电掣。未及留神，窗外辽阔坦荡的田野平川，挺直茂盛的大树小草，远方若隐若现的绵延群山，在视线中一一飞奔登场，又转眼呼啸而去。宛若一帧帧流动的风景，看似雷同，却处处闪动着活跃的美感，又好似一幅幅徐徐展开的水墨画卷，总有意想不到的惊喜呈现，或枝头扑棱而起轻盈飞鸟，或荒原不知名的惊艳花朵，对终日在城市逼仄空间中长时间生活的人而言，一份久违了的清新与自由扑面而来，尤其使我这个长时间被亚健康滋扰闭门伤感的人来说，如脱笼之鸟，自然雀跃起来。

看够窗外的美景，低头凝视落坐一尺见方的地儿，已然是自己的独立王国。静坐一隅，除偶尔与夫人絮语，大可不必理会四周的吵闹喧嚣，也没有打牌聊天之劳神费己，让沉默的静思成为此刻的最佳状态。平日里那些难以割舍的情感，那些无法跨越的难关，那些不肯放下的迷茫，何不借这窗内外的短暂闲暇做个安静的梳理。

人处喧世，本就是一场独自的修行。

放眼望去，那平素不太留意的蓝天、白云、高山、流水，似乎都展现出别样的美，甚至连空气用力一嗅，里面也夹杂着好闻的青草气息！

是这一刻美景非同往日吗？略作思忖后马上得出了否定的答案。一直以来，它们都是这样质朴无华地存在着，平凡自然得如同我们的呼吸一样，以至于快要让人忘却了它们的存在，转过身去寻找更多自以为是的美丽和所谓的幸福真是有骑在马上找马的错觉。

外出旅行，对于常人，无疑是一种新奇的等待、幸福的追寻。

几十年来，对于我这个一直处在亚健康的人说，因为不时出现莫名的躯体不适的反应，时有被大小便憋着难受、尽力寻找安静躲避喧闹、怕"有去无回"的那种杯弓蛇影的紧张和恐惧，简直是一种折磨，煎熬难耐。

静坐在列车上，观赏着掠过的美景，目睹着旅客脸上流露出的美妙，自己的心情似乎没了以往的紧张。

上车、坐车、游览美景和笑靥使我一直亚健康的灰暗，像雷雨天气、电闪雷鸣、大雨倾盆过后的心情，渐渐变得敞亮起来。

一下火车，紧接着长时间坐大巴，穿梭在古都人车拥挤的大都市，一点没有急需下车、急需如厕、时时关注自己身体有可能不适出洋相的难忍。到了景点，花团锦簇的场景、导游妙趣横生的解说、游人如织的欢声笑语，吸引着我，感染着我。西安"biangbiang 面"长长的、粗粗的、宽宽的面条勾得我馋涎欲滴，饥肠辘辘。简陋拥挤闭塞的快捷酒店也使我觉得如家一般的温馨……

虽然，在车上、在景点、在宾馆，偶尔会觉得脑子里一直在想着什么而心思难以放松；梦中，身后偶尔会有什么影子在追着我晃来晃去……似有一根无形的绳子在紧紧的捆着我，难以动弹，放松不了。

这是什么呢？

坐在从西安返程的列车上，才想明白，原来依然是"亚健康"折磨我多年的似蛇一般的井绳，是"焦虑"引发长期恐惧的魔症。想着想着，渐渐强烈起来。本可以在车厢软椅上斜躺着美美地睡上一觉，但上眼皮和下眼皮像仇人一样，总扯不到一起。

迷蒙中，耳边响起了一个低沉的吟叹：可悲，可叹。扭曲的魂灵执拗地去拥抱完美。执拗的灵魂啊，它像一头走失在荒野之上的羔羊，咩咩叫着，前后茫茫，左右苍苍，于迷津中不知向何处归去。它时时绝望，在绝望的痛苦的压迫下扭曲着、翻滚着……

"咔嚓咔嚓……"是什么声音，像老鼠磨牙一般。

睁眼寻去，原来是旁边夫人津津有味在嗑瓜子。

挺直身子，打了个哈欠，顾盼左右，张望前后，车厢里的乘客有的欣赏着窗外的美景，有的沉浸在手机、电脑的视频中……

"人应该忘掉自己过去恨过的一切，比如恨过自己无奈的亚健康痛态，人不应该生活在怀念之中，人不应该靠回忆生活，尤其不能总是回忆生活中带来的痛苦的模样，不管那种回忆多么影响人。也许只有对生活绝望了的人，才靠某种回忆过日子吧……活在当下，才能追寻幸福。"这好像是身后年轻人电脑里传出来的台词，朦胧中的我逐步醒来。

不知不觉，列车停在了家乡的站台。"灵魂"与"回忆"的思索随着继续向前行驰的"和谐"号列车渐渐远去。

西安之旅，虽仍有些许以往出远门的忧愁，但更多的是放松和安宁。

"焦虑症"好了吗？西安之旅的验证，我的答案模糊不清。

想再进行一次远行的测试。

时隔半月，借探望大舅子的机会逛了一趟北京。

北京，我去过多次，印象最深的还是在清华大学和国家教育行政学院为期两个月的进修学习。期间，坐车、吃饭、睡觉、学习中的"焦虑"状态，每每想起，依旧胆战心惊。

这次，似乎与以往收获知识、记录痛苦有点截然相反，捕获着满满信心，驱除了"亚健康"的阴霾。这是一次心灵的遨游，这是一次肉体健康状态的考证。

几年不见的大舅子是海军军官，前两年被确诊为胃癌中晚期，胃里被切除一大半。初见他，虽有被病魔折腾过的迹像，到车站接我们时，仍体态轻盈，步伐铿锵，脸色红润，言谈举止，妙趣横生，一如往日，没有丝毫的消沉、颓废。

并行叙谈，瞟着他的姿态，觉得我明显的猥琐。

我，仅仅是"亚健康"的状态，对生活和工作并没有什么大的影响，却始终把自己当个病人、废人，悲天悯地，怨世不公，斥问苍天，为什么痛会降临到我这样好人的身上。

"老弟，生病与人品无关。我知道，你为我的家人付出了很多，代我这个在外的哥哥尽了心出了力，你是一个大好人。我得胃癌，经常住海军医院，接触了很多的病友，明白了一个道理：没进医院的未必就是好人，躺在医院里的未必就是坏人。别以为生病、进医院就是报应，恰恰相反，我所遇的绝大多数病友都是好人，有的是大好人。但是疾病还是找上了他们，而在社会上，许多人尽管灵魂腐朽，身体倒十分健康，他们成天胡吃海喝，巧取豪夺，荒淫无度，卖官买官，官商勾结，不知廉耻，却好端端地活着。近几年，我们部队就挖出了好多这样蛀虫式的坏人……"

到底是北京人，到底是大军官，得了重症，饱经沧桑，竟有这样的人生感悟，他的话分明是洞穿了我的心思。

"所以我一直相信，人类的灵与肉是绝对相互分离的。所谓的灵肉合一只是一种理想境界，是人类的善良愿望而已。"大舅子在我沉思之中冒出了一句醍醐灌顶的哲语。

我那所谓的"灵肉合一"的完美主义的执念，才导致了对平常的"亚健康"状态的困惑和焦虑。

与君一席话，胜读十年书。他的一番敞亮话点醒了我这个"焦虑"的梦中人。

行走在零下5℃的室外，一点也不觉得冷，也许北京的冷与南方的冷不是同一种模式，也许是马上到家中会有暖气的一种预热的缘故吧。

在北京的几天里，舅子家中、宾馆里的暖气始终包裹着我的身心，暖意浓浓。带着这种情绪有意识的外出，检测自己的身体状态。

在天安门拥挤的人群中，一点也不觉得有往日对喧闹的恐慌。

在王府井美食餐厅低矮的廊道中游动，一点也没有滋生往日那种窒息般的紧张。

在毛主席纪念堂瞻仰，暗色中慢慢蠕动，心情沉重悲凉，但没有一顶点的压抑，唯有对伟人那种崇尚的敬仰。

……

意犹未尽地坐在从北京返乡的列车上，我思潮涌动。小说《民企高管》中，一位高管有这样一段精深的感慨："在企业管理中，情绪管理是核心，目的决定意识，意识决定情绪，情绪决定行为，行为决定结果，情绪管理是绩效管理的重要组成。"

人的身心管理与企业的绩效管理不就是一个道理吗！

作家史铁生在《我的丁一之旅》中说："一个痛者、残者，其苦闷并不全在残病，主要的是随之而来的价值失落。"

我开始在搜寻着读过的书中的一些影子：昨天还健康潇洒的一个人，一不小心就成了处理品、劣质品了，一颗伤感的心如片片秋叶散落。一个人的情绪好坏，直接影响着身体健康。人的病与心态有很大关系，心态的比例为60%，而医生的作用为40%。明代朱权《活人心法》说得好："盖心如水之扰，久而澄清，洞见其底，是谓灵明。宜乎静可以固元气，则万病不生，故能长久。"心主宰人的精神、理智与一切行动，心之道在乎平静，静则能长寿。所以，最好的医生是自己，自己爱自己；最大的敌人也是自己，自己伤害自己。最好的心情是平静，一颗平常心，胜过万灵药。正所谓"正气存内，邪不可干，"好的心态，人体能把全身各系统的免疫力充分调动起来，形成极为强大的抵抗病菌的阵势。

怎样保持一个好心态呢？

我忽然想起前几天大舅子在微信中发来过这样一段话：

哲学家说："你的心态就是你真正的主人。"生活像镜子，你笑它就笑，你哭它就哭（其实，人与人相处也是如此）。你正确对待自己，使人生的定位到位不越位，也不错位。正确对待他人，坦诚关爱；正确对待社会，永怀感恩之心，那么他们会以同样的态度对待你。提高你的人生格局，让心境似"千江有水千江月，万里无云万里天"一样清澈。其实，人和人之间，基因有99.9%是相同的，体质体能的差距也有限，正是"生相近"，但人生的道路和结局却有天壤之别，正是"习相远"，原因就在心态不同。心态是健康、生命和人生真正的主人。做自己心态的主人，你就是永远健康的人。

这次北京之旅，不光是观光之旅，也是身体验证之旅，更是一趟心灵之旅。

这次之旅，检索出我的身心健康已经基本恢复到了常态。

一次同学聚会时，好多同学羡慕地说，你的脸色，比以前好多了，红晕了许多，精神得像个小伙子，好像迎来了第二春……

一次学术报告中，我站在讲台，一口气抑扬顿挫地演讲了40分钟，没有稿子，没有卡壳，没有慌乱，没有紧张，展演着丰富的肢体语言，不时引发台下的笑声和掌声……结束后，一位领导赞许地说："金牌演讲，像你这个年龄有这么惊人的记忆力和激情，还很少见……"

再一次返聘，走上工作岗位，一天下来忙得像只陀螺，却不觉有一点疲惫的感觉……

每次打乒乓球，一打就是连续两个小时左右，生龙活虎，仿佛又回到了年轻的时代

……

人的言语可以粉饰。

人的表情可以掩饰。

人的角色可以装饰。

唯独人身心健康的状态在生活中才可体现真实。

西安、北京之旅、生活实践的验证得出基本结论："焦虑症"渐渐离我远去。

完美主义神经思辨说

俗话说：撑死的都是贪吃的，淹死的都是会水的，什么事情过于热衷，浸淫其中，往往就会在这上面栽根头。就像人身上的一根神经断了，就会失去生活上的某一种功能。又如，猛然间，酒鬼突然断了酒，烟鬼突然断了烟，官瘾十足的人突然失去权力一样，心里空荡荡没着没落了。

这时候的人的身体状态，要么是亚健康，要么是真的生病了，浑身不自在不舒服，整天焦虑万分。

"你之所以患上了'急性焦虑症发作'，可能是过于追求完美的缘故，这根神经绷得太紧了。"这是上海长征医院专家对我的诊断结论。

"你从教语文，当班主任，到经商做厂长，再到当书记做青年教师的思想工作……在学校的 10 年，样样做得在全市都有一定名气，太不容易了。"

"你把一个人际关系昏天黑地的学校治理成一所省里的名校，这是一般人难以做到的。"

"你的办公室主任，勘称是全市五十几个部委办局中的第一。"

……

这是人们对我当面的评价，尽管我知道不乏恭维的成分。

"你整天没完没了的看书、写东西、上班、想心思，活得太累了，心事太重了。"

这是夫人对我的埋怨。

评价也好，埋怨也罢，我听了这些却沾沾自喜地认为是褒奖，而不知其中暗含潜在的批评，心里美滋滋的，乐此不疲。这种所谓的"完美"，使自己的神经高度紧张，忽视并失去了对丰富多彩生活的乐趣。

我给自己设定很高的目标，对自己要求严苛。从小到大就是这样，什么东西都想做到最好，什么事情想拿第一。我觉得这也没什么不好的，除了有时候觉得压力的确有些大以外，对自己要求高确实也使我取得了一些成绩。

我要求自己的事情按自己的想象发展，否则就感到不完美。在做一件事时，如果事情的发展和我预想中的不一样，做到中途我就不想做下去了，甚至想放弃。事情做完之后和预期的不一样的话，还会觉得很失败，不完美，是一种遗憾。

我总是对要做的事情在脑子里反复演练或者在做事过程中反复检查。几乎每个细节都要考虑到，并预想一些可能会产生的突发情况，想好各种应对措施，不至于太过慌乱甚至失败。

我对想法和程序十分看重。把自己的家里、办公场所整理得井然有序，从不把东西乱放，用了以后及时归位，对别人的杂乱无序一点也看不惯。

我特别在意别人的想法，尤其惧怕领导和长辈的否定。

我的标准是"我不追求最好，但是绝不能比别人比我的前任差。"

紧绷的这根神经也许就是所谓的完美主义。这种完美主义是别人的强加还是潜在的因子，是好是坏，我只是在生活中朦胧觉知，在实践和心理上不断地进行着激烈的矛盾冲突，并没有什么明确的理智思辨。

我国第一部《完美主义研究》著作，渐渐地把我带进了这个陌生的领域，如同走出漫漫长夜隐约看到一两颗晨曦的星星一般。

我试着用《中文 Frost 完美主义问卷（CFMPS）》《消极完美主义问卷（ZNPQ）》和《积极完美主义问卷（ZPPQ）》（以下简称 CFMPS、ZNPQ 和 ZPPQ）（见附录）自陈量表对自己分别进行了测试，得出了初步的主观结论。

A. CFMPS（26 个项目）

（注："平均值"是对现在大学生样本测研所得，下同）

分值统计：

总分值 91（平均值为 80.5±13.13）

其中 5 个维度分值

①担心错误 17（平均分值 11.5±4.9）

②父母期望 10（平均分值 13.6±5.1）

③个人标准 23（平均分值 18.7±5.2）

④行动疑虑 11（平均分值 12.2±3.8）

⑤条理性30（平均分值24.4±4.8）

初步判断：

1. 总的情况说明消极完美主义倾向不明显（注：①+②+③+④总分≥77分，为消极完美主义；>77分<69分为有消极完美主义倾向）。

2. 条理性维度为30，高于平均值（注：这一维度测量积极完美主义）。

B. ZNPQ（38个项目）

分值统计：

总分值144（平均值　114±20.8）

其中5个维度分值

①极高目标与标准16（平均值20.6±4.8）

②害怕失败22（平均值15.6±6.3）

③犹豫迟疑34（平均值25.4±7.3）

④过渡计划与控制29（平均值22.6±4.6）

⑤过度谨慎和仔细43（平均值29.2±7.2）

初步判断：

统计分值与平均值比较，说明有一定"消极完美主义"倾向。

C. ZPPQ（26个项目）

分值统计：

总分值89（平均值94.39±14.68）

其中3个维度分值

①积极的自我期望38（平均值41.91±7.76）

②积极的条理性33（平均值30.69±6.5）

③积极的自我评价18（平均值21.34±4.99）

初步判断：

1. 积极完美主义比较明显。

2. 条理性是我积极人生的一大优势。

通过A（CFMPS）、B（ZNPQ）和C（ZPPQ）问卷自测，在完美主义的统计学自我分析上，得出两个初步结论：

一是我具有完美主义的双重性——即完美主义消极（非适应性）和积极（适应）的两面性。消极方面表现为担心错误、过分追求细节，害怕失败、犹豫不决，过分强调计划性、担心别人负面评价；积极方面表现为追求卓越，期望成功，有积极的自我评价，做事条理，行动果断。消极方面缘自消极动机（以回避为特征）；积极方面缘自积极动机（以趋进为特征）。这两种动机你中有我，我中有你，双重并进。

二是通过三类问卷的比较分析，我属于"高积极——高消极"的"冲突型"的完美主义者类型（注：完美主义另两种类型是，"高积极——低消极"的"活跃型"；"低积极——高消极"的"神经质型"）。在积极完美主义问卷上得分较高，在消极完美主义问卷上得分较低的属于"高积极——低消极"的个体，最少受到焦虑和抑郁等消极情绪的困扰。

而我的得分看出，积极方面不太高，消极方面也不太低，这种"冲突型"的完美主义把完美主义"严苛、不完美、反复、秩序、惧怕"的显著特征，不知不觉地在生活过程中演化为固定的思维和行动模式，必然就会受到"焦虑"的侵扰。

这种侵扰使我长期受到莫名其妙、五花八门的身心摧残。

这种侵扰也因为"完美主义的理念"，使我在隐忍中保持着一种如熊熊烈火般的趋进向上的积极动机。

"冲突型"的完美主义，消极和积极的双重性在我体内已经铸成了一种个性特质。在小时候，父亲的"规规矩矩"做人做事的潜移默化已经深入骨髓；成人后，我曾演过的锡剧《吹灯试笔》中"娘"的教诲，"教儿小禾生，识字三千整，文章祭父坟，九泉之下也心甘"的唱腔已经铭刻心中；求学时期，毛主席"做一个有道德的人，做一个纯粹的人，做一个高尚的人"的谆谆教诲已经成为我力求做好人的文化底色。这一切，在我工作和成长过程中一直是沿循着这样的一个轨道前行，想要改变，很难甚至是不可能的，就像我体形长得像母亲，内心潜质像父亲，这是从胎里遗传的一样。

我的问题根子在于追求"高大上"的积极动机过于强烈，使得在"害怕失败"中徘徊，"难以抑制"的"不完美焦虑"同样也非常强烈。没有发现自己的这种痛根，没有在积极和消极中找到方向和平衡点，导致有时走路都跑错了方向，往往也会好心却无意识地去做了一些使自己悔不当初的事，或事倍功半，或事与愿违。

我想，许多人都会犯这样的错，就像现代人常常犯这样一种迷瞪，是病不是病，姑且暂时称之为"电视病"的夜迷离症。坐在沙发上看电视，看着看着就给睡着了。你如果在旁边将电视关掉，入睡者便会猛然间又给惊醒了，再继续让他看，不多一会儿又给睡着了。要说困可能也是真的有点困了，然而卸衣解带真的上了床躺下要想睡，却又辗转反侧睡不着了。

人往往在这样"迷瞪"式的困惑之中，云锁雾霾，随着时间的增长会变得麻木，会渐渐地失去毅然决然的勇气，被堵的精神壁垒会越来越厚，被锁的灵魂在无形的坚甲之中越来越没有抗争，因此而时刻感到痛苦像利刃般尖锐，另一方面，又很想逃避难以治愈伤口的现实。

积极与消极的失衡，也许就是所有"焦虑症"神经质的根源。

以前的几十年，这个困惑让我整天惴惴不安。有针对性地研读了《完美主义研究》专著后，渐渐释然，情绪颇佳。就像病人找到了病根，挠痒挠到了痒处，困扰我的心结慢慢打开，心情豁然开朗，原来并没有什么大不了的事情。

以前的几十年，尤其是在近几年，其实，我已经在有意识地寻求"积极与消极"的平衡点，但总是零零碎碎，自说自话，反反复复，很不得法。

一心只是想着，如果我改变那些"不完美焦虑"就好了，经过尝试，这其实又是在给自己"树立过高的目标追求"，反而使在"怎么还改变不了"的失败中产生新的"焦虑"，仿佛又回到了原点。因为我在做的是"过度积极"的追梦行动，因为一个人的"个性"一旦形成，想要改变几乎是不可能的，是徒劳的。

《完美主义研究》告诉了我：不是改变而是改善。

我忽然想到，读过的小说《首席医官》中有这样一则故事。

韩国苹海电子集团（世界上最大的电子科技公司之一）董事长崔宰昌是集团的掌舵人，胃得了很严重的怪病，怎么治都治不好，其症状主要表现在胃上。

其孙女的好友曾毅医生经过望闻问切，一下子就找到了病根。他说，崔老先生的病，根本是自找的。他这个人太刚愎自用，认为只有自己是完美的，总是质疑别人的一切说法，甚至家人的善良都会拒绝，听不进任何意见，也容不下任何人和事。在中医里，胃属土，主受纳，不吝食物好坏，胃都会接受并且想法将其消化处理掉。但当一个人不再接受外物的时候，他的胃自然也会停止受纳，将食物拒之门外。

他判断，这是一种领导病。

常言道，地之秽者多生物，水之清者常无鱼。

胃如此，人也如此。人要是不会包容，就会厌恶，你看不起所有的人，所有的人也会视你为异物，对你进行排斥。一个人过于讲究消极的完美，那他就不会有真心的朋友相伴了。

崔老先生对曾毅的话并没信服，病更甚。

有一次，崔老先生偶经佛堂，听到了一位老和尚讲法："如今世人为名忙，为利忙，皆道自己不幸福。为了寻找幸福，他们换车、换房、换老婆，换了之后却并没有幸福……这个痛根就在于一个'满'字"。

崔宰昌一下被吸引住了（以往，他从来不会专心地去听一个人讲道理），觉得老和尚这个说法倒是非常有趣。

"因为一个'满'字，使人会变得抑郁、厌恶，自己明明是幸福的，反而使自己觉得太不快乐、太不幸福了。这就必然会像'红斑狼疮'的患者一样，自身的免疫系统生了病，并且一直被它攻击着……你要知道，世界上有几十亿人，不可能每个人都跟你想的一样。"

崔老先生仿佛大彻大悟，急切地请教老和尚，很虔诚地寻求化解之法。

老和尚摇了摇头："施主这个苦恼，医者不能救，佛祖不能救，鬼神亦不能救。一切福祸，皆由心生，你只能自己救自己了。"

老和尚不忍心崔宰昌的茫然失措，闭目念道："六祖悲能大师曾经说过，一切福田，不离方寸。要知世间种种福缘，皆要从内心去求，内心之外，绝无任何福田，向外求，是不可能求到幸福的。在自己的内心种下了什么，就会收获什么，种福得福，种祸得祸。"

崔老先生恍然大悟。卸去董事长职务，不日病痊愈。

这则故事告诉那些过分追求完美之人：改变是不可能的，改善是有效的；宗教（抑或是心灵鸡汤）是在改善过程中寻找平衡的一剂良药。有一种研究表明，崇尚信仰的人消极完美主义倾向相对较弱，因为它使人在积极和消极完美主义的胶着中努力向积极的方向驱动和改良。

回眸自己的人生经历，尽管是无意识的，但我在这方面是有一些成功的"改善"的。

离开大队干部的行列，重返教师队伍，改善了"基层工作难以适应"的焦虑。

三次高考，终于录取教育学院，改善了"8年临时工"的待遇。

放弃企业厂长的法人资格，改善了"经商不精明"的境遇。

毅然辞去校长职务，甘做一名普通的机关工作人员，改善了"教学并非我的专长"的短处。

避开我工作了 20 多年的大本营,改善了"沿袭制政治生态使我缺乏政治背景支撑"的迷茫。

坚决离开某重大工程指挥部副总的岗位,改善了"惶惶不可终日"的辛劳。

……

这些"改善",现在回想起来,极大程度地改善了"不完美焦虑"的神经质,尽管是很了不起的重大人生抉择,不可能去完全"改变"。

当然,在人生经历中力图改变"不完美焦虑"的蠢事还是很多的。

对完美的"改善"也好,"改变"也罢,雾里看花,似有非有,这便是人生。如人随年龄增长,亚健康状态,似病非病;又如人的生活规律,时梦时醒,这再也正常不过了。

人生太顺了没啥意思,好比嗑瓜子,嗑一个丢在嘴里,咂巴咂巴挺有滋味儿,大把大把地咀嚼反倒不知味了。就像天天吃大鱼大肉,吃得没了味,没了心情,偶尔来一顿粗茶淡饭,反倒觉得新鲜至极。

人要悟透成功者与失败者之间的差异。成功者始终用最积极的思路、最乐观的精神支配和控制自己的人生;失败者则刚好相反,他们的人生是受过去的种种失败和顾虑所引导的。

《解人颐》中云:"终日奔波只为饥,方饱饮食便思衣,衣食两般皆俱足,又想娇容美貌妻。要得美妻生下子,恨无田地少根基,得到田园多广阔,出入无船少马骑……若要世人心里足,除是南柯一梦西。"这样的成功都不快乐,赚钱都不幸福,热闹都不充实。

这就是"改变"式的完美主义的不完美,犹如"带钱入棺材,死也不光彩"。而"改善"式的完美主义求完美的方式,犹如是在心灵深处似乎是一片荒芜的田地长满了杂草中去感受生活的乐趣,要想清除旷野里杂草,唯一的办法是在上面种庄稼;要想清除灵魂中的杂草,唯一的办法是进行人文教化;要想在生活中清除杂草,唯一的办法是慈善利他。

"改善"式的完美,要有"打牌的心境"。

入局斗牌,必先练品,品宜镇静,不宜躁率,得勿骄,失勿吝,顺时勿喜,逆时勿愁,不形于色,不动乎声,深涵宽大,品格为贵,尔雅温文,斯为上乘,必有其福,自得其乐。

漫游 2019

2019 年，是我退岗的第三年，退休的第一年。

这是一个有点特别的一年：生活有规律，居家时间多，外孙女暖心我，写作时间长，阅读量很大，应对亚健康又有了新认知，开启了新的领域工作……

每年要做些什么我都会有一个大致的计划安排，达成度一般也比较高。今年却有点特别，缜密的计划，预设的美好，并没有在生活中如实的呈现，计划难以应合变化，年初的计划只实现了一半，另一半并没有随意我的主观愿望，其收获却又远远超出了我的如意算盘，似在朦胧之中遨游了一派新的光景。

规律生活，自在安适。

早晨，6 点多钟起床，是我一直保持的习惯，喝一杯温开水，准备一家人的早饭，一般是粥、煮鸡蛋、点心和小菜。外出快步走 1 小时左右，顺带买好一天的菜，回家早餐。上午，一般走步或乘公交到学会上班，或写作或参加活动，中饭后看电视新闻，休息 1 小时。下午，看书或写作 1 个多小时，接外孙女放学后，有时陪她游戏玩耍，有时约人打 2 小时左右乒乓球（每周 2~3 次）。晚饭后，陪夫人散步 40 分钟左右，用一节课时间与外孙女一起背诵古诗，写日记，或看书，或看 1 小时左右电视，喝杯温开水，10 点 30 分，洗漱上床听音乐。

每到双休日，只要天气好，周六一早开车回老家，有时垂钓，有时做点小农活，有时与朋友、兄弟掼蛋，有时会亲访友小酌……换地换景换来好心境。

小时候在乡下，遥望城市的亮光，心驰神往。在城市待久了，路灯、广告霓虹灯，再加上所谓的夜景工程，把城市的夜空变成了印满尿渍、斑驳陆离的旧尿裤子，再也看不到明亮的星辰和寂静如洗的夜空了。

"久居樊笼中，复得返自然。"这是陶渊明的诗句精华，至今仍让人读出生命的鲜活和喜悦。离开了城市的烟尘、噪声、尾气和喧嚣，让人升腾起倍感疲惫后的清新。来到乡下，驱散了城市里钢筋水泥中散发出来的熏蒸着人们的燥热之气，立感通身舒坦。尤其夜晚聚在老家的楼上的露台，天夜平阔，微风习习，庭院里，棚架下，石桌旁，友人酌，聊天下，下象棋，打扑克，谈生活，说故事，一把蒲扇、一杯清茶、一支香烟，悠哉中无比惬意。这是一种心灵的复原、人性的回归。若有意在土丘碧水畔漫漫步、观月色、听蛙鸣，更是神清气爽。有人说：神仙做人是痛苦，人做神仙是幸福。许多文人墨客把这种福归成为亲近山水、复归自然，这其中的奥秘只有亲身体验后才会明白。

如此规律的生活，一天一天，时光飞逝，浑然不觉，自在安适，静谧幽闲，快活似仙。

居家时间长，领略好风光。

家，原来对我而言，只是饭店、憩息地、旅馆，恍如匆匆过客。少年时，不是上学就是在外面与小伙伴玩游戏、放牛、打篮球，母亲总数落我是"外面人养的"；工作时，独居生活10多年，晚上经常加班到深夜；进入机关，作息基本常态，一般晚上还是活动在外，要么赶工，要么唱歌、跳舞、喝酒、侃大山，把充沛的精力耗费于无聊的应酬；即便是节假日，也不愿杵在家，难得在家，如坐针毡，人在心不在，浑身不自在，家务懒得去做，家人不屑去聊，唯有生病的时候才会"赖"在家里的床上。女儿的学习工作境况、夫人的工作和心理需求、家里的生活开销等等，很少过问，家人抱怨，我理直气壮，美其名曰："男主外"。

2017年退岗后，计划一年时间完成自传体散文《草言根说》，天天忙于资料梳理，奋笔疾书，人虽在家，心却沉埋于过往的记忆。2018年，奔波于出书、售书、学会活动，脚不沾地，人少还家。2019年，夏秋两季，天气长时间酷热，"焦虑症"复发，无奈，只好老老实实、安安静静的憋在家里。

这是自高中毕业后参加工作以来，窝在家里的时间最长的一次，才像模像样沉下心来，真真切切地去体验了家的风光、"家人"的角色。

在工作岗位上，为了博得同事、领导的欢心，为了工作出色的业绩，为了创造美好的前程，为了出人头地，往往会换位思考、忍辱负重，力求创设和美的环境，唤起他人良好的心境，奉献无私大"爱"，自己往往身心交瘁，忽略乃至无视家人对"爱"的在乎和企求，常常会撩开"这人很有亲和力"——外界赏给我那副美誉的面具，对家人常常翘鼻子瞪眼，吹毛求疵。

几个月待在家中，全方位、全天候地看到了夫人操持家务的日夜辛劳，感受了女婿寄居的小心翼翼，体验了女儿"贴身小棉袄"的孝心，品尝了外孙女欢娱的童味，察觉到了自己对家人吝"爱"的薄情和愧意。

警醒了自己：要对家人多一份体谅和关爱。

爱人也好，小辈也罢，家人间的磨合不是简单的一句话，其中有体谅、有包容、还有关爱。通过体谅、包容和关爱，爱才会自在、默契、和谐。其实，不管在外面还是在家里，每个人心里都有一个感情账户，谁对自己好，谁对自己不好，自己该给谁多少，别人又欠自己多少，都清清楚楚。如果经常在感情户头中储存体谅和关爱，能够提取的幸福和快乐就越多，还可以提取微笑、温柔、鼓励、安慰等利息。

外孙女教我回味童趣。

"面里煮锅盖，肴肉不当菜，香醋摆不坏。"这是镇江人常说的"三怪"，随着时代变迁，有些生活中的习俗也在慢慢的变异，"别人的孩子婆婆带"，给镇江又增添了新奇的一怪。

10年前，女儿婚后，住在离我们不远的小区独立过日子，我们夫妻二人世界过得委实轻松自由舒坦，千斤重担终于卸下了肩。天伦之乐，绕膝之欢，又近在咫尺，唾手可得。

女儿孩子抓周后，生活起了变化。她一家三口，像蚕食一样，慢慢地、顺其自然地与我们生活到了一起，搅浑了原有的舒适和宁静。我们成了"失业"后又"上岗"的银行柜员、清洁员、厨师、服务员、保育员。

开始几年，确实有点心烦意乱，苦不堪言，怨声载道。

去年，萌发了别样的心境，外孙女童趣般的欢声笑语，充盈着家庭的新生活，不由得唤醒了我的童年，滋生出"隔代亲"的天伦美感。

外孙女那铃铛般的笑声、淘气的哭闹、毫无修饰的丰富表情、超市般的玩具、自编自演的旋律舞美、稚气未脱的歌声、上学回来的津津乐道、朗朗上口的古诗诵读……装扮成家庭的中心舞台，演奏出一曲美轮美奂的交响乐。撕开了成人习惯了的伪装，架起了家人和谐的桥梁，荡涤着大人们藏污纳垢的心灵。外孙女宛如一名成熟的指挥家，指挥着家人在"我爱我的家"的乐曲中高歌猛进，开开心心。

如果外孙女偶尔离家几日，会使我们心里觉得异常的沉闷。

有时候天真的傻想，人要是总能童话般的生活，那人生将会是多么的浪漫而又精彩。

写作时间加长，心灵得到沉淀。

2019年，我计划中的主要目标是：完成《焦虑：飘然面对》的书稿并正式出版。2018年10月起笔，2019年的5月初就已经出了书的草稿样本，开始请作家、医学专家、文字专家修正。

"文稿的章节标题要准确，散文不能写成学术论文，好的文章是改出来的，不是赶出来的，不要囿于一年一本书的量求上……"作家委婉地对我提示。

医学专家从专业的角度做了系统矫正。

文字专家直接做了少量修改。

本来我的计划是10月份将这本书正式出版，如期完成一年一本书的目标任务。专家们中肯的意见和大量的修正，振聋发聩，给我自不量力"一年一本书"的澎湃激情倾泻了一盆凉水，猛然惊醒，不由得使我记起生活中这样一个小小的教训：

一次烧早饭，在蒸锅上隔水蒸山芋，整个的用25分钟，出锅后放到嘴里，却是外软里硬、外熟里生。25分钟，生肉都能熟了，山芋却不能？

再试。山芋切成半开，蒸15分钟，焐10分钟。熟了，软了，甜了，香了，可口得很。

"焐"，是厨煮的一种技艺，有时候反而比"急火"省钱、省时、省力，有质量。

写文章恐怕就更需要有"焐"的耐力和等待了，何况，文学的表达、医学的通达、人生的畅达，并不是我的强项，匆匆忙忙、慌慌张张、模模糊糊、勉勉强强的出一本涉及文学、医学、哲学、心理学和社会学方面的书，必然会向读者传递粗糙乃至错误的信息。

"有时候写作，需要沉淀一下自己。"老夫子式的同事告诫我。

我如梦方醒。

5月份暂时搁笔。重温一些有关专著，重新收集一些素材，重复在正常的生活状态下观察和验证自己"亚健康"的模样，沉淀过程，"焐"出成熟，欣然发觉，书的初稿，居然有那么多幼稚可笑的漏洞和谬误。

2019，悄然逝过，书稿依然在手中写写停停。沉淀。沉甸。

写作拖长，因为人生冗长。

阅读广杂，心态良多。

5 月份，春夏交替，燥热的天气比任何一年都来得早。撂下充实紧张的写作，无所适从，心里一下子变得空落落的，烦闷得要命，以前莫名的躯体不适，像蝗虫一般蜂拥袭来，搅得我寝食难安。病恹恹的状态，像赶路走走停停，好好坏坏，亦如鬼天气一会晴一会阴，整天生活在惶恐中。

医生说，"焦虑症"复发了。

我不信。决定囤一囤。

一个月过去，更加焦虑，愈发惊慌。长时间的紧张写作，肯定是罪魁祸首，让我重蹈覆辙、雪上加霜。

没办法，遵医嘱，重服药。

除此外，阅读是一种不错的疗伤良方，这是我尝试和验证过也是最有效的一种方法。于是，跑图书馆，借书，读书，成了我日常生活中的要务，沉浸书中，猎寻着安静、恬淡、刺激、快乐和对现实的忘却。

5 个多月，读了 56 本书。有教育方面的，如《孔子》等；有政治社会小说，如《地产魅影》《双轨奇遇》《民企高管》等；有哲学、心理方面的，如《哈佛幸福课》……粗略计算，大概阅读了近 2000 万字。

如果说，对于少年人，书是父母，对于青年人，书是情人，对于老年人，书是儿女，书是一切读书人的朋友，那么，对于亚健康（尤其是焦虑症）的人，书是一位再好不过的私人医生和一剂廉价的良药。

流水账读书，如时光悄逝。"不动笔墨不读书"，徐特立先生的教诲铭记于心。阅读中，记录经典，粗说感受，约 3 万余字，以作卡片工具，常常检索，借鉴使用，自己在写作和心思上得益匪浅。

读书时间过长，自然有些单调和疲倦。读书间歇，换作抄书，不乏是一种新奇之法。

读书读累了，我就用毛笔小楷抄《菜根谭》这本书，既练了字，也解了乏，又是一种特优的读书方式，比起常规的读书更容易使人安静。三四个月，《菜根谭》抄了一半近 12 万字。

重大发现：我又找到了一剂疗治"焦虑"的经典秘方。

一年的时间说长也长，说短也短。无所事事熬光阴自觉长，踏踏实实过日子便觉短。

2019，我除了写书、读书、抄书、宅家，"杂乱无章"的外务，几乎使我很少有空闲的时间。

老家的宅子，我退岗后因为会亲、会友、会自己，故命名"三会堂"，每年都要进行简单修理增添一点新鲜感，今年自然也不例外。

焦虑症复发后，用了近3个月的时间，在生活、自疗中观测、记录、对照、积累，意外发现我以往对此病存有诸多的不实和错误，也悟到了一些书中和医学专家找不到、说不上的新方法。又刻意用了近一个多月的时间，游西安、逛北京、自驾游，既是陪夫人放松，又验证了自己身心的状态。

外孙女上小学一年级了，每天下午接回成了我当然的任务。

学会，我的第二工作平台，学术交流，调查科研，丰富多彩。

尽力帮助他人排忧解难，积德行善，心里敞亮。

音乐、垂钓、乒乓球，一直的喜好，自娱自乐。

"产教融合"，成了我又一个新的工作领域，一个多月的时间，撰写了几万字的材料，基本建立了一套比较完整的内控体系。

……

回首一年，忙忙碌碌，踏踏实实，快快乐乐，精神面貌似乎又回到了年轻的样子。

那些总是觉得自己对别人有所亏欠的人，他们总是追求尽善尽美，总是希望能够达到所有人的要求，因此，这一类人总是疲于奔命，永远套牢假面具，永远为了那些"不可能完成的任务"而辛勤努力。

在工作岗位上，我很像是这样的一个人。

摘掉面具，保持自己，抛开虚伪，接受自己，归于自然，做好自己。这是我退休后的漫游式的生活追求。

2019，我尽力循着这个轨迹，游得自由，游得自己，游得自已。

英国著名诗人伦纳德·尼莫曾写过一首名为《做自己》的诗："也许我不是最快乐的，也许我不是最高最强壮的，也许我不是最好、最聪明的，但有一件事，我却可以做得比别人好，那就是做我自己。"

这首诗，让我畅想着"做我自己"的美妙，驱散着焦虑的阴霾，漫游式送别了2019，轻松快乐地迈进了"爱你爱你"年。

2020 年情人节

附录：

中小学教师健康简况调查问卷总结报告

当前，国民亚健康状况的比例很高；素质教育改革创新的压力和社会、家庭对教育期望值也很高。这两个方面，都是每年全国"两会"的热议话题。据有些资料表明，中小学教师是亚健康状况、尤其是心理健康问题的主要群体之一。根据我自身工作生活中的躯体和心理不适的感觉，设计了问卷，对本地部分中小学（含幼儿园，下同）教师的健康概况，进行了简单的调查和分析。

一、调查目的

概要了解中小学教师健康问题的基本情况；由此，也试图折射出现代社会群体健康的基本状态。

二、调查时间

2019 年 4 月。

三、调查问卷

1. 你是否有时觉得头痛头晕，头部有紧束或重压感？

是（　　）

否（　　）

2. 你是否有时会失眠，中午一般难以入睡？

是（　　）

否（　　）

3. 你是否下午总觉得有疲劳感？

是（　　）

否（　　）

4. 你是否会莫名其妙的紧张甚至恐惧，有时伴有尿频尿急、肢体颤抖的情况？

है（　　　）

否（　　　）

5. 你是否有时感觉胃肠道不舒服（比如腹痛腹泻、隐痛、呃逆等)？

है（　　　）

否（　　　）

6. 你是否有时会感到心慌、气短、胸闷、胸口隐痛？

है（　　　）

否（　　　）

7. 你是否有过"濒临死亡"的感觉？

है（　　　）

否（　　　）

8. 你是否经常求医问药，做过多种检查，又没有发现什么器质性毛病？

है（　　　）

否（　　　）

9. 你出现以上情况大概多长时间？

10. 你觉得自己的状况主要是什么问题？是什么原因造成的？

答题说明：

1. 选择在"是"或"否"后打勾；

2. 第9题以年为单位；

3. 第10题只需简单说明；

4. 实事求是。

四、调查方式

本次调查选取了幼儿园（城市、农村）、小学、初中、普通高中、职业学校6所学校为样本。将调查问卷电子稿发至各学校，由学校随机抽样，组织填写，当场收回。原始纸质稿由我本人进行统计分析。共收到调查问卷304份，其中幼儿园98（城市54份，农村44份），小学20份，初中23份，普高71份，职高92份。

五、数据统计

（见"中小学教师健康简况调查问卷数据统计"）

六、简要分析

1. 从内容情况看。患头部不适的73.03%，睡眠不好的占60.2%，下午有疲劳感的占82.24%，莫名紧张的占34.5%，胃肠不适的占56.25%，心慌的占56.58%，有"濒临死亡"体会的占44.7%，经常就医的占35.86%。

2. 从年龄结构看。20~30岁的占21.38%，30~40岁的占47.04%，40~50岁的占23.36%，50岁以上的占8.22%。其中40~50岁的是患"病"主要群体。

3. 从学校类别看。"是"与"否"的比例，幼儿园（城市、农村）为77.27%、45.64%，农村好于城市；小学为95.12%；初中384.21%，情况十分突出；普高为161.75%；职高为201.66%，情况比较严重。总体比较，初中>职高>普高>小学>幼儿园（城市>农村）。

4. 从患"病"年限看。1~3年为34.87%，3~5年为16.45%，5~10年为10.86%，10年以上为8.22%。

5. 从患"病"原因看。压力大、疲劳的占49.01%，认为有器质性病因的只占7.89%。

6. 从总体情况看。中小学教师有"患病"经历的比例很高，其中，年龄在40~50岁左右的教师是"患病"主体；初中学校的老师感觉压力最大（可能抽样不充分），职高、普高的比重也很大；女性明显高于男性；一线教师明显高于中层以上领导。就其原因分析，感觉压力疲劳的比例最高；就其现象看，认为器质性病变的很低；有过"濒临死亡"的比例较高，就医率很低；"不知道"或"说不清"是什么原因的比例也较高。

综上，虽然样本单位的选择面较窄，可能不尽合理，样本数量偏少，不够全面，这样的调查问卷和统计分析可能有以偏盖全的情况。但从基本数据上分析看，中小学教师"患病"的情况不容乐观，心理亚健康的状况应该是最主要的原因。

七、改善建议

管理者对中小学教师心理健康要引起高度重视，在对学生进行心理健康教育的同时，要着力对教师的心理健康进行必要的疏导和干预；组织教师进行"健康心理学"方面的知识培训，定期组织健康心理方面的讲座；利用工会组织适当组织教师开展丰富多彩的文体活动（这方面与上世纪八九十年代相比，现在差了很多）；根据需要，合理调配部分教师的岗位；让学生、家长、社会大力宣讲普通教师中的典型事迹（不要只注重一两个典型），让教师有较强的荣誉感和成就感，等等。

中小学教师健康状况调查问卷数据统计

学校类别 / 问题序号	幼儿园 城市（54份）是	否	农村（44份）是	否	小学（20份）是	否	初中（23份）是	否	普高（农村）（71份）是	否	职高（92份）是	否	合计（304份）是	占比%
1	36	18	24	20	15	5	22	1	52	19	73	19	222	73.03
2	18	26	16	28	12	8	22	1	48	23	67	25	183	60.2
3	42	12	21	23	17	3	23	0	58	13	89	3	250	82.24
4	6	48	8	36	6	14	19	4	24	47	42	50	105	34.54
5	22	32	12	32	11	9	17	6	44	27	65	27	171	56.25
6	23	31	13	31	13	7	17	6	41	30	65	27	172	56.58
7	9	43	10	34	1	19	11	12	56	15	49	43	136	44.74
8	14	40	7	37	3	17	15	8	28	43	42	50	109	35.86
9（年数） 1～3年	20人		15人		11人		3人		22人		35人		106	34.87
3～5年	8人		2人		5人		6人		7人		22人		50	16.45
5～10年	/		/		3人		8人		5人		17人		33	10.86
10年以上	/		/		/		2人		9人		14人		25	8.22

续表

问题序号	数据统计	幼儿园 城市(54份) 是	否	幼儿园 农村(44份) 是	否	小学(20份) 是	否	初中(23份) 是	否	普高(农村)(71份) 是	否	职高(92份) 是	否	合计(304份) 是	占比%
10（原因） 压力大，疲劳		21人	/	12人	/	12人	/	17人	/	28人	/	59人	/	149	49.01
睡眠不足		5人	/	3人	/	2人	/	/	/	/	/	/	/	10	3.29
器质性变		/	/	3人	/	2人	/	2人	/	17人	/	/	/	24	7.89
其他		/	/	/	/	/	/	5人	/	36人	/	33人	/	74	24.34
年龄结构 20~30岁		27人	/	33人	/	/	/	3人	/	/	/	2人	/	65	21.38
30~40岁		27人	/	11人	/	8人	/	9人	/	35人	/	53人	/	143	47.04
40~50岁		/	/	/	/	12人	/	11人	/	20人	/	28人	/	71	23.36
50岁以上		/	/	/	/	/	/	/	/	16人	/	9人	/	25人	8.22

疲劳自测

一、自测题

1. 感到睡眠不实

2. 感到疲劳无力，无精打采

3. 感到迟钝，动作变形

4. 为鸡毛蒜皮的小事儿发火

5. 头昏，头胀，头痛

6. 要记的事记不住，想回忆的事情回忆不起来

7. 不能专注地工作、学习，感到难以完成工作或学习任务

8. 不明原因的胸部紧缩感

9. 肩、背、腰不适或酸痛，不定位的肌肉酸痛

10. 感到关节僵硬，不灵活

11. 郁郁寡欢，对许多事情都不感兴趣

12. 莫名其妙地担心害怕

13. 性欲减退，性功能减退

14. 耳鸣、听力下降

15. 咽干、咽痛、异物或有紧缩感

16. 眼干，眼涩

17. 膝关节酸软无力

18. 不想看书学习

19. 只对搞笑的影视节目感兴趣，喜欢色性玩笑

20. 工作常出错，效率不高

21. 不想思考问题

22. 没有神清气爽的感觉

23. 口臭或异味

24. 大便干燥，便秘

25. 消化不良，腹部不适

26. 皮肤粗糙，无光泽，色素沉着

27. 胃痛、胃胀、吐酸水

28. 好吃零食，好抽烟，好喝酒

29. 喝咖啡或浓茶

30. 肩、颈肌肉有发紧的现象

31. 感到腿、脚酸软

32. 皮肤瘙痒，出皮诊

33. 夜里常因小便起床

34. 感到一阵一阵的很疲劳

35. 工作使你感到疲倦和筋疲力尽

36. 起床后就感到疲倦或筋疲力尽

37. 稍做一点事就感到累

38. 厌恶拥挤，厌恶喧哗

39. 经常患不同的病

40. 感到自己的健康状况在下降

41. 入睡难或睡眠不深易醒

42. 不能做到每天有规律的锻炼

43. 必须快速做事情时，有头脑混乱的现象

44. 为避免出差错，必须很慢地做事

45. 经常误解领导的指令或意图

46. 小便有泡沫，消散慢

47. 动作的准确性下降

48. 视力下降

49. 腹痛、腹泻

50. 痰多、痰稠

二、计分方法："无"为 1 分，"有"为 2 分，"经常"为 3 分。

三、疲劳程度的判断：

50~79 分为轻度疲劳

80~109 分为中度疲劳

110~139 分为重度疲劳

140 分以上为极重度疲劳

说明：这仅仅是测试"疲劳"方法的一种，不一定适合每个人，不一定适合每个人的不同阶段，仅作参考用。

完美主义问卷

中文 Frost 完美主义问卷（CFMPS）

下面有一些陈述，请根据它们对您的生活、想法和行为的描写的符合程度，在适当的数字上画圈。例如：我是个比较乐观的人。1　2　3　④　5

编号	项　目	不符合	有点 不符合	不能 确定	有点 符合	符合
1	我的父母曾给我定下很高的标准。	1	2	3	4	5
2	做事有条理有系统对我是十分重要的。	1	2	3	4	5
3	如果我不给自己定下最高的标准，我很可能沦为次等的人。	1	2	3	4	5
4	我是个整洁的人。	1	2	3	4	5
5	我尽量做一个有条理的人。	1	2	3	4	5
6	如果我在工作/学校中失败，这说明我整个是一个失败的人。	1	2	3	4	5
7	我的父母曾经希望我在各方面都是最出色的。	1	2	3	4	5
8	比起大多数人，我定下更高的目标。	1	2	3	4	5
9	若有人在工作或学习比我强，我会觉得自己整个的失败了。	1	2	3	4	5

编号	项 目	不符合	有点 不符合	不能 确定	有点 符合	符合
10	做事或学习的时候若是有部分的失败，我会觉得自己完全失败了。	1	2	3	4	5
11	尽管我小心翼翼地做事，还是经常感到自己做得不太正确。	1	2	3	4	5
12	我厌恶做事不能做得最佳。	1	2	3	4	5
13	我有极高的目标。	1	2	3	4	5
14	我的父母曾经期望我做得特别出色。	1	2	3	4	5
15	假如我犯错误，人们很可能会轻看我。	1	2	3	4	5
16	如果我不能做得跟别人一样好，说明我是个低人一等的人。	1	2	3	4	5
17	比起我，别人似乎比我更能接受低一些的标准。	1	2	3	4	5
18	如果我不能始终表现出色，我就会失去别人对我的尊敬。	1	2	3	4	5
19	比起我，我父母对我的将来经常有较高的期望。	1	2	3	4	5
20	我尽力成为一个整洁的人。	1	2	3	4	5
21	我经常对一些日常小事犹豫不决。	1	2	3	4	5
22	整洁对我来说是十分重要的。	1	2	3	4	5
23	比起大多数人，我要求自己在每天的工作中有更好的成绩。	1	2	3	4	5
24	我是一个有条理的人。	1	2	3	4	5
25	我的工作进度缓慢，因为我常重复那些工作。	1	2	3	4	5
26	为了把一件事情做好，我需要花较长的时间。	1	2	3	4	5
27	我从不觉得自己能达到我父母为我定下的标准。	1	2	3	4	5

说明：

1. 采用 5 点评分方法："不符合"记 1 分，"有点不符合"记 2 分，"不能确定"记 3 分，"有点符合"记 4 分，"符合"记 5 分。

2. 结果分析：参照本书"下篇　飘然面对"《完美主义神经思辨说》。

3. "消极完美主义问卷（ZNPQ）""积极完美主义问卷（ZPPQ）"的"评分方法"和"结果分析"方法相同。

消极完美主义问卷（ZNPQ）

下面有一些陈述，请根据它们对您的生活、想法和行为的描写的符合程度，在适当的数字上画圈。例如：我是个比较乐观的人。　1　2　3　④　5

编号	项　　目	不符合	有点不符合	不能确定	有点符合	符合
1	我做事能把握住主次。	1	2	3	4	5
2	我总是期望自己的事情都顺顺当当，不出意外。	1	2	3	4	5
3	我对自己的成就有极主观期望。	1	2	3	4	5
4	我处理意外事件的能力较差。	1	2	3	4	5
5	我比较谨小慎微。	1	2	3	4	5
6	我期望我的事情都按事先构思好的方式和步骤进行。	1	2	3	4	5
7	我定下的目标比周围大多数人都高。	1	2	3	4	5
8	如果我不能做得跟别人一样好，便觉得自己是个低人一等的人。	1	2	3	4	5
9	在着手做一件事之前，我往往犹豫很久。	1	2	3	4	5
10	我总是期望我的事情按照我的想象发展。	1	2	3	4	5
11	我在做事的过程中特别在意细枝末节。	1	2	3	4	5

编号	项 目	不符合	有点不符合	不能确定	有点符合	符合
12	我觉得如果我不能始终表现出色，就会失去别人对我的尊敬。	1	2	3	4	5
13	我对绝大多数事情拿得起放得下。	1	2	3	4	5
14	我有时觉得自己过于要求精确。	1	2	3	4	5
15	做事或学习的时候若是有部分的失败，我会觉得自己完全失败了。	1	2	3	4	5
16	我很难下决断。	1	2	3	4	5
17	我有极高的目标。	1	2	3	4	5
18	我做事小心翼翼。	1	2	3	4	5
19	如果我在工作（或学习）上不能拿第一，就觉得自己只能算失败者。	1	2	3	4	5
20	当发生出乎意料的事情时，我手足无措。	1	2	3	4	5
21	我渴望自己能取得最卓越的成就。	1	2	3	4	5
22	我做事期望万无一失。	1	2	3	4	5
23	如果我在工作或学校中失败，会觉得自己整个儿是一个失败的人。	1	2	3	4	5
24	我特别注意自己的一言一行。	1	2	3	4	5
25	别人似乎比我更能接受低一些的标准。	1	2	3	4	5
26	我认为一个人任何时候都不应该粗心大意。	1	2	3	4	5
27	我是个干练的人。	1	2	3	4	5
28	当我的事情不能按计划进行，我会感到很不安。	1	2	3	4	5
29	我做事非常仔细。	1	2	3	4	5
30	若有人在工作或学习上比我强，我会觉得自己整个的失败了。	1	2	3	4	5

续表

编号	项 目	不符合	有点 不符合	不能 确定	有点 符合	符合
31	我能够根据实际情况而随机应变。	1	2	3	4	5
32	我是个理想主义者。	1	2	3	4	5
33	很多人认为我做事过于认真。	1	2	3	4	5
34	我经常把事情拖到不能再拖的时候才去做。	1	2	3	4	5
35	做事情时，我期望尽可能避免犯任何错误。	1	2	3	4	5
36	一旦事情不在自己的掌握之中，我就会有挫败感。	1	2	3	4	5
37	我善于处理轻重缓急。	1	2	3	4	5
38	许多人认为我是一个严格的人。	1	2	3	4	5

积极完美主义问卷（ZPPQ）

下面有一些陈述，请根据它们对您的生活、想法和行为的描写的符合程度，在适当的数字上画圈。

编号	项 目	不符合	有点 不符合	不能 确定	有点 符合	符合
1	我期望能够实现自己的梦想。	1	2	3	4	5
2	我做事干练。	1	2	3	4	5
3	我觉得我已经很出色了。	1	2	3	4	5
4	我希望通过自己的努力创造美好未来。	1	2	3	4	5
5	我做事有条理。	1	2	3	4	5
6	我觉得自己是个很成功的人。	1	2	3	4	5

编号	项　目	不符合	有点 不符合	不能 确定	有点 符合	符合
7	我渴望成功。	1	2	3	4	5
8	我是个果断的人。	1	2	3	4	5
9	我觉得别人很欣赏我。	1	2	3	4	5
10	我希望自己有卓越的成就。	1	2	3	4	5
11	我是个井井有条的人，但做事并不刻板。	1	2	3	4	5
12	我是一个出色的人。	1	2	3	4	5
13	把事情越做越好，让我很兴奋。	1	2	3	4	5
14	我能很好地应对意外事件。	1	2	3	4	5
15	我是个受人欢迎的人。	1	2	3	4	5
16	我希望自己能够脱颖而出。	1	2	3	4	5
17	做任何事情，我都能及时开始，及时结束。	1	2	3	4	5
18	我认为自己有很多优点。	1	2	3	4	5
19	我努力使自己更加出色。	1	2	3	4	5
20	我善于协调和管理。	1	2	3	4	5
21	我更多注意自己的优点而不是缺点。	1	2	3	4	5
22	我对自己的将来有美好的期望。	1	2	3	4	5
23	我做事积极主动。	1	2	3	4	5
24	我希望自己能成为一个不同寻常的人。	1	2	3	4	5
25	我平时总是先做那些最重要的事情，时间许可时才去处理不重要的事。	1	2	3	4	5
26	我有很高的志向。	1	2	3	4	5

面对"神经质"管理的挑战

如果要问一位教师：你在教育管理学生过程中，最头疼的事情是什么？那他（她）回答可能不一定是成绩、安全、竞争，而可能是有一两个不听话或是像疯子一样的学生。这样的学生虽然不多，但他会像一缸黄鳝里的一两只泥鳅一样，搅得白沫直翻，搅死生命力很强的黄鳝，渐渐使缸里翻出腐臭；这样的学生会使教师寝食难安，无可奈何，说又说不得，打又打不得，否则，甚至会使对立的情绪变本加厉。

遇到这类学生，往往可能会使自己变成"神经质"。

许多教师可能都面对过这样的困惑和烦恼。

如果要问一位单位的管理者：你在管理单位的过程中，最失败的事情是什么？那他（她）的回答可能不一定是政绩、荣誉和提拔，而可能是总有一两个与其故意作对的人，又始终找不到什么原因和办法，动辄还会弄出一些令人啼笑皆非的动静。这样的被管理者也许不会多，也许在有些单位并不存在，但就是这样的一两个人，会像定时炸弹一样，不知道哪天会炸得单位鸡飞狗跳，会让管理者心神不宁，这样的阴影甚至会让管理者的"神经质"伴随一生。

教师也好，管理者也罢，面对如此的学生或是被管理者，要么束手无策，要么不问不闻，要么排斥孤立，要么以罚代管。虽然，很明显地知道其存在性、破坏性、危害性，却很少有人对此做过深入的思考和研究，因为面对他们，往往是无可奈何、望洋兴叹。

无数次特级教师的讲座、无数篇管理成功人士的报告，我们很少甚至根本就没有听到或是看到有过类似的研究成果的展示（实际生活中，特级教师的公开课或讲座、或听成功人士的报告时，组织者是不会允许那些"神经质"露脸的，因为他们常常会损害成功人士的功绩和形象）。即使他们可能对"心理学""管理学"都有过学习和研究，但对少数"神经质"者（也许是神经病患者，下同）的客观存在，并没有列入通常的教育或是管理业务技术的课题范围（也没有谁或是难以有能力去列入）。

事实总是客观存在的，是令人费解的，是一定程度乃至是很大程度影响教育或管理效果的。凡是一个有良知的教育工作者或是希望有成就的管理者，我想，对这一点是不可否认的，往往只是在"爱面子"的特质的遮掩下，不忍提起或是在刻意回避罢了。

作为教师、作为领导岗位的管理者，不管在哪个单位、哪个阶段，我都曾遇到过这样的一些困扰，常常弄得自己稀里糊涂、疲于应付。这是工作生活中一件很糟糕、很痛苦的事，也许，这也是有可能使自己"神经质"隐患潜在的一个因素所在。

上世纪80年代，我从一所院校分配至一所县城名校教书，担任班主任、教语文。出生、工作在农村的人，对城里的学生根本就摸不准脾性，教得比较卖力，却很吃力，总觉得自己在工作中的力用错了方向，找不到支点。一年不到，有一个学生令我头痛欲裂（其实不仅一个，只是仅举一例）。这个学生长得比我高、比我壮、比我帅，穿戴比我整齐、漂亮，油头粉面。不知什么原因，上课时眼睛总是瞟向窗外，眼神游离，不管跟哪个同桌（一般都是男女同桌），总会把人弄得哭哭啼啼，没有人愿意与他同桌；作业要么不做，要么做得一塌糊涂，写的字像游动的蛇一样；站到我跟前，肢体的碎动作接连不断，眼神呆滞中透出一种恐慌，对待我的批评，要么说"是"，要么说知道了，要么说下次改正，而下一次却依然如故；在班上与同学的交往要么很少，要么方式很奇怪。到他家里去走访，离婚的单身母亲对他也是恨铁不成钢，无可奈何。有一次，他居然跑到全校教师大会的会堂，大声地向我告状，说有同学欺侮了他，搅得全场的教师面面相觑，弄得我脸红耳赤下不了台……怒其不争。试过多种方法，一点效果也没有……

现在想起这件事，我渐渐明白，这个学生可能是患上了"焦虑症"。

时常听现在的老师们说，类似的学生好像还比较多，弄得教师像抓着一块烫手的山芋。我女儿是大学老师，也常常会遇到这样的学生，在学生群体中的"影响力"可能还更严重些。

到另一个城市机关工作，我曾听到过这样一件令校长非常棘手的事。

有位领导兼同事的表妹，在一所学校教外语，本科学校的高材生，刚到教师岗位的时候，教学水平很快就独领风骚，赢得了很多荣誉，是学校重点培养的骨干，很有前途。谁知天不遂愿，原本美满的家庭，因没有生孩子，丈夫与她离了婚，她情绪变得十分低落，教学成绩一落千丈，所教班级又遇到了一位难教的学生（听说是抑郁症患者），使得原本开朗的性格变得异常冷漠怪异，使她原来期盼的各种荣誉和晋升的机会与她无缘。

学校领导起初对她捧着、哄着，一点不见效；后来，只好对她连个好脸色都没有，更不愿意与她搭腔，因为她总是念念不忘原来的成绩，总是在别人面前宣扬自己的美貌，总是埋怨别人的冷眼旁观，总是责难领导的过河拆桥……总之，在她眼中，总是别人错，所表现出来的、对不能满足自己愿望和要求的举动，令人不可思议乃至令人发指：当堂侮辱学生，中途停止上课，无故旷课，无故找同事的茬，跑到领导家里对其夫人说领导爱上了她，半夜三更打领导的骚扰、恐吓电话，领导招待客人，她就去拍照抓把柄，给上级部门写告状信……弄得学校鸡犬不宁，让领导不得安神，甚至无法正常开展工作……

领导使出浑身解数，无果而终，只好听之任之，弃之不顾。

因为她的存在，学校创"模范学校"以失败而告终。

没办法，请求组织给她换个单位。

到了另一个单位，她仍然我行我素，常常令人啼笑皆非。

其实，她可能患的是一种比较严重的"强迫症"。

在某单位担任高管期间，一位部门领导业务水平很高，刚开始工作，他与人配合得很好。但为了一次失去的晋升机会，他耿耿于怀，把怨全部积在了领导的身上，认为是领导不器重、不培养。其实，他并不知道自己犯下过很严重的错误，是领导竭尽全力才保全了他。为了一次晋升，他非但不对保全的事感恩，却满怀怨恨。于是，他莫名其妙地唆使下属，甚至是自己署名，无中生有，向上级纪委写告状信。

"有告必问，有信必查"，纪委三番五次派组光顾，弄得单位个个自危，人心惶惶，哪里还有什么心情好好工作，使工程进度严重受阻，使单位形象严重受损，使人际关系搞得空前紧张（据了解，他在之前的单位好像也是如此）。

这可能是一种"偏执狂"的病症表现。

……

这些可能是个案，是特例。

这些也许是"神经质"者的突出表现。

但是在社会群体，甚至是现在的学生群体中，"神经质"者中还有一些相当比例的"隐忍不发"者，或是表现得没有以上例子中的人那么强烈。

这样的群体，他们其实也在承受着痛苦的煎熬。

这样的群体，在单位中给别人制造着痛苦，对集体的发展滋生着麻烦乃至混乱。

这样的群体，他们尤其想通过不由自主的惊异方式期盼着别人的关爱。

这样的群体，自戕和给单位（家庭）所带来的痛苦和危险，是一种无可讳避的特殊挑战，急需我们去探求解决的办法。

在一次全球 500 强经理人员大会上，杰克·韦尔奇与同行们进行了一次精彩的对话交流。

有人说："请您用一句话说出通用电气公司成功的最主要的原因。"

他回答："是用人的成功。"

……

一连几个问题，他的回答都是围绕在一个"人"字上。

最后有人问："请您总结一个重要的用人规律。"

他回答："一般来说，一个组织中，20% 的人是最好的，70% 的人是中间状态的，10% 的人是最差的。这是一个动态的曲线。一个善于用人的领导者，必须随时掌握那 20% 和 10% 的人的姓名和职务，以便实施准确的奖惩措施，而带动中间状态的 70%……"

这就是管理中著名的"活力曲线。"

这个"活力曲线"的概念，可能在诸多教育者或是管理者的心目中都心知肚明，但往往又使相当一部分的教育者和管理者在管理的过程中比较缺乏对应性的、正确的有效方法。

对 20% 的管理，可能过于依赖或是放纵。

对 10% 的管理，可能是限于忽略，或是放弃（在现在的教育环境下，这种情形存在很严重，而所谓的"因材施教"和"有教无类"，只是当作一种口号，并没有或是很难付诸行动），或是以制代管（其实制度对他们基本没有什么意义），或是以罚代管，而效果往往又是大相径庭。

这10%的人，组成的结构可能比较复杂，并不像我们主观想象得那么简单（因为教育者或管理者根本不知道他们的心里在想些什么），产生的原因也千差万别，但其中比较突出的，一定会包含那些"神经质"的对象和成分。而对这一部分人的管理，往往又是最缺少足够的重视和有效的办法。

这才是对我们每个教育者和管理者最严峻的挑战。

我不是一个专业者，甚至在这方面的管理是一个失败者，何况，对"神经质"（因为一般绝大多数的情况并没有破坏力）的有效管理，是一个十分精深的社会或是心理的研究范畴，大体上也只能一人一案。但就共性而言，我觉得至少有三个方面值得去思考和探索（这里对道德失范方面的"神经质"不作讨论）。

一是要尽可能了解一些"神经质"者的精神特质。

抑郁者可能总是说："我不是脆弱，也不是精神病，我只是病了。"甚至他们不会承认自己有病，一直会戴着面具生活，乃至濒临崩溃地挣扎，有时也会有沉默的病耻感（只是自己忍着，不愿意暴露给他人）；"焦虑症"的人往往对什么都在乎，对什么都敏感，对生活中的平平常常的人和事尤其是一些再平常不过的鸡毛蒜皮的矛盾，都会像手触动了杯中的月亮变得晃动模糊，甚至会像玻璃一样成了易碎品；"强迫症"人的特质更是令人惊讶，从症状来看，强迫自己刻板地反复地去做令别人感觉不可理喻的事，或表现为一种常态行为，比如，明明锁好了门却还不放心回去检查几遍，一天要拖几次地，反复洗多次的手，始终盯着自己的某种需求（哪怕在别人看是很不合理的），总是盯着一件过去的事或自认为重要的（喜欢的、不喜欢的）一个人不放，总是在矩规自己或刻意检查别人，等等。强迫症的原因有遗传、有生理方面，而主要是后天事件刺激所产生的主观不良行为，如被压抑的愤怒或对内心的恐惧等等。

对琢磨不透、难以教育和管理的抑郁者、"焦虑症"者尤其具有极强的"强迫症"者进行一些基本了解，一定程度上可以有助于教育和管理者清楚一些过程中的矛盾，解除一些给自身带来的压力和困倦甚至是痛苦。

二是要知道对"神经质"者的宽容和关爱，这可能是一种明智或是最主要的智慧法宝。

马卡连柯说："不能控制自己情绪的人，不能成为好老师。"（实际生活和工作中，对情绪"中暑"尤其是失控的人，往往会连带别人的情绪也变得极度糟糕，老师是这样，管理者更是会如此），发火、处罚，只能说明自己的心胸狭窄，自己的目光短浅，自己的无能。学生欢迎的是宽容大量的、仁慈厚爱的老师；被管理者非常期望得到管理者的一个笑脸，一句关心的话语。于丹在讲《论语》时举了一个例子：子贡请教孔子说，您能告诉我一个字，使我可以终身实践，并且永久受益吗？孔子以商量的口气对他说，如果有这么一个字，那大概就是"恕"字吧。这一个"恕"字，简单地说，就是不仅要做自己的事情，还要想到别人；拓展一点说，不要使人为难，不要给别人造成伤害；假如他人给你造成了伤害，你应该尽量的宽容。这如同穿鞋子一样，适合自己的才会觉得"舒服"。

一个"恕"字，更应该是教育者和管理者对"神经质"者的一种智慧，因为他们比平常人更加需要的就是一个"恕"字。当然，要做到、做好这一点，在实际的生活和工作环境以及具体的事件中需要具备博大的胸怀和坚毅的承受力。

三是要懂得在教育和管理中尽量避免误入歧途。

美国心理学家卡伦·霍妮指出："人们保护自己、对抗焦虑的主要方式主要有四种：爱、顺从、退缩、权力。"（其实，在实践中对付其他类型的"神经质"，大多也该如此）当今社会，社会方式受多元化影响，人们的观念习惯变得纷繁复杂；而人性固有的排异心理，驱使不同群体的互相歧视、互相攻击。为了保护自己（比如正常的教育者、管理者）、融合"神经质"者，我们会用很多方式，这本无可厚非，但如果过度了，走偏了，就会误入歧途。

歧途之一：变爱的渴求为苛求。"神经质"者非常缺乏安全感，但教育者或管理者尽力试图通过爱让其获得安全感，这是许多有良知的教育者和管理者的正常举措，我就曾从这一个方向尽过很大的努力。但爱的双方本来就不是永恒不变的关系，在管理过程中，有时候往往矛盾的甚至是对立的两个人（管理者与被管理者）的碰撞磨合必定会导致误会和伤害，甚至会是爱的越多碰撞就越多、伤害就越多，常常是两败俱伤。对爱抱有过高期待的人可能会陷入恶性循环，不安全导致要求过高，继而导致伤害，再导致安全感不足。反观我们如今社会，恐婚的、只追星不恋爱的、公主（子）病的、脚踏两只船的，无一不映射出时代爱的无能特征。

歧途之二：毫无原则的顺从。我曾遇到过一位这样的"神经质"式的

"贪得无厌"的被管理者，他尽力想与我处好关系的同时，又不断在不相信我、在侮辱我、在攻击我，却又不断在需要我，在不断地利用我的"恕"，利用我的"忍"，利用我的"爱"，无休无止地在利用我的"软弱"，以达到自己难以达到的目的。我默认，我忍受，我顺从，我不反抗，甚至不顾自己的脸面而竭尽全力，使自己丧失了原则，丧失了自我的道德底线，而换来的仍然是无休无止的骚扰，使整个被管理的群体道德观念和认知多少也发生了一些混乱。

歧途之三：一味选择退缩。"神经质"者的较大特质就是一种攻击性，通过攻击以达到"以自我为中心"的圆满（其实这种人有时冷静的时候也觉得自己过分，也觉得别人可利用，当然，一般是在正常的情况下），他们为了缓解自己的焦虑，利用时下的"佛系思维"以及"丧文化"（即指颓废类的情绪），而让别人付出高昂的经济和心理成本，让别人艰辛，让自己获得幸福。面对这一切，他们最爱说三句话："可以的""能行的""听你的"，在他们看似平和的态度背后，却隐藏着一种对别人引发焦虑的驱使，而让别人在同情中一味地去退缩。一味退缩的实际效果，常常会使"亲者痛，仇者快"，使自己所在的管理群体变得非常缺乏正气和正能量；也会使自己作为一个管理者变得越来越束手无策。

歧途之四：过于看重制度和权力的作用。有些时候，教育者和管理者被那些"神经质"者的折磨，实在是忍无可忍，一般地、正常地、或是不假思索地利用制度和权力去制裁。其实，制度只是对能够自觉执行制度的人才会有用，如同有道德的人才会遵守道德法则一样，面对不遵从道德法则的人，只有利用法律的武器才能见效；权力更是个有弹性的东西，在管理者心中认为权力至高无上，但对于"神经质"者而言，因为他没有拥有过权力，或是根本就无视甚至敌视权力，或又是认为权力才是有用的东西，因此，他敢狂妄地挑战权力，企图让权力能够为他所用，一旦发现权力不能为他所用时，他就会蔑视乃至仇视掌握权力的人。对他使用权力就如同用炮打灰一般，甚至会像用大炮弹打在钢板上马上迅速地反弹过来，而伤着的只能是自己，对他们用权力那往往是"以卵击石"。其结果，往往是制度和权力没有制裁得了他们，反而"制裁"了自己。

如何在教育中、管理中对"神经质"者实施有效的管理，这是许多人"讳疾忌医"的事，使许多的过来人备受痛苦而又不十分光彩的事，但它又是在社会的各个领域、各个单位、各个人心中深藏难露、隐隐作痛的事，当然，也是想回避也回避不了的事。因此，与其回避，不如正视，因为回避，那将是于事无补乃至是越来越闹心的事。

我本身就是一个"神经质"比较敏感的人，又是一个太过于讲道理、讲道德的人，与人们平常所言的"神经质"不一样；同时又是个对"神经质"者的管理有过深刻教训的人。作为"患者"与"诊者"的对立角色，提出"如何管理'神经质'者是一种挑战"的话题，是基于自身实践的感悟，也是基于一种社会的责任担当，内心深处，只是想引得大家的共鸣，引起大家的重视，引发大家的探求。

这个话题太过沉重，太过忽略，又太过于必须，尤其是在当今社会十分浮躁、人们的精神处于十分萎靡的状态下。

你，作为一个教育者或是作为一个管理者，想过没有？又是如何想的呢？

来自医生的"病案"摘录

案例 1. 她为何总是感到惶惶不安（广泛焦虑障碍）

人到中年的王女士，平时身体健康，事业有成，家庭幸福，周围不乏羡慕者。但自从两个多月前父亲"中风"住院后，王女士便开始关注自己的血压。由于自己是医生，开始时每天上下午各测一次，偶有收缩压偏高，王女士便忧心忡忡，担心自己有一天会像父亲一样瘫痪在床。近一个多月，王女士上班第一件事就是测血压，每天要测量 10 余遍，整天惶惶不安，坐卧不宁，无法放松，有时感到四肢的肌肉都在跳动，并伴有头痛、心慌、胸闷、出汗等症状。此外，王女士还有其他无固定对象的过分的担忧。例如，家人下班迟了，就担心是否出车祸了；孙子在幼儿园是否被老师虐待、被其他小朋友欺负了；儿子儿媳妇是否会失业，如此等等，经常为这些事提心吊胆。虽家人劝说，自己也意识到可能是过于担心了，但还是依然如故，总怕出现什么不好的事，日常工作受到严重影响。

经人劝说，王女士来到了心理咨询室。在做了相关检查并进行分析后，医生告诉王女士，她是患上了一种常见的心理疾病，即广泛性焦虑障碍。

广泛性焦虑障碍又称慢性焦虑症，是焦虑症最常见的表现形式。其常见的表现有：（1）精神性焦虑，这是焦虑症状的核心，表现为经常出现的对未来可能发生的、难以预料的某种危险或不幸事件的过分担心。有些患者担心、害怕常常没有明确的对象和内容。有些患者担心的也许是现实中可能发生的事情，但其担心、焦虑和烦恼的程度与现实很不相称。（2）躯体焦虑，表现为运动不安与多种躯体症状。（3）觉醒度增高，过分警觉、注意力难以集中、睡眠差、情绪易激怒、感觉过敏等。

焦虑症治疗效果较好，因此即使你被确诊为焦虑症，也不必过分担心。焦虑症的治疗通常包括药物治疗和心理治疗。医生为王女士也提供了药物治疗结合心理治疗，两周过后来复诊的王女士就像换了一个人似的，焦虑症状基本消失。

案例 2. 他为何反复出现濒死感（惊恐障碍）

一个除夕夜，总值班打来了电话，要精神科医生立即去医院急诊室会诊。一到急诊室，一张苍白无力的面庞近在眼前。被送来急诊的陈先生，46 岁，本科学历，已经是一家单位的部门负责人，生活幸福美满。但 3 年前开始，他经常出现发作性心慌、胸闷、头昏，感到气喘不上来，有一种濒死感，伴全身乏力、面色苍白、大汗淋漓。虽然每次发作时心电图等检查均正常，医生也表示没有什么躯体疾病，但陈先生仍然陷入极度恐慌与痛苦中，担心这种类似的发作再次出现，担心自己会突然死亡，变得像个小孩，不敢独自在家，不敢独处一处，不敢去上班，希望妻子可以一直陪伴其左右，生怕那种突如其来症状再现而自己一人无法应对。

经过交流，我了解到，陈先生平时工作一直都很努力，工作效率高，对自己、对别人都要求非常严格，常常为工作上的一些小事批评同事，总感觉到同事工作没有做好，为此常常感到烦躁。追求完美的个性，加上工作的压力，使得陈先生无论是对人对己、对工作、对同事都严格要求，一旦遇到挫折则容易产生焦虑情绪。

其实，陈先生的症状医学上称为惊恐障碍，又称急性焦虑发作。它是一种突如其来的惊恐体验，伴濒死感与失控感，一般持续数分钟或更久，常常表现心慌、胸闷、气急、晕厥、大汗恶心、手足发麻等植物神经功能混乱症状。治疗上心理治疗与药物治疗都是非常重要的。

案例 3. 这位老人为何总担心自己会用刀杀了年幼的孙子（强迫症）

一位年迈的老人，流着泪、焦急地向医生诉说着她心中的恐慌：自从有了孙子后，本应该高兴才对，可是总是担心自己会不小心拿刀杀了孙子，这样的念头在脑海里反复出现，扔也扔不掉，所以自己不敢进厨房，不敢接触锐器，整天惶惶不安、提心吊胆，痛苦不堪。

深入交流发现，这位老人的恐惧与其儿童期创伤经历有关。在她很小的时候，亲眼目睹了枪毙犯人的场景，后经历了父亲因为"臭老九"被抓的整个过程，幼小的心灵种下了"不能做坏事，做了坏事就会被抓被枪毙"的信念。从那以后，处处小心翼翼，生怕不小心做错了事。在她结婚有了儿子后，就出现过类似恐惧，不敢进厨房，不敢接触锐器，生怕会不小心用刀杀了自己的儿子。她认为孩子没有反抗能力，如果因为自己不小心伤害了孩子，就是做了坏事，还会罪加一等，会被枪毙，所以才会如此担惊受怕。

这位老人的症状医学上称之为强迫意向，是强迫症的一种表现形式，表现为担心会做出某种违背自己意愿的行为，虽不会真正付诸行为，但仍强迫性地害怕会丧失自控能力。

强迫症的心理治疗是非常重要的，应该做到不试图去控制症状，不去管它，不要用反复思考来缓解自己的焦虑情绪，重点是处理好自己与强迫症状之间的关系，培育"带着疾病去生活"的理念。抗强迫药物也有助于强迫症状的缓解。

案例 4. "老胃病"怎么总治不好（躯体症状障碍）

当我们一打开电视，常常可以看到有关胃病的广告席卷而来：老胃病请用"葵花牌胃康宁"，"斯达舒，吃饱了胃不张，饭后嚼一嚼"等。铺天盖地广告的背后其实蕴藏了两层含意，一是太多的人有胃部不适的症状，二是太多的人胃部不适久治不愈。

有胃部不适的病人一般首先选择去是消化科治疗，却很少有人知道"老胃病"也许只是心理疾病。记得有一天，心理诊室来了一个被轮椅推着进来的患者，苍白无力的面容上带着明显的焦虑。这位患者 59 岁，已经一年多不能吃饭了，因为一吃东西就感到胃部难受、胀气，已瘦了 20 多斤。说已看过好多家医院，每次医生都让自己做各种检查，边说边拿出了厚厚一叠化验报告，一年中做了 10 次胃镜检查（每次都提示慢性胃炎），12 次肝肾功能检查，2 次腹部 CT……患者称，现在一点力气都没有了，到处看病已经花了 10 多万了，吃了许多药，但胃部难受的症状一点都没有改变。因为没有力气，每天都躺在床上，已经不知道应该怎么办了，甚至想死的念头都有了。

了解患者的生活经历发现，患者自幼胆小，父母对其特别娇惯，一有小病即显得万分焦急，立即上医院。他 12 岁那年，父亲因胃癌去世，患者当时非常害怕。成年后，开始过度关注自己的身体。有一次与朋友喝酒后感到胃部难受，便开始担心自己是否会像父亲那样患上胃癌，稍有胃部不适就非常紧张，到处检查。当医生告诉他患有慢性胃炎、服了药后也不见效时，患者更加紧张，怀疑医生可能没有能够确诊他的病情，或许自己患了癌症没有被查出来，以致反复检查。因为患者的胃部不适始终未得到改善，故产生了想死的念头。

　　我们认为，患者的胃部不适与其个性及情绪有关，医学上称为躯体症状障碍，这是一种常见的心理疾病。有人说，"胃是情绪的窗口"，患者长期胃部不适，又没有器质性疾病的基础，提示患者可能存在潜在的情绪问题。治疗上常给予抗焦虑药结合心理治疗。

后 记

为什么？

好多事情让人活得比较糊涂。

以前，没有吃，没有穿，没有住，穷得很。吃的是粗茶淡饭，穿的是破衣烂衫，住的是灌风漏雨房，但是，好像活得比较开心，活得比较简单，活得比较快乐，活得比较有追求。

现在，吃得好，穿得暖，住得奢，富得很。吃的是山珍海味，穿的是绫罗绸缎，住的是高楼大厦，但是，反而活得比较揪心，活得比较复杂，活得比较郁闷，活得比较消沉。

为什么？

健康的理解和维护，好多现象让人活得不太明白。

以前，日出而作，日入而息，悠然自得。干的是粗活，流的是臭汗，睡的是甜觉。

现在，艳阳高照懒在床，深更半夜为何忙，心力交瘁。干的是细活，蹲的是温室，睡的是梦魇。

我所以写《焦虑：飘然面对》，在追忆，在比对，在寻觅，在扪心自问……

为什么？

怎么了？

这是个大命题，也许是个伪命题。以我的孤陋寡闻，自然百思难求其解。

有一点似乎有点明白：所以活得比较糊涂，可能是因为丢失了传统；所以健康得不太明白，可能是因为缺失了"贫穷"。

有时代的变异，有社会的迅猛，有自私的作祟，更有精神的焦虑……

少了苦难的历练
缺了勤劳的积淀
失了节俭的美德
没了责任的担当
沉埋了爱的宽容
淹没了简的真诚
充满着自我
充盈着享受
充斥着怨恨
充隐着灰暗
……

最最主要的是，抛却了儿时的遐想和对明天美好的向往。

时代缩影？
"神经官能症"的诱因？
也许是，也许不是。
无论是也不是，活着才是最好，健康才是最美：
"似病非病"并非魔
神经疾患普世多
医生岂能皆华佗
药物权当充饥馍
后知后觉搭对脉
幸福快乐精气稠
世上哪来"救死主"
"适合"自我良方磨

能否给您带去一点点的启示？
很希望！
不奢望！

2019 年 6 月份第一稿
2020 年 11 月份第二稿
2021 年 5 月份第三稿